HENDRIK BERG

Strandfeuer

GOLDMANN

Hendrik Berg

Strandfeuer

Ein Nordsee-Krimi

GOLDMANN

Penguin Random House Verlagsgruppe FSC® N001967

4. Auflage
Originalausgabe März 2022
Copyright © 2022 by Wilhelm Goldmann Verlag, München,
in der Penguin Random House Verlagsgruppe GmbH,
Neumarkter Straße 28, 81673 München
produktsicherheit@penguinrandomhouse.de
(Vorstehende Angaben sind zugleich Pflichtinformationen nach GPSR)

Umschlaggestaltung: UNO Werbeagentur, München
Umschlagmotive: Himmel, Vögel: FinePic®, München;
Pfahlhaus, Strand: © Manfred Voss / HUBER IMAGES
Redaktion: Heiko Arntz
KS · Herstellung: ik
Satz: GGP Media GmbH, Pößneck
Druck und Bindung: GGP Media GmbH, Pößneck
Printed in Germany
ISBN: 978-3-442-49283-1

www.goldmann-verlag.de

1

Yorick war ein mutiger Mann. Wenn der Schöpfer ihn über das Meer schickte und er im prasselnden Regen die dunklen Wasserberge vor sich aufragen sah, breitete er die Arme aus, lachte und brüllte seinen Spott in den schwarzen Himmel. Sollten sich seine Kameraden zitternd vor Furcht an die Reling oder an die Rettungsseile klammern und wimmernd unter Deck verstecken, er beugte sich nicht. Mit seiner Wollmütze auf dem großen Schädel hielt er die Stellung am Ruder, egal, was passierte – selbst in der dunkelsten Nacht, selbst im schlimmsten Orkan.

Yorick hatte vor nichts Angst. Doch die grenzenlose Wut dieses Sturms, des heftigsten, den er jemals erlebt hatte, ließ sogar den hünenhaften Seemann verstummen.

Schon den zweiten Tag und die zweite Nacht kämpfte die Mannschaft der *Edda* mit den entfesselten Elementen. Kirchturmhohe Brecher krachten ununterbrochen von achtern auf das Deck des Frachtseglers, warfen das Schiff wie ein Stück Treibholz umher. Ein wütendes Grollen hallte durch die nasse Welt, als wäre ein gewaltiges Ungeheuer aus den Fluten gestiegen, um die Seeleute hinab zu sich in die eisige Tiefe zu ziehen.

Dabei hatten sie es fast geschafft. Vier Monate war es jetzt her, seit die *Edda* bei strahlendem Sonnenschein den Hafen von Triest verlassen hatte. Die Galeasse hatte Italien umrundet und Livorno an der Westküste angesteuert. Sie waren nach Marseille gesegelt, dann weiter Richtung Süden. Nach kurzem Aufenthalt in Valencia waren sie durch die Straße von Gibraltar in den Hafen von Lissabon gelangt. Schließlich ging ihre Reise entlang der Küste gen Norden. Schon in der Biskaya hatten sie mit schwerer See zu kämpfen. Dann erreichten sie den Ärmelkanal und die Nordsee – und gerieten mitten in einen der fürchterlichsten Orkane seit Menschengedenken!

Ihr holländischer Kapitän, Mathis van Dijk, hatte besorgt in den immer dunkleren Himmel hinaufgeschaut, als sie die Küste vor Dover passierten.

»Wir sollten einen Hafen anlaufen«, sagte er und strich sich mit der Hand über den kahlen Schädel.

Der junge Eigner der *Edda*, Heinrich Schönbeck, der sie seit Triest begleitete, schüttelte den Kopf. »Wir haben zu viel Zeit verschenkt. Wir sind schon seit drei Monaten unterwegs. Da werden wir die letzten paar Tage wohl auch noch schaffen.«

Die Mannschaft murrte, doch niemand wagte einen Einwand vorzubringen.

»Der Käpt'n hat recht«, sagte schließlich Yorick.

»Nun hört schon auf, ihr Feiglinge!«, lachte Schönbeck. Er wandte sich ab und sah zum Horizont. »Man kann den Michel doch praktisch schon sehen. Nein, wir fahren weiter.«

Die falsche Entscheidung.

Tatsächlich war es bis Hamburg nicht mehr weit. Aber die brave *Edda* war nicht für solch ein Unwetter gebaut, die achtköpfige Mannschaft nach der langen Reise müde und erschöpft. Sie konnten gerade die schmale Linie der ersten westfriesischen Inseln auf Steuerbord sehen, als das Gaffelsegel unter der Wucht des Sturms riss. Die Takelung des Großmastes stürzte zischend wie eine große Schlange herab und begrub den jungen Sören unter sich. Ein schwerer Haken fuhr in seine Schulter, drohte, ihn zusammen mit der rutschenden Takelage über Bord zu ziehen. Erst im letzten Moment gelang es seinen Kameraden, ihn festzuhalten. Im strömenden Regen sah Yorick, dass der Haken Sörens Arm fast abgerissen hatte. Der Käpt'n hatte ihm befohlen, unter Deck zu bleiben. Hätte der Junge nur auf ihn gehört!

Umkehren war nicht mehr möglich. Der wütende Orkan drückte von hinten gegen das steile Heck, trieb das schwerfällige Schiff vor sich her, immer weiter hinaus auf das offene Meer. Als Steuermann stand Yorick auf dem Achterdeck. Er hatte sich an das Ruder gebunden, um nicht von Bord gespült zu werden. Mit aller Macht versuchte er zu verhindern, dass die hohen Wellen das Schiff längsseits trafen. Bei dem geringen Tiefgang der *Edda* hätte das ihr sofortiges Kentern bedeutet.

Yorick war ein Hüne von einem Mann, aber mittlerweile am Ende seiner Kräfte. Mit den in der eisigen Kälte steif gefrorenen Fingern konnte er das Ruder kaum halten. Der Käpt'n half ihm, hatte sich ebenfalls an den Ruderschaft gebunden. Gemeinsam versuchten sie, das Schiff vor den immer wieder über sie herabstürzenden Wellen auf Kurs zu halten.

»Nur Mut, Männer!«, brüllte der in den Rettungsseilen hängende Schönbeck, war unter der Kapuze seines schweren Ledermantels aber kaum zu verstehen. »Die Elbmündung kann nicht mehr weit sein! Hamburg erwartet uns.«

Van Dijk wechselte einen stummen Blick mit Yorick. Der wusste, was der Käpt'n meinte. Schon seit vielen Stunden hatten sie die Küste nicht mehr gesehen. Sie waren verloren, allein auf der Nordsee, ohne Orientierung in einem tosenden Albtraum aus Wogen und eisiger Gischt. Kein Stern zu erkennen. Die tiefen Wolken rasten wie vom Teufel gejagt über den Himmel. Kaum vorstellbar, dass sie noch einmal eine Küste zu sehen bekamen.

Yorick schimpfte, wischte sich mit dem Arm den Regen aus dem Gesicht und stemmte seinen ganzen Körper gegen den Druck des Ruders.

Auf ihrer Fahrt lag ein Fluch! Von Anfang an, schon seit sie den Hafen von Triest verlassen hatten, damals vor drei Monaten in einem anderen Leben. Der Ruderbruch vor Sardinien. Die Ruhr, die fast die ganze Mannschaft in Marseille erwischt hatte. Tagelang hatten die Männer stöhnend in ihren Hängematten gelegen. Die Diebe, die in Lissabon versucht hatten, ihre

Ladung zu klauen. Yorick selbst hatte sie auf dem Abgang zum Laderaum erwischt und mit einem Knüppel von Bord gejagt. Dann der Sturm. Das Ende schien gekommen.

Irgendjemand hatte etwas dagegen, dass sie Hamburg erreichten. Yorick wusste genau, warum.

Sie hatten den Tod an Bord!

Er blickte zum Käpt'n, dessen kahler Kopf im flackernden Licht der kleinen, heftig hin- und herpendelnden Laterne aussah, als würde er in Flammen stehen.

Yorick erinnerte sich an den Tag vor der Abfahrt. Er war sofort zu van Dijk gegangen, nachdem er erfahren hatte, was da in den fast hundert Kisten in ihrem Laderaum lag. Doch der Alte hatte nur gelacht.

»Ausgerechnet du machst dir deshalb in die Hose? Ich dachte, du spuckst sogar dem Teufel ins Gesicht?«

»Aye, Käpt'n. Aber wenn der Leibhaftige von Anfang an mit auf dem Schiff ist, hilft das auch nicht mehr.«

Der Alte hatte ihn mit plötzlich ernster Miene in eine Ecke gedrängt. »Halt bloß die Klappe! Ich will nicht, dass du die Männer mit deinem Gerede verrückt machst. Kapiert?«

Ja, Yorick hatte kapiert und während der langen Fahrt den Mund gehalten, obwohl er wusste, dass die Kameraden längst ahnten, dass mit ihrer Fahrt irgendetwas nicht stimmte.

Und er hatte recht behalten. Die *Edda* war verflucht. Und jetzt erwartete sie ihr Schicksal. Das

Schiff würde den sicheren Hafen in Hamburg nie erreichen.

»Aufpassen!«

Es war Schönbeck, der ihn aus seinen dunklen Gedanken riss. Im nächsten Moment stürzte die *Edda* fast senkrecht in ein Wellental, raste durch spritzende Gischt hinab, bis der breite Bug tief in die kochende See tauchte. Einen langen Moment war alles nur Wasser und Schmerz, dann sprang der Frachtsegler wieder nach oben an die Luft wie ein Korken, schwankte, torkelte, drohte zu kippen, richtete sich dann aber wieder auf.

»Ha, seht ihr, der blanke Hans wird uns nicht besiegen, niemals!«, prustete Schönbeck mit irrem Grinsen.

Yorick lachte nicht. Diese dämliche Landratte hatte ihnen diesen Albtraum eingebrockt. Er verfluchte den Tag, an dem er bei ihm angeheuert hatte. Auch der Käpt'n wollte die Begeisterung des milchgesichtigen Reeders nicht teilen.

»Wir können uns nicht mehr lange halten!«, brüllte er heiser durch den Regen.

»Ach was, die *Edda* ist ein gutes Schiff, die hält das aus!«

»Ach ja?«, rief Yorick. »Wir werden alle verrecken!«

»Nicht, wenn du das Ruder weiter auf Kurs hältst.«

»Welchen Kurs? Wir haben keinen Kurs, wir …«

Yorick stockte. Vor ihnen erhob sich eine riesige Wasserwand. Wie ein Geist, der einer Truhe entstieg, wuchs sie an, wurde größer und größer. Auf einmal erfüllte ein dröhnendes Brausen die Luft. Mit weit aufgerissenen Augen beobachtete Yorick, wie der Bug der *Edda* sich langsam erhob, dann immer steiler Richtung Himmel stieg.

Plötzlich ein lautes Krachen und ein brutales Knirschen. Das Schiff bebte.

»Donner?« Schönbecks Stimme war im Unwetter kaum zu verstehen.

»Nein, das ist kein Donner«, erwiderte der Alte und blickte sich um. »Das kam aus dem Laderaum.«

Das schwer beladene Schiff hatte den Wellenkamm erreicht. Vor ihnen tat sich erneut ein endloser Abgrund auf. Groß genug, um Hunderte *Eddas* zu verschlingen.

»Hol mich der Teufel«, stammelte Schönbeck.

»Der Herr sei unseren Seelen gnädig«, flüsterte van Dijk und hielt sich mit beiden Händen am Ruderschaft fest.

Von einem Moment zum anderen legte sich die *Edda* auf die Seite. Das Vorsegel klatschte wie ein riesiger Lappen auf die See. Yorick hörte, wie der Käpt'n Kommandos brüllte. Die *Edda* musste sich wieder aufrichten, unbedingt!

Aber es war zu spät. Innerhalb weniger Augenblicke lief das Schiff voll Wasser. Welle auf Welle krachte auf sie herab. Schreie gellten durch das Tosen des Sturms. Dann brach die *Edda* mit einem lauten Krachen entzwei, sank gurgelnd in die dunklen Fluten und wurde von der nächsten Welle vollends unter sich begraben.

2

Dithmarschen, August 1999

»Nicht so schnell«, rief Dörte, als sich das kleine Cabrio mit Schwung in die Kurve legte. Sie lachte, warf sich dramatisch gegen die Beifahrertür, als wären sie mit ihrem Wagen auf einer Formel-1-Piste unterwegs.

»He, jetzt tu nicht so«, protestierte Markus, der hinter dem Steuer saß, »ich fahr nur so schnell, wie ich darf.«

»Von wegen«, meldete sich Fabio, der auf der Rückbank saß, »das waren mindestens neunzig Sachen.«

»Okay, okay, ist ja gut.« Markus bremste ab. Was er sowieso musste, denn gerade hatten sie das kleine Örtchen Wesselburen erreicht.

Dörte schaute sich um, lächelte. Niemand außer ihnen war in dieser lauwarmen Nacht unterwegs. Alle Fenster waren dunkel, auf den Straßen der Ortschaft war kein Mensch zu sehen. Sie lehnte sich zufrieden zurück, atmete die nach frischem Gras und dem Salz des nahen Meeres duftende Luft tief ein. Sie genoss diesen magischen Augenblick. Sie war so glücklich, dass sie am liebsten die ganze Welt umarmt hätte.

Dörte legte den Kopf in den Nacken, spürte, wie ihre langen schwarzen Haare im Fahrtwind wehten. Sie sah hinauf zum glitzernden Licht der Milchstraße. Nirgends leuchtete der Sternenhimmel so hell wie hier im Norden.

Die perfekte Nacht. Dazu gehörte auch die Musik. Vor allem die Musik. Markus hatte eine CD eingeworfen. Natürlich von den Smashing Pumpkins. Musste sein. Schließlich hatten die drei Freunde die Pumpkins heute gesehen, live, in Hamburg, auf dem Spielbudenplatz in St. Pauli. Danach hatten sie auf der Reeperbahn noch einen Döner gefuttert und waren dann weitergezogen ins *La Paloma* am Hans-Albers-Platz.

Immer noch berauscht von den heutigen Eindrücken, ging es jetzt mit Markus' Golf Cabrio zurück nach Hause, nach St. Peter-Ording. Nachdem sie fast eine Stunde über die A23 Richtung Norden gefahren waren – natürlich mit offenem Verdeck –, hatten sie die Autobahn in Heide verlassen. Nun fuhren sie quer durch Dithmarschen, über das Eiderspeerwerk, an der Nordsee entlang bis zur Spitze der Halbinsel Eiderstedt in Nordfriesland.

Was für ein Tag! Was für eine Nacht! Sie passierten gerade die Ortsausfahrt, fuhren hinein in die schlafende Marsch, als »Tonight, Tonight« erklang, Dörtes Lieblingssong der Pumpkins. Fabio riss die Arme hoch und sang zusammen mit Dörte und Markus mit. So laut, so wild und ausgelassen, dass die Kühe, die im Licht der Scheinwerfer auf den Weiden auftauchten, ihnen mit erstaunten Augen hinterherschauten.

Markus drückte das Gaspedal erneut durch, war schnell wieder bei neunzig Stundenkilometern.

Dörte warf ihm einen fragenden Blick zu. Er grinste. »Was ist? Weit und breit keiner außer uns unterwegs. Wir haben die Piste ganz für uns allein.«

»Ja, aber wir wollen doch in einem Stück zu Hause ankommen, oder? Du weißt, warum ...«

Markus sah ihr nachdenklich in die Augen, lächelte dann und nahm den Fuß vom Gas. »Besser?«

»Viel besser.«

Kurz darauf konnte sie die Lichter des Eidersperrwerks erkennen, das in der Dunkelheit wie ein gewaltiges, im Meer gelandetes Raumschiff aussah. Das Sperrwerk war nach der Sturmflut von 1962 an der Flussmündung gebaut worden. Es bestand aus zwei Reihen mit jeweils fünf zweihundert Tonnen schweren Stahltoren, die sich im Notfall absenken ließen und das Binnenland vor den Wassermassen schützen sollten. Wie riesige Klammern umschlossen sie zudem einen zweispurigen, über zweihundert Meter langen Straßentunnel, der Dithmarschen mit Nordfriesland verband.

Dörte lächelte. Sie mochte Dithmarschen sehr, ihre Familie kam von hier, viele ihrer besten Freunde wohnten in Büsum oder Heide. Auch die Landschaft gefiel ihr, sah sie doch zumindest hier im Nordteil genauso aus wie in Nordfriesland. Aber jedes Mal, wenn sie den Tunnel des Sperrwerks verließ, hatte sie das Gefühl, dass die Marsch dort noch grüner war und die Luft noch besser roch. Durchs Eidersperrwerk zu fahren und damit auf Eiderstedt zu sein, bedeutete für sie, nach Hause zu kommen.

Endlich näherten sie sich dem Tunnel. Trotz der nächtlichen Stunde war ausgerechnet hier ein alter Trecker unterwegs. Mit seinem hin und her wackelnden Anhänger hielt er auf die Einfahrt zu und bremste sie aus. Das Dröhnen des Dieselmotors in der geschlossenen Röhre klang markerschütternd. Dörte verzog genervt das Gesicht.

Markus seufzte. Trotz der durchgezogenen Linie in der Straßenmitte beschloss er, den Trecker zu überholen. Kein Problem in dem sonst leeren Tunnel.

Er schaltete zurück, gab Gas. Der Motor ruckte kurz, dann zog Markus den Golf neben das Landwirtschaftsgespann. Doch gerade als sie den Anhänger mit den hochgestapelten Strohrollen passierten, geschah es. Der Trecker scherte nach links aus. Dörte schrie auf, sah, wie seine riesigen Räder sich bedrohlich dicht ihrem Wagen näherten.

War der Fahrer eingenickt? Markus drückte auf die Hupe, bremste ab, um zu verhindern, zwischen dem Trecker und der Tunnelwand eingequetscht zu werden.

»Du Idiot!«, brüllte er.

Der Fahrer schien aus seinem Dämmerschlaf erwacht zu sein. Im nächsten Moment zog er seine Maschine zurück auf die rechte Spur.

Markus gab Gas, hupte erneut und schob den Golf neben den Trecker. Er verdrehte den Kopf, versuchte, den Fahrer über den großen Traktorrädern hinweg zu sehen, konnte ihn in seiner Kabine aber nicht erkennen.

»Achtung!«, hörte er auf einmal Dörte schreien.

Markus sah nach vorn, riss die Augen auf.

Ein Porsche kam ihnen rasend schnell entgegen. Blendete die Scheinwerfer auf, wurde aber nicht langsamer. Dörte hielt sich den rechten Arm vor die Augen, während ihre Linke instinktiv hinten nach Fabios Hand griff.

Sie hörte Markus' Fluchen, das Quietschen der Bremsen. Ein ohrenbetäubendes Krachen. Dann ein heftiger Stoß, ein brutaler Schmerz auf der Brust, die Welt drehte sich und riss sie mit sich fort. Schließlich hörte und fühlte Dörte gar nichts mehr.

3

St. Peter-Ording, Gegenwart

Meeresrauschen erfüllte den Raum. Man hörte Wellen, die sanft am Strand ausliefen. Dazu zarte Harfentöne, als würde irgendwo in den Dünen ein musizierender Engel sitzen.

»Stellt die Füße nebeneinander«, sagte eine einschmeichelnde Frauenstimme. »Legt eure Arme an die Seite und den Kopf in den Nacken. Drückt jetzt eure Sohlen vorsichtig auf die Matte, spürt von der Ferse bis in jeden einzelnen Zeh, wie ihr auf der Erde steht. Öffnet jetzt die Augen. Blickt nach oben, lächelt, zeigt dem Leben, wie viel Licht ihr ihm geben könnt. Ihr seid wunderbar, ihr seid einmalig. Genießt diesen Moment. Gebt eurem Körper die Zeit, zu sich zu kommen.«

Krumme seufzte. Nach mehreren Kursstunden wusste er, dass es so angenehm nicht bleiben würde.

»Beugt euch jetzt langsam nach vorne, die Beine immer gerade durchgedrückt. Lasst die Arme fallen, schüttelt sie einen Moment, lasst alles Schwere aus ihnen hinausströmen. Ja, das macht ihr wunderbar. Und nun streckt die Arme durch, genau wie die Beine.

Drückt euren Oberkörper nach unten und legt die Hände mit den Ballen sanft auf den Boden. Bleibt so, genießt den Moment. Spürt, wie die Kraft warm durch euren Körper strömt.«

Krumme ächzte und schnaufte, bemüht, den Oberkörper nach unten zu drücken. Den meisten anderen Kursteilnehmerinnen gelang das ohne Probleme, auch Marianne, seiner Freundin. Einige beugten den Oberkörper so weit, dass sie es tatsächlich schafften, die Handballen flach auf den Boden zu legen. Nicht so Krumme. Bei einer Neunzig-Grad-Beuge war Schluss, weiter als bis zu den Knien wollten seine Hände nicht reichen.

»Nicht aufgeben, Theo«, rief Ettje, die gerade mal fünfundzwanzig Jahre junge Yogalehrerin, die sein verzweifeltes Bemühen von ihrer Matte aus mit einem mitfühlenden Lächeln beobachtete. »Komm schon, ein paar Zentimeter sind bestimmt noch drin.«

Waren sie nicht. Krumme schüttelte den Kopf, ächzte niedergeschlagen. Schlimm genug, dass Ettje ihn genau im Auge behielt. Dass aber alle anderen Damen ihm ebenfalls freundlich aufmunternde, manchmal auch amüsierte Blicke zuwarfen, war kaum zu ertragen. Wieso schauten sie nicht woandershin? Warum beachteten sie ihn überhaupt, wo er sich doch schon in der hintersten Reihe direkt an der Wand versteckte?

Außer ihm und Marianne nahmen zehn Frauen an dem Kurs teil: fünf junge Studentinnen aus Osnabrück, zwei Mütter aus Hamburg, die ihre Körper nach der Schwangerschaft wieder in Form bringen wollten. Überflüssigerweise. Obwohl die beiden ihre Kinder erst vor zwei beziehungsweise drei Monaten bekommen hatten, präsentierten sie in ihren hautengen Gymnastikanzügen fast obszön flache Bäuche. Außerirdische. Dagegen zeigten zwei weitere Damen, beide um die fünfzig, mutig ihre überzähligen Pfunde. Die rheinischen Frohnaturen hatten den langen Weg aus der Eifel auf sich genommen, um an diesem Kurs teilzunehmen. Tapfer bemühten sie sich, trotz ihres Übergewichts, Ettjes Übungen zu folgen. Und tatsächlich gelang es ihnen, die Hände mehr oder weniger elegant auf die Isomatten zu legen. Es war zum Verzweifeln. Krumme schaffte es kaum, das Gleichgewicht zu halten und nicht umzukippen. Konnte es sein, dass Frauen schlichtweg andere Muskeln hatten?

Es gab in Ettjes Kurs noch einen weiteren Mann neben Krumme. Dietmar, ein gemütlicher Fast-Sechziger und Gatte von Janine, einer der beiden Eifelerinnen. Er wog hundertzwanzig Kilo, und sein sportliches Engagement beschränkte sich für gewöhnlich auf das Schauen von FC-Köln-Spielen im Fernsehen. Janine und ihre Freundin Susanne hatten ihn nur als Fahrer mit an die Nordsee genommen. Trotzdem nahm er an dem Kurs teil, rollte zu Beginn jeder Yogastunde seine Matte aus – nur um nach wenigen Augenblicken einzuschlafen. Ein schlummernder Wal, passend zu Ettjes Playlist mit maritimen Klängen. Die Yogalehrerin und die anderen Damen störte die Anwesenheit von Janines Mann nicht, denn er schnarchte so leise, dass nur Krumme es hören konnte. Dietmar hatte in ihm sofort einen Männerkumpel ausgemacht und gesellte sich zum Beginn jeder Einheit freundlich grüßend zu ihm ans Fenster.

»Der Quatsch ist nichts mehr für uns alte Männer, was Theo?«, hatte er während der ersten Stunde gutmütig lächelnd festgestellt. Krumme betrachtete den untersetzten Mann und wollte das für sich nicht akzeptieren. So alt und klapprig wirkte er doch hoffentlich noch nicht! Oder doch?

Immerhin hatte er einen guten Grund für die Teilnahme an diesem Kurs: seinen Rücken. Schon früher in Berlin, wo er in Neukölln bei der Kripo gearbeitet hatte, waren seine Bandscheiben ein Problem gewesen. Seit er vor rund fünf Jahren nach Nordfriesland gezogen war, hatte sich die Lage gebessert. Doch in den letzten Monaten hatte sich sein Rücken wieder gemeldet. Manchmal kam er morgens kaum aus dem Bett.

»Theo, so geht das nicht weiter. Du musst dich unbedingt mehr bewegen!«, hatte Marianne mit ihm geschimpft. Schließlich hatte sie diesen Yogakurs in St. Peter-Ording gefunden. Vier Tage im schicken Beach-Park-Hotel, direkt hinter dem Deich und nur etwas mehr als eine halbe Stunde Autofahrt von ihrem Zuhause in Husum entfernt. Fast komplett von der Krankenkasse bezahlt, inklusive Zimmer und Halbpension. Marianne hatte nicht lockergelassen, bis er sich endlich mit Pat, seiner Partnerin bei der Kriminalpolizei, abgesprochen und die drei Tage für ein verlängertes Wochenende freigenommen hatte.

Die ersten zwei Tage des Kurses waren fast vorbei, doch Fortschritte wollten sich bei Krumme nicht einstellen. Ettje war eine tolle Yogalehrerin, und er sah bewundernd zu, wie elegant und anmutig sie die Übungen vormachte. Leider sah es bei ihm selbst nicht andeutungsweise so geschmeidig aus. Bis er seine Arme und Beine nach Ettjes Vorgaben stöhnend und schwitzend sortiert hatte, war die Übung meistens schon wieder vorbei. Und die Rückenschmerzen waren auch nicht besser geworden. Zum Glück war das Ende der heutigen Stunde fast erreicht. Krumme konnte durchatmen. Ettje ließ das Programm langsam mit ein paar motorisch nicht sonderlich anspruchsvollen Entspannungsübungen ausklingen. Manchmal gab es sogar ruhige Momente, in denen er nur auf dem Bauch oder dem Rücken liegen durfte.

»Spürt ihr, wie sich die Wärme in eurem Körper ausbreitet?«, fragte Ettje mit ihrer sanften Stimme. »Sperrt euch nicht dagegen. Sagt Hallo zu der Wärme, empfangt sie wie einen guten Freund.« Dazu hob sie das Becken mit langsamen, kreisenden Bewegungen. Krumme bemühte sich, ihr zu folgen, war am Ende der Einheit aber so erschöpft, dass er den Hintern nicht mehr hochbekam.

Entgegen Ettjes Empfehlung hatten Marianne und er zusammen mit Dietmar und Janine kurz vor der Stunde lecker Apfelkuchen mit einer Extraportion Sahne gefuttert. Ein Fehler. Denn mit der sinkenden Anspannung durch das nahende Ende der Stunde spürte Krumme auf einmal eine lähmende Müdigkeit.

Halt durch! Bloß nicht einschlafen!, warnte ihn eine, leider nur leise, Stimme im Kopf. Aber die wärmende Entspannung, die Krumme nach Ettjes Empfehlung in seinen Körper aufnehmen sollte, war unwiderstehlich. Und die wohligen Meeres- und Harfenklänge aus Ettjes Bluetooth-Lautsprecher machten es ihm fast unmöglich, nicht ins Reich der Träume abzugleiten.

Ein deutliches Furzen störte plötzlich die feierliche Stille.

Auf einmal hellwach, riss Krumme die Augen auf. War er das gewesen? Nein, wohl nicht. Dietmar? Doch sein rheinischer Freund schlief tief und fest, lag jetzt auf der Seite und mit angezogenen Beinen wie ein kleines Kind in der Wiege.

Die Damen kicherten. Krumme blickte nach vorn. Die Unruhe konnte nur bedeuten, dass …

Marianne und er hatten ihren Hund Sonny mit nach St. Peter-Ording genommen. Tatsächlich war das Beach-Park-Hotel, wie der Ort insgesamt, sehr hundefreundlich. Das galt auch für so große Exemplare wie Sonny. Der war zwar immer noch relativ jung, aber bereits ein Riese. Kein Wunder: Seine Mutter Gloria war Hütehund auf einem Eiderstedter Schäferhof und sein Vater Watson wohl eine Mischung aus Bernhardiner und Leonberger. Sonny hatte die Gutmütigkeit, die Treue, den Mut aber auch das Temperament seines Vaters geerbt. Umso erstaunlicher, dass er sich sofort mit Ettjes Malteser Mickey angefreundet hatte. Mickey war daran gewöhnt, bei Ettjes Yogastunden friedlich und ruhig auf einem Kissen zu liegen. Und kaum zu glauben: Sonny, der sonst ständig hin und her sprang und von Krumme oft nicht zu bändigen war, war während des Kurses wie verwandelt. War es Ettjes Stimme, waren es die hypnotischen Meeresklänge oder einfach Mickeys positiver Einfluss? Jedenfalls kuschelte Sonny sich in jeder Stunde an seinen neuen Freund und hatte sich bisher absolut unauffällig verhalten.

Zu Krummes Verblüffung war jetzt nicht Sonny, sondern sein neuer Kumpel der Schuldige. Um alle Zweifel zu zerstreuen, ließ er erneut einen fahren. Ettje tadelte ihn grinsend, aber Mickey reagierte überhaupt nicht und schlief einfach weiter.

Ettje läutete den letzten Teil der morgendlichen Yogastunde ein.

»Zum Schluss richten wir uns jetzt wieder langsam auf. Wir stellen erst den rechten Fuß auf und drücken uns dann mit geradem Oberkörper in die Höhe. Die Augen sind geschlossen. Keine hektischen Bewegungen, schließlich haben wir gerade die Harmonie über unsere inneren Körperströmungen gefunden.«

Das galt für Krumme nur in einem begrenzten Maß. Ächzend kam er auf die Beine und versuchte schwankend, das Gleichgewicht zu halten. Doch er hatte sich zu schnell erhoben. Für einen Moment schwindelte ihm, er stolperte und musste sich an einer anderen Kursteilnehmerin festhalten, um nicht hinzufallen.

»Hoppla! Tschuldigung, der Boden ist so glatt«, murmelte er mit knallrotem Kopf.

Ettje konnte er nichts vormachen. »Alles gut, Theo?«, erkundigte sie sich besorgt.

Er nickte, schaute verlegen in die Runde. Hatten die Damen gesehen, wie dämlich er sich benommen hatte?

Während die Meereswellen in Endlosschleife an den Strand spülten, machte Ettje weiter im Programm: »Wir lassen die Arme hängen, spüren, wie sie sich bis in die Fingerspitzen entspannen. Nun drehen wir die Schultern nach hinten, langsam, ganz bewusst, sagen Hallo zu unserem Körper, Hallo zu unserer neuen Frische …«

»Ich hasse Yoga!«, brummte Krumme, als sie später auf dem Balkon ihres Hotelzimmers saßen.

»Aber warum denn?« Marianne sah ihn erstaunt an. »Du machst das doch super!«

»Super? Ich bin die Lachnummer, der Depp, der sich jede Stunde von Neuem blamiert.«

»Quatsch. Du musst nur ein bisschen Geduld haben. Die anderen sind auch nicht alle besser als du.«

Krumme stöhnte nur und schwieg. Er blickte nach oben in den Himmel. Die Aussicht von ihrem Balkon war spektakulär. Normalerweise schauten sie über den Deich bis zum breiten Ordinger Strand und der Nordsee und konnten vor dem endlos blauen Firmament die Drachen und die Segel der Surfer tanzen sehen.

Aber an diesem Abend nahm der Sommer offensichtlich eine Auszeit. Es hatte sich überraschend schnell bezogen. Dicke schwarze Wolken hingen regenschwer am Himmel. Krumme war sicher, dass ihnen in der Nacht ein heftiges Unwetter bevorstand. Die Luft schmeckte nicht nur salzig, sondern nach Eisen. In der Ferne blitzte ein kurzes Wetterleuchten auf. Ein düsterer Anblick, der recht gut zu seiner Gemütslage passte.

»Möchtest du auch ein Glas Wein?«, fragte Marianne von drinnen.

»Nein danke«, muffelte Krumme, der sich vorgenommen hatte, heute Abend keine gute Laune zu haben. Er wollte ihr auf diese Weise klar und deutlich zu verstehen geben, dass dieser Kurs eine ganz miese Idee gewesen war.

Leider schien sie ihn in seiner Bockigkeit nicht ernst zu nehmen. Trotz seiner abschlägigen Antwort brachte sie zwei volle Weingläser mit nach draußen und reichte ihm eins. Krumme zögerte, nahm dann aber trotzdem das Glas an.

Marianne setzte sich neben ihn auf einen Stuhl. »Richtig unheimlich, wie dunkel es geworden ist«, sagte sie, legte ihre Füße auf das Geländer des Balkons und strich ihren Sommerrock glatt. Als er nichts erwiderte, betrachtete sie ihn mit besorgter Miene.

»Was macht dein Rücken?«

Er rutschte mit dem Hintern auf dem Stuhl herum. »Nicht so gut.«

»Machst du dir Sorgen, dass die im Präsidium nicht ohne dich klarkommen?«

»Was hat das denn damit zu tun?«

Marianne nippte an ihrem Wein, zuckte dabei gleichmütig mit den Schultern. »Ich frag ja nur.«

»Nein, ich denke nicht an die Arbeit. Warum auch?«, behauptete er. Eine glatte Lüge. Tatsächlich war er in Gedanken die ganze Zeit bei den Kollegen. Er hatte nur Pat und seinem Chef von seinen Rückenproblemen und dem Yogakurs erzählt. Die anderen Kollegen brauchten nichts davon zu erfahren. Schlimm genug, dass er nach all den Jahren immer noch der dazu gezogene Berliner war. Er wollte nicht auch noch der wehleidige Großstädter sein, der sich von seiner Freundin zu Frauenkram wie Yoga anmelden ließ.

»Sehr gut«, antwortete Marianne auf seine Frage. »Du hast schon so lange keinen Urlaub mehr gemacht. Du musst dich endlich mal ein bisschen erholen und an dich denken. Vergiss deine Arbeit und mach dir keine Sorgen. Nirgends ist die Welt so friedlich wie hier in St. Peter-Ording.«

Krumme blickte erneut in den dunklen Himmel. Er spürte den aufkommenden Sturm. So friedlich sah es hier im Moment gar nicht aus. Im Gegenteil, irgendwie hatte er den Eindruck, dass ihnen irgendetwas Schlimmes bevorstand.

4

Was für ein dunkler, trüber Abend. Mitten im Sommer fühlte es sich an, als wenn die Natur den Atem anhielt. Nur ein leises Rauschen erfüllte die Luft, das Rascheln der Blätter der Buche neben der Werkshalle und das Glucksen des Wassers im Hafenbecken. Mehr war nicht zu hören, selbst die Möwen schienen sich in eine stille Ecke zurückgezogen zu haben.

Bernd schaute in den Himmel hinauf. Die Wolken hingen wie schwarze, zerfranste Decken über der Küste. Noch war kein Tropfen gefallen, aber es war nur eine Frage von Minuten, bis der Regen auf sie niedergehen würde.

Ein Glück, dass die Farbe schon trocken war. Er hatte den Katamaran gleich am Morgen zusammen mit seinem Azubi gestrichen, obwohl es Sonntag war. Er hatte gewusst, dass sie sich beeilen mussten. Für den Tag und für den Abend waren kein Regen vorhergesagt worden. Aber Bernd war hier im Norden geboren. Schon viele Stunden vorher hatte er es in seinen alten Knochen gespürt, am Geschmack der Luft und am Licht über der See: In der Nacht würde es gewaltig schütten!

Zu dumm, dass er noch mal wegmusste.

Hatte Marten geahnt, wie mies das Wetter werden würde, als er sich mit ihm verabredet hatte? Hatte er darauf gehofft, dass er ihr Treffen absagen würde?

Bernd spuckte verächtlich auf den ölverschmierten Boden. Niemals. Heute würde er sich den Mistkerl schnappen. Marten hatte schon so oft gelogen und betrogen, dieses Mal gab es keine Gnade.

Er schaute auf die Uhr. Er musste los.

Bernd vergewisserte sich, dass bei den drei Schiffen, die auf dem Platz vor der Halle mit ihren dunklen Leibern aufgebockt in der Luft hingen, alles in Ordnung war. Denn es würde nicht nur regnen, so viel stand fest. Bald würden heftige Böen über das Land fegen. Er fluchte leise. Früher waren diese plötzlichen Wetterwechsel nicht so schlimm, die Schmerzen in seinen morschen Knien nicht so heftig gewesen.

Aber vielleicht war das kommende Unwetter ja genau der richtige Rahmen für sein Treffen?

Er wischte sich die schmutzigen Hände an der Hose ab und ging in die Halle. Er hörte das Knirschen im Gebälk, als der Wind an dem Dach zerrte. Wie so vieles auf der Werft, brauchte auch die Werkshalle unbedingt eine Renovierung. Aber woher sollte er das Geld dafür nehmen? Die Auftragslage war schlecht, schon seit Jahren. Und die Löhne für seine beiden Angestellten zu bezahlen, war ihm wichtiger als ein neuer Anstrich der Halle oder eine Reparatur des kaputten Daches.

Im Büro trank er erst mal einen Schluck. Kein Wasser, wie während der Arbeit, sondern einen Schnaps, um die Synapsen zu ölen, für das, was er heute vorhatte. Dann schob er ein paar leere Kartons zur Seite, um an den Safe zu gelangen, der unter dem Tisch stand. Ächzend ging er in die Knie, öffnete ihn und holte die Pistole heraus. Er betrachtete die Waffe, wog das Ungetüm in der Hand. War es eine gute Idee, sie heute mitzunehmen? So was brachte nur zusätzlichen Ärger. Bernd bevorzugte bei seinen Nebengeschäften genau wie bei der Reparatur der Schiffe Handarbeit.

Aber heute musste er unter Umständen etwas deutlicher werden.

Er dachte an Martens Anruf. Eigentlich hätten sie heute reinen Tisch machen sollen. Doch nun wollte dieser Dreckskerl noch einmal über alles reden.

Bernd schnaufte verärgert. Nein, Schluss mit dem Hickhack! Er stand auf, griff sich seine Jacke und die Autoschlüssel für den alten Daimler. Dann verließ er das Büro und schloss das Hallentor ab.

Wieder schaute er nach oben in den jetzt schwarzen Himmel. Erste Regentropfen klatschten ihm ins Gesicht, der Wind wurde immer stärker.

Plötzlich hörte er hinter sich ein knallendes Geräusch. Sofort griff er nach der Pistole in seiner Jacke, drehte sich um und sah zu den Booten.

Wieder das Knallen. Ein Schatten bewegte sich oben auf dem Katamaran.

Bernd atmete erleichtert aus. Nur eine Plane, die sich im Sturm gelöst hatte. Er steckte die Waffe weg, ging mit eingezogenem Kopf auf das Boot zu. Die Plane war bei diesem Schietwetter wichtiger. Marten würde noch eine Weile warten müssen.

5

Wieso musste das Treffen unbedingt heute stattfinden? Marten hatte den ganzen Tag hinter der Bar des Poseidon gestanden, ein Pfahlbau, der sich auf mächtigen Bohlen über dem Strand erhob und bei Flut sogar vom Wasser umgeben war. Es war Hochsaison, und Sonntag noch dazu. Das hieß, zu den vielen Sommergästen, die sich in den Hotels, Ferienhäusern und Wohnungen eingemietet hatten, kamen noch die Tagesgäste hinzu. Und direkt neben dem Poseidon fand gerade die deutsche Meisterschaft im Kitesurfen statt. Das Poseidon war der perfekte Aussichtspunkt, um die Wettkämpfe in den meist stürmischen Wellen zu beobachten. Für Marten und seine Kollegen bedeutete das Dauerstress und keine freie Minute.

Und jetzt noch dieses dämliche Treffen. Zum Kotzen!

Warum trafen sie sich nicht woanders? Warum nicht im Poseidon? Oder irgendwo im Trockenen? Wieso sollte er unbedingt zu dieser Ruine kommen?

Es hatte angefangen zu regnen. Marten beobachtete, wie die Flut in den Prielen gurgelnd auflief. Nicht mehr lange, und hier war alles vom Wasser bedeckt. Aber wenigstens war er hier zwischen den mächtigen

Stelzen des abbruchreifen Pfahlbaus vor dem Regen geschützt.

Eine Zigarette rauchend, dachte er an den heutigen Tag. An den nervigen Streit mit Geert, dem Besitzer des Poseidon. An die hübschen Mädchen, die in ihren knappen Tops direkt vom Strand hoch zu ihm an die Bar gekommen waren. Er erinnerte sich lächelnd an die Telefonnummern, die sie ihm zugesteckt hatten. Die beiden Blondinen hatten ihm sogar den Standort ihres Wohnmobils auf einem Campingplatz in Ording auf die Rückseite ihrer Rechnung gemalt.

Marten bewahrte den Zettel auf. Man wusste ja nie, was sich im Laufe des Sommers ergab.

Er schnippte seine Zigarette in den Priel. Dann wich er ein paar Schritte zurück. Das Wasser kam unaufhaltsam näher. Lange würde er nicht mehr hier warten können. Lauter Gewitterdonner ließ ihn zusammenzucken.

Marten holte tief Luft. Er schaute in seine Zigarettenpackung, griff sich dieses Mal einen Joint. Während er den ersten Zug nahm, sah er zu den tief hängenden Sturmwolken. Vielleicht sollte er in die Berge umziehen. Après-Ski und Hüttenzauber wären zur Abwechslung mal ganz nett. Wenn es wie geplant lief, konnte er sich das schon bald leisten.

Zufrieden umfasste er das Amulett in seiner Hosentasche. Fühlte sich gut an, schwer, irgendwie wertvoll. Er zog es heraus, wollte es genauer betrachten, konnte im trüben Licht aber kaum etwas erkennen. Verrückt, bildete er sich das ein, oder strahlte das Ding irgendwie Wärme aus? Als würde er ein kleines Herz in der Hand halten!

Zuerst hatte er daran gedacht, es für viel Geld zu verkaufen, um seine Schulden zu begleichen, um Kohle für seine zukünftigen Verpflichtungen zu haben. Doch egal was er versprochen hatte, jetzt hatte er andere Pläne.

Natürlich würde das Ärger geben. Aber auf eigentümliche Weise war er sicher, dass sein neuer Besitz und das Wissen um seine Herkunft ihn unantastbar machten. Er musste vor niemandem Angst haben, im Gegenteil.

Wieder dachte er an Geert, seinen Chef. Einen Betrüger hatte der ihn genannt. Nur weil er sich einen Zwanziger fürs Taxi aus der Trinkgeldkasse genommen hatte. So ein Arschloch! Wer bekam denn das meiste Trinkgeld? Er ja wohl!

Sofort loderte die Wut wieder in ihm auf, drohte ihn mit heißen Flammen zu verzehren. Marten schüttelte den Kopf, schloss für einen Moment die Augen. Selbst überrascht über seinen plötzlichen Gefühlsausbruch, versuchte er, sich wieder zu beruhigen. Aber im nächsten Moment zerriss ein Blitz den Himmel, begleitet von einem gewaltigen Donner, der die Erde erbeben ließ. Dann war wieder nur das tiefe Grollen des Sturms zu hören, das Gurgeln der Flut.

Marten atmete langsam aus und ein. Dieser Scheißkerl war es nicht wert, dass er sich aufregte. Er nahm sich vor, Geert morgen noch mal zur Rede zu stellen. Der würde sich wundern, mit wem er sich angelegt hatte.

In Gedanken stand er seinem Chef am Tresen schon gegenüber. Seine Haut kribbelte. Wieder spürte er den brennenden Wunsch nach Rache in sich wachsen.

Er blickte auf seine Uhr. Wie lange musste er denn noch warten? Wollten ihn denn heute alle verarschen? Auf einmal hörte er durch den Wind ein Knacken, dann näherten sich von hinten knirschende Schritte im Sand. Endlich. Jetzt kam es drauf an. Er musste genau aufpassen, was er sagte. Er wandte sich um, konnte aber zunächst niemanden sehen.

»Hallo, Marten«, meldete sich eine vertraute Stimme.

Er sah überrascht zu dem Schatten, der sich hinter einer Bohle aus der Dunkelheit löste, stapfte dabei in das schon knöcheltiefe Wasser des Priels. Er fluchte.

Wieder donnerte es. Das Gewitter war genau über ihnen, und für den Bruchteil einer Sekunde erkannte Marten, wer vor ihm stand, sah das metallische Glänzen in der Hand.

»Was …?«, stammelte er erschrocken, als ein weiterer Blitz die Nacht zerriss, gefolgt von einem heftigen Donnerschlag.

Und von einem Schuss. Marten wurde nach hinten geschleudert. Und war bereits tot, als er rücklings in den Priel stürzte.

6

»Vielleicht ein junges, verliebtes Paar auf Segeltour«, begann Niri. »Sie sind den ganzen Tag auf dem Wasser. Am Ende wollen sie zusammen Abend essen, draußen auf dem Deck. Er hat gekocht, den Tisch gedeckt, lecker Essen, mit einem tollen Wein. Und sie will ihn überraschen, hat sich was Schickes angezogen, ein kurzes Sommerkleid mit hochhackigen Pumps.«

»Und dann?«, fragte Max. Er schluckte, hatte auf einmal einen trockenen Hals.

»Natürlich ist ihr Freund total verknallt in sie. Als sie aus der Kabine kommt, fällt ihm fast das Glas aus der Hand. Vor der untergehenden Abendsonne sieht sie umwerfend aus. Und er ist ihre große Liebe. Sie küssen sich leidenschaftlich. Und bevor die beiden auf die Liege sinken, streift sie die Schuhe frech von den Füßen. Wobei einer über die Reling fliegt und platschend ins Wasser fällt. Aber das ist ihr völlig egal. Denn das ist der schönste Tag ihres Lebens.«

Für einen Moment herrschte Stille. Max holte tief Luft. Er schaute Niri mit großen Augen an, als wäre sie ein überirdisches Wesen.

Ein überirdisches Wesen in Gummistiefeln. Denn genau wie Max und Mathilda war Niri eine junge Naturfreundin, die ein freiwilliges ökologisches Jahr in der »Schutzstation Wattenmeer« absolvierte, im oder besser am Leuchtturm von Westerhever. Ihr gemeinsamer Auftrag an diesem freundlichen Morgen, nachdem in der Nacht ein schlimmer Sturm über Nordfriesland gerauscht war: Müllsammeln in den Salzwiesen, die sich vor ihnen weit hinaus bis zum Watt erstreckten. Bei Fluten wie der von letzter Nacht wurden sie regelmäßig vom Meer überspült, und bei Ebbe fand sich dort jede Menge Strandgut und Müll – verfaulte Bretter, Plastiktüten und Trödel. Eine Schande. Und das Zeug aus den schlammigen Prielen und dem scharfen Seegras zu ziehen, machte keinen Spaß.

Niri hatte sich ein Spiel ausgedacht: Während einer kleinen Pause, in der sie die Butterbrote aßen, die sie sich am Morgen in ihrer Unterkunft am Leuchtturm geschmiert hatten, sollte sich jeder eine Geschichte zu ihren Fundstücken ausdenken. Niri zum Beispiel hatte einen vom Salzwasser fast halb zersetzten, hochhackigen Damenschuh gefunden.

Mathilda schien von ihrer Geschichte nicht sonderlich überzeugt. »Hochhackige Schuhe auf dem Deck eines wackeligen Segelschiffs? Wie soll das gehen?«

Sie kam aus einem kleinen Dorf im hessischen Taunus, wie man an ihrer singenden Sprachmelodie gut hören konnte.

»Kommt auf das Schiff an«, erwiderte Niri.

Max beobachtete, wie sie sich eine dicke schwarze Locke aus dem Gesicht schob. Sie hatte sich ihre Haare wegen des stürmischen Windes zu einem Zopf zusammengebunden. Aber ihre dunkle, von der salzigen Luft verklebte Mähne war viel zu wild und widerspenstig, als dass sie sich von einem Gummiband bändigen ließ.

»Nur so ein kleiner Kahn geht natürlich nicht«, sagte Niri zu ihrer Freundin. »Aber auf so einer großen Segelyacht, wieso soll es da nicht auch ein richtiges Sonnendeck geben?« Sie grinste.

Max wusste, dass Niri im noblen Hamburger Stadtteil Nienstetten wohnte. Sie hatte erzählt, dass man von dem Haus ihrer Familie in nur zehn Minuten an der Elbe war. Er war überzeugt, dass Niri genau wusste, von was für einem Schiff sie sprach. Garantiert war sie schon selbst auf so einer Yacht gefahren.

Mathilda war als Nächste dran. Sie rückte ihre runde Brille zurecht und blickte auf die Fundstücke in ihrem Eimer. Sie entschied sich für ein Nudelholz und hielt es wie einen Pokal in die Höhe.

»Vielleicht das gleiche Pärchen wie bei dir, Niri«, fing sie an. »Nur dass die Frau es nicht geschafft hat, den Mann zu verführen. Dabei wollte sie doch unbedingt an seine Kohle. Kohle muss er ja haben, wenn er sich so eine tolle Yacht leisten kann. Also hat sie sich das Nudelholz aus der Kombüse gegriffen, ihm eins übergezogen, dann noch mal, immer wieder, so oft, bis er hinüber war. Dann hat sie das Ding einfach über Bord geworfen. Ist ja schließlich die Tatwaffe. Und natürlich musste sie jeden Beweis für den Mord vernichten.«

Mathilda lächelte, wartete zufrieden auf die Reaktionen der Freunde. Die schauten sie mit großen Augen an.

»Also … Niris Geschichte fand ich irgendwie besser«, sagte Max vorsichtig.

Mathilda zuckte mit den Schultern und schob ihre Brille mit dem Zeigefinger die Nase hoch. »Krimis sind eben nichts für jeden.« Sie hatte eine leichte Neurodermitis und kratzte sich gedankenverloren am nackten Unterarm.

Niri lächelte. »Also ich fand's cool. Ein Mord auf einem Segelschiff, krass.« Sie sah zu Max. »Wie sieht's bei dir aus? Hast du auch was Interessantes gefunden?«

Max blickte sie erschrocken an. Niris ungeteilte Aufmerksamkeit zu haben, verstörte ihn. Sie lächelte. Die Salzkristalle in ihren Haaren und auf ihrer Haut funkelten in der Sonne.

»Na, was ist?« Sie legte den Kopf schief.

Max konnte den Blick nicht von ihrem hübschen Gesicht nehmen. Er spürte, wie sich seine Nackenhaare in einem wohligen Schauer aufrichteten, brachte aber kein Wort heraus.

Mathilda wurde es zu dumm. Sie begann in seinem Eimer zu kramen. »Kuck mal, das ist doch schön!« Sie zog eine Sonnenbrille heraus. »Dazu sollte dir doch leicht was einfallen.«

Max atmete tief durch und schaute sich die Brille an. Ein Glas hatte einen Sprung, das andere war im Salzwasser vollkommen matt geworden.

Er spürte die Blicke der beiden Mädchen auf sich und hatte auf einmal das Gefühl, nur Brei in seinem Kopf zu haben. Er war kein großer Redner und hatte nicht so tolle Ideen wie Niri. Oder wie Mathilda.

»Ich weiß nicht ...«, stammelte er.

Niri gab ihm einen freundlichen Schulterklaps. »Nun komm schon. Wir machen nicht weiter, bevor du dir nicht auch was ausgedacht hast.«

Max hob den Kopf, sah in ihre Augen und senkte schnell wieder den Blick. Eine Silbermöwe krächzte über ihm im Himmel, lachte ihn aus. Der eben noch weite Horizont der Nordsee konzentrierte sich auf einmal auf die dämliche Sonnenbrille, die er in seinen schmutzigen Händen hielt.

Das war die Chance, bei Niri zu punkten. Und ausgerechnet jetzt fiel ihm überhaupt nichts ein. Er räusperte sich. Wenn er nicht sofort eine Idee hatte, blamierte er sich bis auf die Knochen.

»Ein Mann. Ein Mann auf einem Schiff«, stocherte er im Trüben.

»Was für ein Schiff?«, wollte Mathilda sofort wissen. »Doch nicht schon wieder auf einem Segelschiff?«

»Nein, nein ... Er steht auf einer ... Fähre.«

»Gute Idee.«

Wie nett, Niri war auf seiner Seite.

Mathilda nicht. »Was für eine Fähre?«

»Na ja, keine Ahnung ...« Er schaute sich um, zeigte dann auf das in der Sonne leuchtende Schiff auf der anderen Seite des Heverstroms. »Vielleicht die Fähre von Nordstrand nach Pellworm.«

Mathilda nickte. »Okay … Weiter!«

»Er steht auf dem Sonnendeck, schaut in das dunkelblaue Wasser …« Er zögerte, kratzte sich an seiner großen Nase und überlegte.

»Und?«

Verdammt. Max hatte gerade sein Abi gemacht, ganz gut sogar, mit einem Schnitt von 2,1. Doch in Deutsch war er immer mies gewesen. Buchbesprechungen, das hatte er nie gekonnt. Und sich selber Geschichten ausdenken schon gar nicht. Aber genau darauf standen Mädchen.

»Er kuckt also ins Wasser … die Sonne scheint … das Wasser reflektiert grell das Licht«, redete er weiter, während er gleichzeitig verzweifelt nach einer Idee suchte.

»Wie gut, dass er die Brille hat«, merkte Niri freundlich an.

»Genau, diese Brille hier. Aber auf einmal hört er etwas hinter sich. Er dreht sich um, sieht, dass dort ein Dieb gerade einer Oma eine Tasche klauen will.«

»Eine Oma? Du meinst, einer älteren Dame?«

Wieso konnte Mathilda nicht ihre Klappe halten? Er hatte es bei ihr doch auch getan.

»Einer älteren Dame, genau. Er springt dazwischen, versucht, das zu verhindern. Kämpft mit dem Dieb. Der verpasst ihm einen Faustschlag gegen den Kopf. Deshalb ist das eine Glas kaputt, seht ihr?« Kaum zu glauben, aber die Sache kam tatsächlich ins Laufen! »Sie kämpfen also. Richtig hart. Brutal. Schließlich reißt er dem Dieb die Tasche weg, aber so ein Pech, dabei fällt die Brille ins Wasser, und weg ist sie.«

Er schwieg, lächelte erschöpft. Ein Glück, er hatte doch noch die Kurve bekommen.

»Sehr gut«, sagte Niri, aber Max hatte trotz ihres freundlichen Lächelns nicht den Eindruck, dass sie wirklich begeistert war. Egal, kein Meisterwerk, doch er hatte etwas zu ihrem Spiel beigetragen, nur das zählte.

»Und was ist mit der Tasche?«, wollte Mathilda wissen.

»Die hat der Mann der alten Frau natürlich zurückgegeben.«

»Und der Dieb, was ist mit dem?«, fragte jetzt Niri.

»Na … der konnte entkommen.«

»Auf einer Fähre?«, staunte Mathilda. »Da kann der doch nirgends hin.«

»Dann hat er sich eben irgendwo versteckt.«

Niri nickte nachdenklich. »Aber du hast gesagt, die haben richtig hart gekämpft?«

»Ja?« Was sollten denn diese vielen Fragen?

»Dann hatte der doch bestimmt ein blaues Auge? Und ist total aufgefallen.«

»Du hast recht, Niri.« Mathilda nickte. »Und das auf einer Fähre, wo lauter Familien mit Kindern sind.«

»Und alte Damen«, ergänzte Niri.

»Warum hat er überhaupt versucht, die Tasche zu klauen?«, fragte Mathilda. »Auf einem kleinen Schiff ist das eine ziemlich dumme Idee.«

Jetzt hatte Max aber genug. »Ich sollte die Geschichte von der Brille erzählen. Das habe ich getan! Das mit der Tasche wäre eine ganz andere Geschichte, verdammt!«

Niri und Mathilda zuckten zurück, scheinbar erschrocken von seinem Temperamentsausbruch. Dann begannen beide, über das ganze Gesicht zu grinsen.

Nun war es klar. Die beiden hatten sich einen Spaß mit ihm gemacht. Max sah sie mit gequälter Miene an. »Sehr witzig, ich lach mich tot.«

Lachend legte Mathilda den Arm auf Niris Schulter. »He, nicht böse sein, Max! War doch nur Spaß!«

Auch Niri grinste immer noch. »Ich fand deine Geschichte super, Max, ehrlich!«

Zeit, um weiterzugehen. Sie schnappten sich ihre Eimer und spazierten zurück Richtung Leuchtturm. Mathilda und Niri gut gelaunt voraus. Max stapfte immer noch eingeschnappt hinterher. Er mochte es gar nicht, wenn jemand Witze über ihn machte. Und Mädchen schon gar nicht.

7

»Mann, war das ein Sturm! Hast du schon mal so was erlebt?«, fragte Dietmar, während er seine Isomatte auf dem Boden des Kursraums ausrollte. Sein rheinischer Freund suchte wie immer seine Nähe.

»Ja, war schon heftig«, brummte Krumme, der, von Dietmar bedrängt, Schwierigkeiten hatte, Platz für seine Tasche und seine Matte zu finden.

»Heftig? Janine und ich haben kein Auge zugekriegt, so hat der Regen auf unseren Balkon geprasselt. Und sieh jetzt mal aus dem Fenster! Blauer Himmel, weit und breit nicht eine Wolke.«

»Ja, verrückt«, erwiderte Krumme und schob Dietmars Matte mit der Fußspitze diskret ein Stück von sich fort. »Aber so ist das hier im Norden. Man kommt kaum mit dem Umziehen nach, so schnell wie das Wetter oft wechselt.«

Dietmar nickte mit großem Ernst. »Hat mit Ebbe und Flut zu tun, richtig? Der Wasserstand ändert sich ja auch immer, oder nicht?«

Krumme zwang sich zu einem zustimmenden Lächeln, hatte aber keine Lust, den Rheinländer über die Geheimnisse des nordfriesischen Klimas aufzuklären. Außerdem war er in Gedanken schon bei der bevorstehenden Yogastunde. Dieses Mal wollte er sich nicht blamieren.

»Guten Morgen, Theo«, begrüßte ihn Ettje, die ihren Bluetooth-Lautsprecher neben ihm auf dem Fensterbrett in Stellung brachte. »Gut geschlafen?«

»Geht so«, brummte er.

»Und selbst?«, erkundigte sich Marianne, die bereits im Schneidersitz auf ihrer Matte saß.

Krumme sah zu Ettje. Sie war eine natürliche Schönheit mit kleinen Makeln, wie zum Beispiel leichten Segelohren, die bei ihr gerade besonders süß aussahen. Außerdem wirkte sie egal um welche Zeit immer fit und ausgeschlafen. Doch an diesem Morgen konnte man zum ersten Mal dunkle Schatten unter ihren Augen erkennen.

»War eine unruhige Nacht«, gab ihre Lehrerin zu. Mit einem freundlichen Zwinkern ging sie zur Stirnseite des Raums. Inzwischen waren alle Kursteilnehmer so weit, sogar die beiden Hunde hatten sich wieder hinter Ettje auf einer Decke aneinandergekuschelt.

Mit einem kurzen Tippen auf ihrem Handy startete Ettje die Audiodatei. Leises Meeresrauschen erfüllte den Raum, dazu erklangen heute sanfte Gitarrenklänge. Das Zeichen für alle, das Schnattern einzustellen und auf ihren Matten Platz zu nehmen. Aufmerksam im Schneidersitz hockend, lauschten sie Ettjes Begrüßung. Nur Dietmar lag bereits auf seiner Isomatte, die Arme hinter dem Nacken verschränkt. Noch war er wach, aber Krumme wusste, dass ihm meistens schon nach fünf Minuten die Augen zufielen.

»Ihr Lieben«, begann Ettje, »ich habe für heute eine ganz besondere Yogasequenz vorbereitet, die mit einfachen Drehungen, Dehnungen und einigen Flow-Elementen Entspannung für den Rücken bringen und das Herz stärken soll. Dafür konzentrieren wir uns mit effektiven Übungen vor allem auf unsere Wirbelsäule und ergänzen das mit energetisierenden Herzöffnern für ein allgemeines Wohlbefinden.«

Marianne drehte sich zu Krumme um. »Genau das Richtige für dich«, flüsterte sie ihm mit einem aufmunternden Zwinkern zu.

Ettje forderte sie auf, zusätzlich zu ihren Matten eine weiche Decke herauszuholen, da die folgenden Übungen die Knie belasten konnten. Die meisten Kursteilnehmerinnen hatten bereits ihre Wolldecken aus den Taschen geholt. Für diejenigen, die keine eigenen Decken hatten – wie zum Beispiel Dietmar –, hatte Ettje noch ein paar Exemplare mitgebracht.

Endlich waren alle so weit. Mit »Auf die Matten, fertig, los«, startete Ettje ihr Set. Zu Beginn gab es eine einfache Übung, bei der sich alle die zusammengelegte Decke unter ihren Po schoben, um im Schneidersitz aufrechter sitzen zu können. Nur Dietmar startete sein eigenes Programm, legte sich mit angewinkelten Beinen auf seine Matte und breitete die Decke über seinen Körper aus.

Wie peinlich, dachte Krumme. Als letzter verbliebener aktiver männlicher Teilnehmer fühlte er sich jetzt erst recht genötigt, eine gute Figur zu machen. Noch war das kein Problem.

»Nehmt euch einen Moment, um ganz bei euch anzukommen.« Ettjes sanfte Stimme war fast ein Flüstern. »Konzentriert euch auf euren Körper, streift alles ab, was euch stört, und lasst euch in euch selbst fallen. Atmet tief durch die Nase, nehmt Energie in euch auf. Kommt zur Ruhe, seid ganz bei euch selbst, und spürt, wie alle Sorgen von euch abfallen.«

Krumme hörte ein zufriedenes Schnaufen. Auch ohne die Augen zu öffnen, wusste er, dass Dietmar weggeschlummert war. Egal, er würde das hier heute durchziehen, selbst wenn es jetzt langsam schwieriger wurde.

Nachdem sich alle gelockert und entspannt hatten, bat Ettje sie, auf die Knie zu gehen und sich dann auf den Zehen und den ausgestreckten Fingerkuppen abzustützen. Eine harmlose Übung, mit der keine der Damen Probleme hatte. Nur Krumme störte mit seinem leisen Ächzen die feierliche Stimmung im Raum. Wie zum Teufel sollte er nur auf den Fingern und den Fußspitzen das Gleichgewicht halten? Schon musste er sich mit dem Knie abstützen, sah dabei verlegen zu Ettje, die ihm für seine Mühen ein mitleidiges Lächeln schenkte.

»Eine Variante von Katze-Kuh«, erklärte sie mit ihrer sanften Stimme, während aus dem Lautsprecher auf dem Fensterbrett langsam Wellen über den Strand strichen und eine einsame Gans klagend durch den Sand stapfte. »Hebt jetzt den Blick und legt den Kopf in den Nacken. Atmet aus, rundet euren Rücken, saugt euren Bauchnabel ein und schiebt eure Arme kraftvoll von euch weg.«

Rücken runden? Bauchnabel einsaugen?

Jetzt fing es an, unangenehm zu werden. Krumme presste die Lippen mit gequälter Miene zusammen, spürte, wie seine Bandscheiben schmerzhaft knackten.

Nicht aufgeben! Du schaffst das!, rief eine leise Stimme in seinem Kopf, die Ähnlichkeit mit der von Marianne hatte.

Was soll der Blödsinn? Für so einen Quatsch bist du viel zu alt!, schimpfte eine andere, von Qualen gepresste Stimme, die hoffentlich ebenfalls nur er hören konnte.

Ein Handy klingelte, leise, aber in der achtsamen Stille des Gruppenraums sehr deutlich zu hören. Es dauerte einen Moment, bis Krumme den Klingelton erkannte. Es war sein Handy! Und es hörte einfach nicht auf zu klingeln.

»Entschuldigung«, flüsterte Krumme. Er stolperte zu seinem Turnbeutel, den er noch aus Zeiten als Mitglied der Polizeisportgruppe Neukölln besaß und den er jetzt unter dem Fensterbrett abgestellt hatte. Hektisch kramte er in seinen Sachen, konnte sein klingelndes Handy aber einfach nicht finden. Erst als er einige gebrauchte Sportsocken und ein Handtuch herauszerrte, entdeckte er endlich das Telefon. Schnell wollte er es ausschalten. Doch dann sah er auf dem Display, dass der Anruf von Pat, seiner Partnerin bei der Kripo in Husum, kam.

Unsicher blickte er zu den Damen, die immer noch wie eingefroren in ihrer Katze-Kuh-Stellung verharrten. Aber offensichtlich hatte er keinen Kredit mehr bei seinen Kurskolleginnen. Alle – auch Marianne – schauten ihn mit vorwurfsvollen, verärgerten Mienen an. Nur Ettje schien keinen Groll zu hegen. Und das Handy klingelte immer noch.

»Tut mir leid, da muss ich ran«, stotterte er und verließ, so schnell er konnte, den Gruppenraum.

Draußen auf dem Flur nahm er das Gespräch an.

»Mensch, Pat«, zischte er, »ich hatte dir doch gesagt, du sollst mich hier nicht anrufen!«

»Ich weiß, ich weiß, nur wenn es dringend ist, hast du gesagt.«

Sie war in ihrem Büro in der Polizeidirektion. Im Hintergrund konnte Krumme das laute Rattern eines Güterzuges hören, der auf dem Bahndamm vorbeifuhr.

»Und? Ist es das?«

»Würde ich schon sagen, Theo. Was dagegen, wenn ich dich in St. Peter besuche?«

»Besuchen? Mich? Wieso? Wann denn?«

Er hörte, wie sie Luft holte. »So schnell es geht, Theo. Wir haben eine Leiche. Ganz bei dir in der Nähe.«

8

»Tut mir leid, dass ich dich in deinem Urlaub stören muss«, sagte Pat zu Krumme, als sie eine knappe Stunde später gemeinsam den langen Weg durch die Dünen vom Hotel zum Strand marschierten.

»Schon gut«, erwiderte er.

Pat sah ihn von der Seite an. »War Marianne sehr sauer?«

»Ein bisschen schon. Aber egal.«

»Wirklich?«

»Mach dir keine Sorgen. Ich rede nachher mit ihr. Sie weiß ja, wie es ist, mit einem Polizisten zusammen zu sein.«

Mit beiden Händen in den Taschen seiner kurzen Hose, freute Krumme sich über die frische Nordseeluft, den weiten Ausblick über den fast endlosen Strand und den freundlichen Trubel der anderen Touristen, die diesen herrlichen Tag am Meer verbringen wollten. Dass er gerade unterwegs war, um sich eine Leiche anzuschauen, konnte er sich noch gar nicht richtig vorstellen.

»Ich war ja dagegen, dich zu behelligen. Aber Horst meinte, es wäre Blödsinn, dir nicht Bescheid zu sagen, wo du doch schon in St. Peter bist.«

»Und da hat er recht.«

»Im Ernst? Und was ist mit deinem Yogakurs? Und deinen Rückenschmerzen?«

»Sind schon besser geworden.«

»Echt? Du gehst aber immer noch ein bisschen schief.«

»Das ist der Muskelkater. Du hast ja keine Ahnung, wie hart wir da rangenommen werden.«

»Oh, ich weiß, wie anstrengend Yoga sein kann.«

Krumme sah zu seiner jungen, gut einen Kopf größeren Kollegin auf. Wie immer trug sie ihre schwarze Jeans, ihr dunkles Lieblings-T-Shirt und gegen den stürmischen Wind eine graue Beanie-Mütze. Zusammen mit ihren Chucks hatte sie Ähnlichkeit mit einem überdimensionalen schwarzen Schlumpf. Und genauso schauten sie vor allem die Kinder an, die ihnen auf dem Weg entgegenkamen. Doch Krumme wusste, dass man sich nicht von ihrer äußeren Erscheinung täuschen lassen durfte. Wie er schon vor ein paar Jahren gelernt hatte, war Pat eine ausgezeichnete Turniertänzerin. Und ging in Husum außerdem regelmäßig zum Yoga. Ja, Pat hatte früher sogar ernsthaft überlegt, die Ausbildung in der Polizeischule abzubrechen und stattdessen Yogalehrerin zu werden.

»Ich glaube, die kommen in dem Kurs auch mal gut ohne mich klar«, sagte Krumme schließlich. »Erzähl mir lieber, was genau uns erwartet.«

»Genaues weiß ich auch noch nicht. Die Kollegen haben nur gesagt, dass heute Morgen eine Frau eine männliche Leiche am Strand gefunden hat.«

Mittlerweile liefen sie auf einem langen Holzsteg, der über den viele Hundert Meter breiten Strand fast direkt bis ins Meer führte. Rechts und links sah Krumme Pkws und Wohnmobile, die hier tagsüber dicht vor dem Bereich mit den Strandkörben im hellen Sand parken durften.

»Dahinten ist es«, sagte Pat und zeigte zu einem der für St. Peter-Ording typischen Pfahlbauten. Gerade war Ebbe. Die wuchtigen Holzpfeiler standen im Trockenen, nur ein Priel glitzerte unter dem Haus im Licht der Sonne. Krumme kniff die Augen zusammen, um besser sehen zu können. Er konnte den Schriftzug eines Cafés erkennen, das aber wohl schon länger geschlossen war. Der Eingang war abgesperrt, das Holz wirkte abgenutzt und marode. Tatsächlich entdeckte Krumme ein Bauschild, das verriet, dass das Café abgerissen werden sollte.

»Das ist der Klimawandel«, klärte Pat ihn auf. »Das Meer läuft viel weiter auf den Strand auf. Nicht gut für die Pfahlbauten, manche stehen praktisch immer im Wasser. Entweder sie verlängern die Aufgänge, oder sie reißen die Dinger einfach ab und bauen sie ein paar Hundert Meter weiter hinten auf dem Strand wieder auf.«

Dieses Café stand jedenfalls noch. Darunter, mitten zwischen den Holzpfeilern, war als Sichtschutz ein Bereich mit hellen Planen abgesperrt. Zwei Streifenwagen und der Kombi der Spurensicherung aus Husum parkten davor im Sand.

Der Leichenfund hatte sich bereits herumgesprochen. Eltern mit Kindern, Spaziergänger, Badegäste und andere Schaulustige standen vor der mächtigen Holzkonstruktion und versuchten, irgendetwas Interessantes zu sehen.

Krumme schüttelte den Kopf. »Ein Toter in der Hochsaison. Das kann ja heiter werden.«

»Hoffentlich nicht. Aber das war auch ein Grund, warum Horst wollte, dass wir beide die Sache übernehmen.«

Krumme und Pat bahnten sich einen Weg durch die Menschenmenge.

»Entschuldigung, Polizei, können wir mal kurz durch«, sagte Pat, worauf die Leute sie erst einmal ungläubig anstarrten. Eine fast zwei Meter große junge Frau und ein untersetzter älterer Mann mit schütterem Haar, jetzt mit kurzer Strandhose und Sonnenbrand – Krumme war klar, dass sie nicht unbedingt dem Aussehen von Kripobeamten entsprachen, das die Leute vom *Tatort* oder aus amerikanischen Serien kannten.

Schließlich hatten sie den abgesperrten Bereich erreicht, der sich unter dem Pfahlbau, aber vom Priel umgeben, praktisch auf einer kleinen Insel befand. Dort redeten zwei uniformierte Kollegen der örtlichen Polizei mit einer Frau in einer gelben Regenjacke. Direkt am Priel hatte ein weiterer Streifenbeamter Stellung bezogen. Mit verschränkten Armen, die Beine mit den nackten Füßen fest in den Sand gedrückt, hielt er mit grimmiger Miene die Schaulustigen auf Abstand. Ein sehr junger Mann. Seine Stirn war gerötet von zahlreichen Aknepickeln. Krumme nahm an, dass er gerade die Polizeischule absolviert hatte.

Krumme und Pat winkten zur Begrüßung und suchten nach einer Stelle, um über den Priel zu springen.

Der junge Polizist nahm sofort eine drohende Haltung ein. »Bitte bleiben Sie auf der anderen Seite! Dies ist ein Polizeieinsatz.«

»Oh, Entschuldigung«, sagte Krumme, »aber wir *sind* von der Polizei. Kripo Husum.«

Die Miene des jungen Beamten hellte sich auf. »Polizeimeister Dennis Ulrich«, stellte er sich vor und tippte dabei an seine schräg auf dem Kopf sitzende Dienstmütze. »Sie werden schon erwartet. Aber ich würde die Schuhe ausziehen. Und die Hose hochkrempeln«, sagte er zu Pat. »Der Priel ist ziemlich tief.«

Die beiden anderen Kollegen hatten ihre Ankunft bemerkt und schienen sich zu fragen, wen die Husumer Polizeidirektion ihnen da geschickt hatte. Dabei hatte Krumme die stämmige Leiterin der örtlichen Polizeiwache, Polizeihauptkommissarin Claudia Koch, schon mal kennengelernt. Sie hatten in Husum gemeinsam an einem Fortbildungsseminar zum Thema Organisiertes Verbrechen teilgenommen, dort allerdings nur ein paar Worte gewechselt. Eine sehr strenge Kollegin. Freunde waren sie nicht geworden.

Vor den sie aufmerksam beobachtenden Schaulustigen zogen sich Krumme und Pat die Schuhe aus und staksten durch das kalte Wasser.

»Moin«, begrüßte er auf der anderen Seite Koch und ihren Kollegen – Polizeikommissar Hans Junker, einen kräftig gebauten jungen Mann mit blonden Haaren und einem wie mit dem Lineal gezogenen Scheitel. Junker war ähnlich mundfaul wie seine Chefin. Als er ihnen die Hand reichte, musterte er vor allem Pat mit leicht spöttischer Miene.

»Alles in Ordnung?«, erkundigte sich Krumme, der es satthatte, dass selbst Polizeikollegen die groß gewachsene Pat wie eine Außerirdische begafften.

Junker bemerkte Krummes zornige Miene. »Alles in Ordnung.« Er nahm Haltung an und trat mit hinter dem Rücken verschränkten Armen einen Schritt zurück.

Krumme zeigte auf die Schaulustigen auf der anderen Seite des Priels. »Ganz schön was los hier.«

»Ja, leider«, stöhnte Koch und wischte sich mit einem Taschentuch den Schweiß von der Stirn. »Wenn NRW, Hamburg und Hessen gleichzeitig in die Ferien gehen, brennt hier die Luft. Der Verkehr staut sich manchmal bis Tating. Hotels und Ferienwohnungen sind komplett ausgebucht. Und dann findet auch noch die Meisterschaft im Kitesurfen statt.« Sie zeigte zu einem eingezäunten Zeltlager, über dem in ein paar Hundert Metern Entfernung große Fahnen im Wind flatterten.

»Könnten wir jetzt den Toten sehen?«, fragte Krumme.

Koch nickte Junker zu, der sich umdrehte und die Plane der Absperrung ein wenig zur Seite zog. Sofort kam Bewegung in die Gaffer, aber Ulrich stellte sich so hin, dass sie nichts sehen konnten.

»Wir warten hier«, sagte die Polizeihauptkommissarin.

Krumme nickte und betrat zusammen mit Pat den Tatort. Er merkte, wie seine junge Kollegin einen Moment zögerte. Sie war seit fast sechs Jahren bei der Kripo, aber an den Anblick von Toten hatte sie sich noch nicht gewöhnt. Ihr Glück, dass Leichenfunde hier im friedlichen Norden nur selten vorkamen.

Im Inneren des abgesperrten Bereichs versuchte Krumme, sich erst einmal zu orientieren. Er betrachtete das Gerüst aus dicken, vom Salzwasser dunkel verschmierten, zum Teil verfaulten Eichenstämmen. Seetang hing klebrig an den Querstreben und den schweren Stahlnieten. Darüber, hoch oben, sah er den dunklen Holzboden des ehemaligen Cafés.

»Ah, sieh einer an, der Kollege aus Berlin ist auch schon da«, hörte er die vertraute Stimme des Leiters der Spurensicherung aus Husum. Ein kleiner Spaß. Olaf Köhler, ein sehniger, von der Sonne gebräunter Mann Mitte fünfzig, mit Altersflecken auf der hohen Stirn, wusste, dass Krumme bereits seit rund sechs Jahren in Nordfriesland lebte und arbeitete. Und genauso war ihm klar, wie sehr es ihn wurmte, wenn man ihn immer noch »den Berliner« nannte.

Krumme glaubte, Köhlers buschige Augenbrauen knistern zu hören, als er sie vorwurfsvoll zusammenzog und auf Krummes kurze Hose zeigte. »Hab schon gehört, dass Sie im Urlaub sind. Aber Sie wissen schon, dass das nicht die vorschriftsmäßige Kleidung für eine Tatortbegehung ist, Herr Kollege?«

Krumme nickte mit einem gequälten Lächeln.

Köhler zeigte ihnen sein Reich. Er und seine beiden Kollegen – alle drei in weißen Schutzanzügen und Handschuhen – hatten innerhalb des mit der Plane abgesperrten Bereichs eine weitere Zone markiert. Überall im Sand steckten kleine Fähnchen.

»Passen Sie auf, wo Sie hintreten, wir sind noch ganz am Anfang«, sagte Köhler und stemmte die Hände in die Hüften. »Und nichts anfassen. Eigentlich wäre es mir lieber, wenn Sie alle draußen warten, bis wir hier fertig sind.«

»Ist die Leiche dahinten?«, fragte Krumme und sah zu Köhlers Kollegen, die neben einem schweren Holzpfeiler hockten, Fotos machten und mit einer kleinen Schaufel und einer Bürste vorsichtig Sand beiseiteschoben.

Der Tote. Es handelte sich um einen jungen Mann – etwa Mitte, Ende zwanzig. Sein Körper war fast vollständig von feuchtem Sand bedeckt, nur ein Arm und ein Bein ragten aus dem Boden. Auch das aufgequollene Gesicht hatte sich wohl bis vor Kurzem noch im Schlamm befunden. Am Hals konnte Krumme mehrere Muscheln und in der Nase einen kleinen Krebs erkennen, der jetzt hastig davonkrabbelte. Tote, verblasste Augen starrten zu dem hohen Fundament des Cafés, ungläubig, erschrocken. Und mitten auf der Stirn – ein Einschussloch, sauber ausgewaschen vom Wasser der Nordsee.

Krumme seufzte und ging ebenfalls in die Hocke, um besser sehen zu können.

Pat trat neben ihn. Obwohl Köhlers Kollege schon mit seiner großen Kamera Fotos machte, hatte sie wie üblich ihr Handy herausgeholt, um selber ein paar Aufnahmen zu schießen.

»Schon mal gesehen?«, fragte Krumme seine junge Kollegin.

Pat schüttelte den Kopf und machte mit ihrem Handy ein Foto der Leiche.

Er wandte sich an Köhler. »Mord also«, stellte er überflüssigerweise fest.

Sein Kollege hockte sich neben ihn. »Ohne der Gerichtsmedizin vorgreifen zu wollen – ich glaube kaum, dass der junge Mann über seine Badelatschen gestolpert und dann ertrunken ist.«

Öliges Wasser tropfte aus der Kopfwunde. Krumme wollte mit der Hand an den Kopf des Toten fassen.

»Finger weg! Verdammt, das ist doch nicht der erste Tatort, den Sie sehen.«

Krumme zog schnell die Hand zurück. Er nickte schuldbewusst. »Was meinen Sie? Wie lange liegt der Mann hier?«

»Da müssen Sie Doktor Fleischer fragen. Keine Ahnung, wo er so lange bleibt.«

»Aber Sie werden doch eine Idee haben?«

»Ich würd vermuten, der liegt hier höchstens seit gestern Abend. Sehen Sie sich seine Kleidung an. Außerdem – wenn er bei der letzten Ebbe schon hier gelegen hätte, hätte das bestimmt jemand bemerkt.«

»Kann er eventuell von einem Schiff ins Wasser gefallen sein? Und die Flut hat ihn dann hier angespült?«

»Glaube ich nicht. Sehen Sie hier.« Köhler befreite den linken Arm noch etwas mehr vom Sand. Es stellte sich heraus, dass er zwischen zwei Pfeilern eingeklemmt war.

Krumme war skeptisch. »Das kann doch auch durch die Strömung passiert sein.«

»Möglicherweise«, sagte Köhler. »Wenn Sie uns unsere Arbeit machen lassen, weiß ich bald schon mehr. Vielleicht finden wir im Sand noch andere Hinweise. Und jetzt ab! Wir müssen weitermachen. Die Flut kommt bald zurück, dann steht hier alles unter Wasser.«

Krumme richtete sich langsam auf und spürte dabei deutlich den Muskelkater von Ettjes Yogastunden. Er wollte schon mit Pat verschwinden, als er sich noch mal umdrehte.

»Irgendwelche Papiere? Eine Brieftasche? Handy?«, fragte er Köhler.

»Nichts. Noch haben wir ihn ja nicht ganz rausgezogen. Aber soweit wir es bis jetzt sehen, waren seine Hosentaschen leer.«

Kurz darauf waren Krumme und Pat wieder außerhalb des abgesperrten Bereichs. Mittlerweile waren noch mehr Schaulustige aufgetaucht. Ulrich, der junge Polizeibeamte aus St. Peter, hatte seine liebe Mühe, die Menge zurückzuhalten. Die Leute konnten nicht verstehen, was er mit seinen Kollegen besprach, trotzdem fühlte Krumme sich auf der Insel im Priel wie ein Schauspieler auf einer Theaterbühne. All die neugierigen Gesichter! Er fragte sich, ob einer der Leute dort mehr über den Toten wusste. Vielleicht stand ja sogar der Mörder irgendwo in der Menge. So war das bei einem Fall auf der Insel Föhr vor ein paar Jahren gewesen. Da war der Täter zum Tatort zurückgekehrt, um herauszufinden, ob die Polizei ihm schon auf die Spur gekommen war.

Krumme informierte Koch und ihren Kollegen Junker über den Stand der Dinge. Dann wurde es Zeit, um mit der Frau zu sprechen, die den Toten gefunden hatte.

Koch stellte ihnen Maren Schmidt vor, eine schlanke Frau mittleren Alters mit Bürstenhaarschnitt, die sich in ihrer gelben Regenjacke dicht an die Plane drückte. Die Dortmunderin hatte den Toten bei ihrem morgendlichen Spaziergang am Strand entdeckt.

»Eigentlich ja nur seine Hand«, sagte sie und sah Krumme sonderbar vorwurfsvoll an. »Ich bin Schauspielerin, müssen Sie wissen. Am Schauspielhaus in Bochum. Nora von Ibsen, kennen Sie sicherlich. Die Premiere ist im Oktober. Ich spiele die Alwine, eine wundervolle Rolle, auf die ich mich sehr freue …«

»Und da haben Sie hier einen Spaziergang gemacht?«, unterbrach Krumme ihren Redeschwall.

Frau Schmidt schaute ihn für einen Moment verwirrt an, brauchte etwas, bis sie ihren Faden wiedergefunden hatte. »Genau. Ich wollte meinen Text einüben. Ihn laut sprechen. Dann bekomme ich immer am besten ein Gefühl für die Rolle. Und so früh ist ja niemand unterwegs.«

»Wie früh war es denn?«, fragte Pat, mit dem Handy in der Hand, in dem sie sich wie immer ihre Notizen machte.

»Sechs, halb sieben, keine Ahnung. Wenn ich übe, achte ich nicht auf die Zeit. Jedenfalls war da dieser wunderschöne Morgenhimmel, da musste ich unbedingt ein Foto machen. Und da ist es passiert, fast wäre ich über sie gestolpert. Schrecklich …« Sie fröstelte unwillkürlich.

»Die Hand?«, fragte Krumme.

Frau Schmidt nickte. »Es sah aus, als würde der Tote sie mir entgegenstrecken und um Hilfe rufen.« Sie streckte ihre Hand dramatisch in die Luft, um zu zeigen, was sie meinte. Dabei warf sie aus den Augenwinkeln einen kurzen Blick zu den Schaulustigen, die zwar so weit wegstanden, dass sie ihr Gespräch nicht verstehen, das Geschehen zwischen den Pfeilern des geschlossenen Cafés aber aufmerksam verfolgen konnten.

Während Krumme die Augen verdrehte, nutzte Pat die Gelegenheit, um schnell ein Foto der posierenden Schauspielerin zu machen. Grinsend zeigte sie es ihm.

Mehr Informationen hatte Frau Schmidt nicht zu bieten. Sie durfte nach Hause gehen.

»Und jetzt?«, erkundigte sich Koch.

Krumme seufzte. »Zunächst einmal müssen wir herausfinden, wer der Tote ist. Seltsam, dass er keine Papiere dabeihatte. Mit ein bisschen Glück sind sie ihm nur aus der Tasche gerutscht und die Spurensicherung findet sie irgendwo im Sand.«

»Und wenn nicht?«

»Dann machen wir ein möglichst schönes Foto des Toten und hängen es überall im Ort auf.«

Koch runzelte die Stirn. »Eine reizende neue Touristenattraktion.«

»Vielleicht können Sie das Opfer ja identifizieren?«, sagte Pat und zeigte den Kollegen das Foto auf ihrem Handy.

Koch und Junker schauten sich das Bild an und verzogen beide das Gesicht.

»Puh«, sagte Junker.

Krumme nickte. »Wasserleichen sind nie schön«, sagte er. »Seien Sie froh, dass der Mann wohl nur eine Nacht im Wasser gelegen hat.«

»Tut mir leid, nie gesehen«, erklärte Koch. »Was aber nichts zu bedeuten hat. Ich wohne in Garding. So viele Menschen kenne ich in St. Peter nicht. Ist ja vielleicht ein Tourist.«

Auch Junker schüttelte den Kopf. »Keine Ahnung, kenne ich nicht. Aber ich bin auch erst seit einem Monat hier an der Küste.«

»Das ist kein Tourist«, hörten sie auf einmal die Stimme des jungen Polizeimeisters. Ulrich hatte aus der Distanz über die Schultern seiner Kollegen hinweg ebenfalls einen Blick auf das Foto geworfen.

»Sie kennen das Opfer?«, fragte Krumme überrascht.

Der junge Polizeibeamte nickte. »Sogar ziemlich gut.«

9

Max hatte immer noch schlechte Laune, daran konnte auch sein Lieblingsplatz am Westerhever Leuchtturm nichts ändern: eine hölzerne Aussichtsplattform, direkt neben dem Wohngebäude. Von hier aus hatte man einen der schönsten Ausblicke Nordfrieslands.

Mit seinem Fernglas, das er sich zu Hause in Köln für sein freiwilliges ökologisches Jahr an der Nordsee gekauft hatte, konnte er über die Salzwiesen und den Heverstrom hinaus weit hinein in das nordfriesische Wattenmeer schauen. Bei klarer Sicht sah er hinter der Hallig Süderoog die Insel Pellworm mit ihrem ebenfalls beeindruckenden Leuchtturm. Außerdem konnte er bis zu den Speichern im Husumer Hafen und den Krabbenkuttern kucken, die auf dem Weg in die Nordsee waren. Er sah praktisch direkt in ihre Kabinen.

Aber am meisten gefiel es ihm, Vögel zu beobachten, und nirgends ging das besser als hier in Westerhever. Gerade sah er, wie ein gewaltiger Schwarm Stare über die Salzwiesen und dann zurück Richtung Deich und der grünen Marsch rauschte. Auf wundersame Weise nahm die Wolke dabei immer wieder neue Formen an. Dass sich die Stare trotz ihrer atemberaubenden, rasend schnellen Manöver nie gegenseitig ins Gehege kamen, war ein absolutes Wunder, das Max niemals verstehen würde.

Doch heute fiel es ihm schwer, sich über diesen Anblick zu freuen. Er war immer noch sauer, dass Niri und Mathilda sich vorhin über ihn lustig gemacht hatten. Wie ein Vollidiot war er sich vorgekommen.

Und dann hatten sie ihn sogar aufgefordert, seine Geschichte noch mal hier in der Station zu wiederholen, vor Tilmann, dem vierten Stationsmitglied aus Lübeck. Was er natürlich nicht getan hatte. Was bildeten sich die beiden eigentlich ein? Waren ihre Geschichten etwa besser gewesen?

Die vier organisierten alles zusammen – ihren Alltag, ihre Versorgung, die hilfswissenschaftlichen Arbeiten und die Instandhaltung ihrer Unterkunft neben dem Leuchtturm. Ihre Vorgänger – intern »Altvögel« genannt – hatten ihnen am Beginn ihres Dienstjahres einen Monat lang eine genaue Einweisung gegeben und ihnen alle Aufgaben und Pflichten erklärt. Nun durften sich Max, Tilmann, Mathilda und Niri auch »Vögel« nennen, bevor sie die Station in einem Jahr an die nächsten »Küken« weitergaben.

Aktuell hatten sie noch einen Gast in Westerhever. Jürgen, Vogelkundler und im Gegensatz zu ihnen hauptamtlich tätiges Mitglied im Verein »Schutzstation Wattenmeer«. Der kahlköpfige, vollbärtige Mann hatte nur irritiert lächelnd dreingeschaut, als Mathilda von ihrem Spiel erzählt hatte, und dann weiter in einem Buch gelesen.

Max legte sich auf den Holzboden und schaute unglücklich in den blauen Himmel. Fast zwei Monate war er jetzt schon hier im Norden. Und obwohl er sich anstrengte, freundlich zu allen zu sein, und sich vor keiner unangenehmen Arbeit drückte, hatte er nicht den Eindruck, dass er von den anderen akzeptiert wurde.

Das war früher in der Schule auch so gewesen. Dabei sah er ganz okay aus. Halblange, glatte blonde Haare. Breite Schultern vom Rudergerät im elterlichen Keller. Und in der zwölften Klasse hatte ihm eine Mitschülerin mal gesagt, er habe schöne braune Augen.

Sein Problem war das Reden. Das hatte er nie gut gekonnt. Nicht, dass er nichts zu sagen hätte. Er las viel. Am liebsten Comics und Science-Fiction. Nicht unbedingt etwas, womit man bei Mädchen punkten konnte. Aber egal, die meisten Jungs in seinem Alter schauten nicht einmal in eine Zeitung und machten um Bücher einen großen Bogen.

Irgendwie brauchten seine Gedanken zu lange, um vom Hirn bis zum Mund zu gelangen. Und wenn es so weit war, stellte er meist fest, dass sich das aktuelle Gespräch bereits an einem anderen Punkt befand. Also hielt er die Klappe, saß mit hängenden Schultern und starrem Blick in der Ecke und hörte nur zu.

Eine feste Freundin oder nur einen weiblichen Kumpel hatte er nie gehabt. Was sein Selbstbewusstsein nicht unbedingt vergrößerte. Genauso wie die Tatsache, dass seine Eltern ihn am Ende seiner Schulzeit praktisch aus dem Haus getrieben hatten.

»Max, so geht das nicht weiter«, hatte sein Vater am Frühstückstisch verkündet. »Du musst unter Leute. Du kannst doch nicht immer nur zu Hause rumhocken.«

Seine Mutter hatte ihn über die Möglichkeit eines freiwilligen ökologischen Jahres in Nordfriesland informiert und die entsprechende Seite im Internet rausgesucht. »Sieh mal, mein Liebling, sieht das nicht nett aus? Junge Leute, die Nordsee und das Watt. Und dazu jeden Tag Programm.«

Max hatte schließlich zugestimmt, sich beim Nationalpark Schleswig-Holsteinisches Wattenmeer beworben und war zu seiner großen Überraschung sogar genommen worden. Und das nicht irgendwo, sondern in einem der schönsten Orte an der nordfriesischen Küste, der Station am Westerhever Leuchtturm auf der Halbinsel Eiderstedt.

Noch überraschter war er gewesen, als er feststellte, wie sehr ihm sein neuer Job gefiel. Seine Mutter hatte recht gehabt. Jeden Tag stand etwas auf dem Programm. Vögel auf den Salzwiesen zählen. Das sich verändernde Watt kartieren. Die Kontrolle und Reparatur des Küstenschutzes, dazu Wattführungen für Touristen, Seminare für Naturfreunde und vieles mehr.

In den letzten Jahren hatte er seine Zeit am Computer verschwendet, hatte mit Freunden vor allem »Grand Theft Auto« und »Fortnite« gezockt. Nun tat er endlich etwas Sinnvolles, etwas, das sich richtig anfühlte.

Und dann gab es noch Niri.

Die Art, wie sie redete und lachte, wie sie ihre wilden Haare zurückstrich. Ihre Jeans-Shorts, die sie bei jedem Wetter trug und die ihre schlanken braunen Beine zeigten. Ihre leuchtenden Augen. Wenn sie ihn ansah und dabei lächelte, fühlte Max jedes Mal, wie seine Knie weich wurden.

Und genau das war das Problem. Niri war eine absolute Klassefrau, wie er noch nie eine getroffen hatte. Doch nun war sie hier in seiner neuen Welt angekommen. Es gab nur sie beide und ein paar andere junge Leute. Sie schliefen im selben Haus, kochten und aßen zusammen, verbrachten die Tage gemeinsam in der Natur und spielten abends an einem Tisch Monopoly, Skat und Risiko. Und er ... Er hatte leider keinerlei Übung im Umgang mit Mädchen. Und mit Traumwesen wie Niri schon gar nicht.

Keinen einzigen vernünftigen Satz bekam er heraus, wenn sie sich im selben Zimmer befand oder er gemeinsam mit ihr eine Gruppe Touristen durch das Watt führte. Und während selbst der dicke Tilmann mit Niri blödelte, lachte und sogar flirtete, wirkte er nur linkisch, bescheuert, in seiner Unerfahrenheit manchmal sogar abweisend und steif wie ein Stück Holz.

»He, Max«, hatte Tilmann gestern beim Abendessen gesagt und ihn dabei in die Seite geknufft. »Hast du dir schon überlegt, was du Niri schenkst?«

»Was? Wieso?«, hatte er gestottert, obwohl er genau wusste, dass sie in einer Woche Geburtstag hatte.

»Wie wäre es mit Rosen? Oder vielleicht ein Schmuckstück? Darüber würde sie sich bestimmt freuen, oder?« Tilmann hatte gegrinst und zu Niri gesehen. Die saß auf der anderen Seite des Tisches, lächelte verlegen, wartete aber ebenfalls gespannt auf seine Antwort.

Max war knallrot geworden. »Keine Ahnung. Mal kucken ... Irgendwas Nützliches, oder?« Mit verschämter Miene hatte er zu Niri gesehen. »Was könntest du denn gebrauchen?«

Was für eine dämliche, uncharmante Frage! Alle hatten die Augen verdreht, niemand hatte was gesagt, auch Niri nicht.

Max schaute seufzend den wenigen Wolken hinterher und fragte sich, was er nur machen sollte. Noch hatten sie viele gemeinsame Monate in Westerhever. Zeit genug, um sich zu entspannen und zu lernen, normal miteinander zu reden. Um Niri seinen wahren Charakter zu zeigen. Und am Ende ihr Herz zu gewinnen.

Aber wie sollte er das anfangen?

Eine Möwe landete auf der hölzernen Plattform. Sie schüttelte sich und wackelte dann herum, auf der Suche nach Brotkrumen oder etwas anderem Essbaren.

»Tut mir leid«, sagte Max, »wenn ich gewusst hätte, dass du zu Besuch kommst, hätte ich dir was aus der Küche mitgebracht.«

Aber die Möwe, eine Lachmöwe, wie er an ihrem dunklen Kopf erkannte, beachtete ihn gar nicht. Sie kehrte ihm den Rücken zu und hackte erfolglos auf den Planken herum. Schließlich flog sie mit einem verärgerten Schrei davon.

Selbst eine hungrige Möwe hatte nur Verachtung für ihn übrig. Max richtete sich auf und blickte hinaus zum blaugrauen Heverstrom, wo ein in der Sonne funkelnder Frachter gemächlich Richtung Husum tuckerte.

Es wurde Zeit, dass er seine Würde zurückgewann. Vielleicht das Beste, wenn er Niri erst einmal komplett aus dem Weg ging. So kam er auch nicht in Gefahr, sich wie ein verliebter Idiot zu benehmen.

Er überlegte einen Moment und nickte dann zufrieden über seinen Entschluss. Eine gute Idee. Niri würde ihn so bestimmt attraktiver finden. Mädchen wie sie wurden von allen angehimmelt, da war es cooler, wenn man ihr umgekehrt erst einmal die kalte Schulter zeigte.

Er hörte ein leises Knarren. Als er sich umdrehte, sah er, wie ausgerechnet Niri auf die Plattform geklettert kam.

»Hey, störe ich?«, fragte sie und schenkte ihm ein freundliches Lächeln.

Sofort spürte er ein flaues, aber irgendwie auch angenehmes Gefühl im Magen. Er presste die Lippen aufeinander und schüttelte den Kopf.

»Ich wollte dich was fragen.«

»Was denn?«, presste er mit trockenem Hals hervor.

»Hast du Lust, mit mir nach St. Peter zu fahren?«

Er riss die Augen auf. »Wie …? Wann denn?«

»Na, jetzt gleich. Da findet doch die Kitesurfmeisterschaft statt. Ist bestimmt spannend. Natürlich nur, wenn du Lust hast.«

Max starrte sie ungläubig an. Passierte das hier wirklich? »Na ja, ich bin nicht sicher, ob ich Zeit hab und so …«, stammelte er. *Denk daran, was du dir vorgenommen hast. Mach es ihr nicht zu einfach!*

»Na, komm schon, wird bestimmt lustig!«

»Nur … nur wir beide?«

»Genau. Nur du und ich. Ich habe Jürgen gefragt. Er hat nichts dagegen. Eigentlich wollte er mit mir zur Vogelzählung in die Salzwiesen. Aber er meint, das können wir auch später nachholen.«

Max starrte sie fassungslos an. Irrte er sich oder begann Niri auf einmal von innen heraus zu leuchten?

»Na gut.« Er schluckte, räusperte sich. »Ich … Ich muss nur noch mal auf Klo. Dann können wir los.«

Niri sah ihn mit ihren dunklen Augen an. Sie nickte. »Super«, sagte sie und lächelte.

10

»Das ist doch nicht wahr?« Carla Clausen saß an ihrem großen Schreibtisch, das Handy am Ohr und lauschte aufmerksam. Sie war eine stolze Frau, auf Haltung bedacht. Auch jetzt hatte sie den Rücken durchgedrückt und schaute mit hoch erhobenem Kopf durch die großen Panoramafenster in den Garten. Doch ihre Augen zuckten unruhig hin und her, und ihre freie Hand, die sie auf der Tischkante abgelegt hatte, zitterte leicht. Und das hatte nichts mit Carlas hohem Alter zu tun.

Sie schloss die Augen. »Was für ein Albtraum«, flüsterte sie ins Telefon und hörte weiter mit großer Anspannung zu. »Wie konnte es nur so weit kommen?«, murmelte sie. Dann, nach einer Weile: »Nein, es war seine Schuld. Der Dummkopf hat uns bestohlen. Ohne auch nur zu ahnen, womit er es zu tun hat.«

Schließlich beendete sie das Telefongespräch und legte das Handy auf den Tisch. Sie betrachtete ihre Hand. Die Hand einer Greisin. Ihr Gesicht mochte über ihr wahres Alter hinwegtäuschen, nicht aber ihre Hände. Sie griff nach einem Taschentuch aus Brüsseler Spitze und wischte sich den Schweiß von der Stirn. Dabei war es in dem weitläufigen Wohn- und Arbeitszimmer wie immer angenehm kühl.

Sie fasste nach der Teetasse aus edlem chinesischem Porzellan, wollte einen Schluck trinken. Aber ihre Hand zitterte immer noch. Sie schaffte es nicht, die Tasse an den Mund zu führen. Seufzend stellte sie sie wieder auf den Tisch.

Auf einmal spürte sie die große Last, die sie als Familienoberhaupt zu tragen hatte. Sie blickte erneut hinaus in den sonnigen Garten, versuchte, sich an bessere Zeiten zu erinnern. Aber die schmerzvolle Gegenwart wollte nicht weichen.

Es klopfte an der Tür.

Überrascht sah sie sich um, streckte sich, niemand sollte sehen, wie sie sich fühlte. »Ja?«

Elke, ihre Schwiegertochter, trat herein. Ausgerechnet. Carla zwang sich zu einem Lächeln.

»Hallo, Carla, hast du Marten heute schon gesehen?«

Sie zögerte. »Nein ...«

»Komisch. Wir wollten heute zusammen frühstücken, er, Insa und ich. Aber er scheint gar nicht nach Hause gekommen zu sein.«

Carla zuckte nur mit den Schultern. Sollte sie von ihr die Wahrheit erfahren? Nein. Sie brachte es nicht über sich. Elke würde Fragen stellen – Fragen, die sie ihr nicht beantworten konnte. Oder wollte.

Elke musterte sie irritiert. »Alles in Ordnung, Carla?«

Sie seufzte, versuchte, sich ihren Kummer nicht anmerken zu lassen. »Alles gut, Liebes, ich bin nur ein bisschen müde.«

Elke nickte. »Ja, ich auch. Das sind diese warmen Sommernächte, da kommt man nicht zur Ruhe. Ist bei mir immer so. Anschließend hänge ich den ganzen Tag in den Seilen. Ich kann mich an einen Urlaub in Thailand erinnern. Die Klimaanlage war kaputt, und es war so entsetzlich schwül. Ich habe zwei Wochen lang kein Auge zugekriegt. Als wir nach Hause geflogen sind, hätte ich eigentlich gleich einen neuen Urlaub gebraucht.«

Carla zwang sich zu einem Lächeln, nickte. Manchmal war Elkes Plappern kaum zu ertragen. Erst recht in einer solchen Situation. Am liebsten hätte sie sie hinausgeschickt. Aber das ging nicht. Der Fluch ihres Lebens. Egal, was passierte, sie musste Haltung bewahren und die Dinge regeln. Und zwar so, dass die Wahrheit im inneren Kreis blieb und nicht hinaus in die Welt getragen wurde. Und auch wenn Elke die Frau ihres einzigen Sohnes war – zum inneren Kreis gehörte sie nicht.

»Willst du dich nicht setzen, Elke, und einen Tee mit mir trinken?«

Elke sah sie überrascht an. Carla war klar, dass ihr so eine Einladung ungewöhnlich erscheinen musste. Sonst ging im Hause Clausen jeder seiner Wege. Ihre Schwiegertochter lächelte. »Sehr gern. Obwohl ich gerade einen Kaffee hatte. Aber Tee geht immer.«

Carla nickte und goss ihr eine zweite Tasse ein. Zum Glück hatte das Zittern nachgelassen. Sie plauderten ein bisschen über die Vorteile von Tee und Kaffee zu den verschiedenen Jahreszeiten. Dann entschied sich Carla, zum Thema zu kommen.

»Hast du dich in letzter Zeit mal länger mit Marten unterhalten?«, fragte sie.

Elke schaute sie überrascht an. Oder verwirrt?

»Wieso fragst du?«

Carla verzog keine Miene, musterte Elke mit ihren grauen Augen. »Wie lange wohnt er jetzt schon hier?«, fragte sie ihre Schwiegertochter. »Ein halbes Jahr, oder?«

»Vielleicht ein bisschen länger.«

»Trotzdem habe ich nicht den Eindruck, ihn wirklich zu kennen. Wir reden praktisch nie miteinander. Ihr beide aber schon.«

Wieder diese Unsicherheit in Elkes Blick. »Mein Gott, natürlich rede ich mit ihm. Er ist schließlich der Freund meiner einzigen Tochter. Deiner einzigen Enkelin. Man will doch wissen, was für ein Mensch so jemand ist.«

Carla nickte, ohne Elke aus den Augen zu lassen. *O ja, leider weiß ich genau, was für ein Mensch er ist. Aber ich hätte nicht gedacht, dass er so weit gehen würde.*

Ihre Schwiegertochter beugte sich vor und blickte sie ebenso treuherzig wie ahnungslos an. »Wieso fragst du?«

Carla zögerte. *Vorsicht! Kein falsches Wort!*, rief eine Stimme in ihrem Kopf. Sie überlegte, wie sie ihr Anliegen möglichst unverdächtig formulieren konnte.

Aber Elke kam ihr zuvor: »Ist es wegen dem Streit?«

Carla hob die dünnen Augenbrauen. »Welchem Streit?«

»Marten hat mir verraten, dass ihr neulich aneinandergeraten seid.«

»So? Hat er das?«

Elke nickte. »Er hat mir aber nicht genau gesagt, weshalb.«

Carla atmete erleichtert aus. »Was hat er denn erzählt?«

»Nicht viel. Nur dass es irgendwie um Geld ging.«

»Mehr nicht?«

Elke zuckte mit den Schultern. »Ich hatte gehofft, heute würde ich mehr erfahren.«

Die alte Dame nickte, in Gedanken versunken.

»Du musst mir nichts verraten«, fuhr ihre Schwiegertochter fort. »Ich weiß, was Martens Problem ist. Irgendwie braucht er immer Geld. Dabei geht es ihm doch gut. Er wohnt oben in Insas Wohnung und muss keine Miete zahlen. Aber was soll's? Immerhin hat der Junge eine feste Arbeit.«

Wenn man seinen Kellnerjob eine feste Arbeit nennen will, dachte Carla, ließ sich ihre Verbitterung aber nicht anmerken. »Stimmt, darüber haben wir geredet, über Martens ... anspruchsvollen Lebenswandel. Er hat sich beschwert.«

»Worüber?«

»Er wollte eine Art ... Taschengeld. Damit er nachts nicht hinter der Bar stehen muss und mehr Zeit für Insa hat.« *Und das war bei Weitem nicht alles*, dachte sie und ballte bei dem Gedanken an das, was Marten außerdem von ihr verlangt hatte, die Faust.

Elke hob die Hände und lächelte auf ihre naive Art.

»Meine Schuld. Ich habe ihm hin und wieder was zugesteckt. Vielleicht habe ich ihn zu sehr verwöhnt.«

Carlas Miene war ernst geblieben. »Ja, das hast du wohl.«

»Was soll ich machen? Er ist Insas Freund. Wenn er glücklich ist, ist sie es auch.«

Elke lachte, wie immer zu laut. Carla würde sich nie daran gewöhnen.

»Aber im Ernst«, fuhr Elke fort. »Ich weiß, dass Marten manchmal eine Nervensäge ist. Aber er hat auch seine guten Seiten.«

»Nämlich?«

»Oh, er kann sehr witzig sein. Er sieht gut aus. Und er macht Insa glücklich. Und du kannst sagen, was du willst, er hat immer wieder verrückte Ideen. Und da kann es eben schon passieren, dass er auch mal eine Grenze überschreitet.«

Carla holte tief Luft. *O ja*, dachte sie und zwang sich erneut zu einem Lächeln. *Nur dass dieser Idiot keine Ahnung hatte, mit welchen Mächten er sich dabei angelegt hat.*

11

Der Clausen-Hof befand sich am Rand von Böhl, dem südlichsten Ortsteil von St. Peter-Ording. Weit weg von den Touristenströmen im nördlichen Zentrum, wohnten hier die besseren Kreise der Gemeinde.

Sie standen vor dem gut zweihundert Jahre alten Hauberg – einem jener Bauernhöfe, wie sie typisch für die Halbinsel Eiderstedt waren. Krumme hatte schon größere Höfe gesehen, aber keinen, der so aufwendig und exklusiv renoviert worden war. Reetdach, natürlich. Die Fassade im strahlenden Weiß verputzt. Die Ställe, in denen früher das Vieh gehalten wurde, waren mit Panoramafenstern zu einem einzigen Wintergarten ausgebaut worden, der hinter den riesigen Rhododendronbüschen von der Straße allerdings nicht einzusehen war. Ein prachtvolles Anwesen, das Krumme sich gut auch an der Hamburger Elbchaussee vorstellen konnte.

»Wow, ein richtiger Palast«, sagte Pat.

»Ja, sehr beeindruckend.« Krumme betrachtete durch den gusseisernen Zaun das Anwesen mit seinem grünen und perfekt geschnittenen Rasen und den hohen Kiefern. »Und ich hatte gedacht, St. Peter-Ording wäre früher eher ein armes Fischerdorf gewesen.«

»Mag sein. Aber mit Fischerei haben die Clausens auch nicht ihr Geld gemacht.«

Dennis Ulrich, der junge Polizeimeister vom Strand, hatte ihnen verraten, dass die Familie um 1900 in mehrere Hotels in Bad und St. Peter-Dorf investiert hatte. Mittlerweile waren sie die größten Besitzer von Eigentums- und Ferienwohnungen in ganz Nordfriesland. Und Dennis musste es wissen, war er doch im Gegensatz zu seinen Kollegen hier im Ort geboren und aufgewachsen.

Krumme ging zum Tor und drückte auf die Klingel.

Es knackte und summte, dann meldete sich eine weibliche Stimme. Krumme stellte sich und Pat vor und bat um ein Gespräch mit Frau Clausen. Dennis hatte ihnen erzählt, dass die Familie in Böhl wohnte, alle im selben Haus, bis auf Johan Clausen, das achtzigjährige Familienoberhaupt. Der alte Herr hatte sich vor ein paar Jahren von seiner Frau getrennt und war ausgezogen.

Das Tor öffnete sich, und sie konnten eintreten. Ein mit Backsteinen gepflasterter Weg führte sie zum Haubarg. Absolute Stille herrschte, bis auf ein paar Elstern, die sich auf dem Rasen stritten. Es roch nach frisch gemähtem Gras und Kiefernharz. Krumme hatte den Eindruck, als wären sie in eine fremde Welt eingedrungen. Und noch etwas spürte er in diesem Moment.

»Alles in Ordnung?«, erkundigte sich Pat, als er leise stöhnend die Hand auf seinen grummelnden Bauch legte.

»Ja, ja, schon gut«, sagte er, obwohl er plötzlich eine verstörende Übelkeit empfand.

Am Hauseingang, eher einem Tor, wurden sie von einer Frau um die vierzig in einem dunklen Kostüm empfangen – offenbar eine Hausangestellte. Krumme konnte sich nicht erinnern, weder früher in Berlin-Neukölln oder jetzt in Nordfriesland, schon mal bei Leuten gewesen zu sein, die über Hauspersonal verfügten.

»Frau Clausen erwartet Sie«, sagte die Frau und musterte dabei stirnrunzelnd die große, schwarz gekleidete Pat. Krumme schien mit seiner kurzen Cargohose und seinen bleichen Beinen ebenfalls nicht den besten Eindruck bei ihr zu machen. Er ärgerte sich über seine Gedankenlosigkeit. Für das in St. Peter übliche Strandleben mochte er angemessen gekleidet sein, aber nicht für den ernsten Anlass des bevorstehenden Gesprächs.

Die Haushälterin führte sie über einen leise knarrenden Dielenboden durch eine Eingangshalle ins Wohnzimmer des Hauses. Krumme schaute sich um, beeindruckt von der schlichten Eleganz der Einrichtung. Es gab moderne Details, Stühle, Spiegel, Scharniere, aber ansonsten bestimmten edle Antiquitäten das Bild. Krumme fühlte sich wie in einer Ausgabe von Schöner Wohnen – Sonderedition Nordfriesland: alte Bauernschränke, eine Kommode aus Eichenholz, ein schweres Ledersofa mit zwei dazu passenden Sesseln. In der Ecke ein uralter Ofen mit kostbaren Delfter Fliesen. Daneben in einem schweren Tonkrug eine

Palme, deren Krone bis an die Decke reichte. Vor einem Panoramafenster, das auf einen weitläufigen Garten ging, stand ein wuchtiger Eichenschreibtisch, der allein schon größer zu sein schien als ihr Büro in der Husumer Polizeidirektion. Dahinter thronte in einem lederbezogenen Bürosessel eine ältere Dame. Neben ihr, auf einem Stuhl, saß eine jüngere Frau, die die Eindringlinge mit nervösen Blicken musterte.

»Danke, Therese«, sagte die ältere Dame, stand auf und trat ihnen entgegen. Sie trug legere Sommerkleidung, war sonnengebräunt und strahlte in ihrer aufrechten Haltung eine ehrfurchtgebietende Würde aus. Weißgraue Haare fielen ihr in kräftigen Locken über die Schultern. Nur am Hals und an den Händen entdeckte Krumme Altersflecken und Falten. Wie alt mochte die Frau sein? Siebzig? Achtzig?

»Guten Tag«, sagte Krumme und deutete eine Verbeugung an. »Kriminalhauptkommissar Krumme, Kripo Husum, und das ist meine Kollegin Patrizia Reichel. Und ich nehme an, Sie sind …«

»Carla Clausen«, kam die ältere Dame ihm zuvor. »Und das ist meine Schwiegertochter Elke.«

Die jüngere Frau erhob sich ebenfalls. Krumme schätzte sie auf Ende vierzig, Anfang fünfzig. Auf den ersten Blick hatte sie eine gewisse Ähnlichkeit mit Marianne. Die gleichen blonden Haare, die gleiche mittelschlanke Figur. Doch während Marianne durch ihre Körperhaltung und ihr freundliches Lächeln eine gewinnende Natürlichkeit ausstrahlte, sah an Elke Clausen mit ihrer Leopardenmusterbluse, der protzigen Perlenkette, den riesigen Ohrringen und ihren überlangen lackierten Fingernägeln alles aufgesetzt aus.

Carla Clausen wies zu einem ovalen Tisch, an dem mehrere Stühle mit hoher Holzlehne sowie ein lederbezogenes Sofa standen. Krumme und Pat durften auf dem Sofa Platz nehmen. Therese erkundigte sich nach den Getränkewünschen. Pat bat um ein Glas Cola und Krumme um ein Wasser. Lag es an dem Leder oder an irgendeinem Desinfektionsmittel, das die Clausens benutzten? Oder am intensiven Kieferduft, der durch ein offenes Fenster hereinströmte? Es war seltsam. Seit er mit Pat den Garten betreten hatte, fühlte Krumme sich furchtbar elend und musste immer wieder aufstoßen.

Die beiden Damen nahmen ihnen gegenüber Platz.

»Also, Herr Kommissar, was können wir für Sie tun?«, fragte sie. Keine höfliche Bitte, sondern die Aufforderung, bitte gleich zum Punkt zu kommen.

Krumme musste wieder schlucken, um seine Magensäfte in Schach zu halten. Was verdammt noch mal war los mit ihm? Und das ausgerechnet in einem solchen Moment. Er sah zu Pat, die ihn besorgt beobachtete.

»Also …«, hüstelte er, fasste sich dabei mit gequälter Miene an den Hals.

»Es geht um Marten Schilling«, unterbrach ihn Pat mit vor Aufregung zitternder Stimme.

Krumme sah überrascht zu seiner Partnerin. Die Gute. Pat wollte ihm helfen und diese unangenehme Pflicht abnehmen.

Elke Clausen war zusammengezuckt. »Marten? Was ist mit ihm?«

»Stimmt es, dass er hier in Ihrem Haus wohnt?«

»Ja. Zusammen mit meiner Tochter, in einer Wohnung oben unter dem Dach.«

Pat sah auf ihr Handy. »Aber eigentlich kommt er nicht aus Nordfriesland. Ist das richtig?«

Carla Clausen nickte. »Nein, er ist vor ein paar Jahren aus Niedersachsen hierhergezogen. Irgendwo aus der Nähe von Peine.«

»Was ist mit seiner Familie?«, fragte Pat.

»Soweit ich weiß, lebt nur noch seine Mutter. Aber ich habe sie noch nie gesehen.«

Elke Clausen rutschte nervös auf ihrem Stuhl herum. »Was um Himmels willen ist denn passiert?«

»Hat der Bursche wieder etwas angestellt?«, fragte ihre Schwiegermutter.

»Marten Schilling …«, fing Pat langsam an, brach dann ab.

Die Dame des Hauses schüttelte missmutig den Kopf. »Nun raus mit der Sprache, junge Dame! Was ist geschehen?«

Krumme sprang ein. »Es tut mir sehr leid, aber wir müssen Ihnen leider mitteilen, dass Herr Schilling heute Morgen tot am Strand aufgefunden wurde.«

»Was?« Elke Clausen hielt sich entsetzt die Hände vor den Mund. Auch die Contenance ihrer Schwiegermutter war schlagartig verflogen. Beide Frauen sahen Krumme mit großen Augen an und brachten kein Wort heraus.

Krumme berichtete von dem Fund unter dem Pfahlbau am Ordinger Strand und den ersten Erkenntnissen, die sie am Fundort der Leiche gewinnen konnten. Dabei betrachtete er aufmerksam die Reaktion
der beiden Frauen. In dem Gesicht von Elke Clausen
erkannte er nur fassungsloses Entsetzen, während er
bei ihrer Schwiegermutter eher Verwirrung zu sehen
glaubte.

»Aber ... das kann nicht sein. Wir haben uns gestern
Abend doch noch gesehen«, stammelte Elke Clausen.
Mit einem Taschentuch wischte sie sich Tränen aus
den Augen, verschmierte dabei ihr Make-up. Auf einmal sah sie wie ein trauriger Clown aus.

»Wann genau? Und wo?« Pat hatte bereits ihr Telefon wieder zur Hand, um sich Notizen zu machen.

»Ich weiß nicht«, schluchzte Elke Clausen. »Viel-
leicht um sechs. Er war auf dem Weg zur Arbeit. Ins
Beach-Park-Hotel, glaube ich. Oder ins Poseidon am
Strand. Was weiß ich. Er ist Barkeeper.«

»Ach so?« Krumme hatte gerade versucht, auf dem
leider sehr schlecht gepolsterten Sofa eine bessere, auf-
rechte Sitzhaltung einzunehmen. Er horchte auf. Der
junge Kollege von der örtlichen Polizei hatte ihm bereits erzählt, dass er Marten öfter im Poseidon gesehen
hatte. Das Beach-Park dagegen war Krummes Hotel.

Carla Clausen betrachtete ihn mit ihren eisgrauen
Augen. »Was genau ist mit ihm passiert?«

Krumme hüstelte. »Sie müssen verstehen, dass wir
aus ermittlungstechnischen Gründen keine Details
preisgeben können.«

Elke Clausen war bleich wie die Wand. »Aber ...‚ sind Sie sicher, dass es Mord war?«

Er nickte. »Ohne Zweifel, ja.«

»Die Spurensicherung ist noch bei der Arbeit«, ergänzte Pat. »Und auch die Gerichtsmedizin untersucht den Toten noch. Immerhin hat er eine gewisse Zeit im Wasser gelegen.«

Carla Clausen legte ihre Hände übereinander auf den Tisch. »Das heißt, Sie wissen noch nichts Konkretes?«

Krumme räusperte sich erneut. »Nun, es ist noch etwas früh, um ...«

Carla Clausen unterbrach ihn: »Entschuldigen Sie, Herr Kommissar, aber sind Sie wirklich sicher, dass es sich bei dem Toten um den Partner meiner Enkelin handelt?«

Krumme dachte an den jungen Polizeimeister, der ihnen glaubhaft versichert hatte, dass der Tote Marten Schilling war. »Nun, wir sind ziemlich sicher. Aktuell wird die Leiche pathologisch untersucht. Sobald die Umstände es erlauben, wäre es wohl das Beste, wenn einer von Ihnen uns für eine endgültige Identifizierung begleiten könnte.«

»Selbstverständlich, Herr Kommissar«, sagte Carla Clausen.

In dem Augenblick wurde die Tür mit einem heftigen Schwung aufgestoßen, und eine junge, bildhübsche Frau in enger Reiterhose, langem geflochtenem Zopf und kniehohen Stiefeln stürmte ins Wohnzimmer, gefolgt von einem schlanken Mann in beiger

Chinohose, Leinenhemd und leichtem Jackett. In der Hand hielt er eine Sporttasche.

»Oma, hier bist du!«, rief die junge Frau. »Wir suchen dich schon überall. Du kannst dir nicht vorstellen, was heute passiert ist. Diesen neuen Stallmeister, den Stangenberg, den musst du unbedingt rausschmeißen. Der Idiot ist komplett unfähig.«

»Hallo, Insa«, sagte ihre Großmutter. Ihre Miene verriet, dass ihr der ungestüme Auftritt der Enkeltochter überhaupt nicht gefiel. Krumme bemerkte, dass sie einen nachdenklichen Blick mit dem Mann tauschte. Die gleiche Nase, die gleichen eisgrauen Augen – ihr Sohn, nahm er an.

Irritiert stellte er die Sporttasche ab und blickte besorgt zu seiner Frau. »Was ist denn hier los?«

Carla Clausen atmete tief durch. »Darf ich vorstellen? Die Herrschaften sind von der Kriminalpolizei aus Husum.«

Das junge Mädchen, Krumme tippte sie auf etwas über zwanzig, sah ihn und Pat überrascht an. »Im Ernst? Von der Kripo?«

»In der Tat, Liebes«, sagte Carla Clausen mit eindeutigem Tadel in der Stimme. »Das ist Kriminalhauptkommissar Krumme, und das ist seine Kollegin …« Sie überlegte. »Verzeihung, junge Frau, wie war noch mal Ihr Name?«

»Kriminalkommissarin Patrizia Reichel.«

Carla Clausen räusperte sich. »Und das sind meine Enkelin Insa und mein Sohn Markus.«

Insa warf erst jetzt ihrer Mutter einen Blick zu, die

mit ihrem verwischten Make-up nervös zu Boden sah.

»Mama? Was hast du denn?«, fragte sie. Ihre Stimme klang weniger besorgt als gereizt und ungeduldig.

Krumme holte tief Luft. Das Magenrumoren war keinen Deut besser geworden. Er musste raus, an die frische Luft. Je eher desto besser.

»Herr Kommissar«, wandte sich Carla Clausen an ihn. »Wären Sie so gut und würden noch einmal wiederholen, was Sie uns gerade erzählt haben.«

Er schnaufte. »Ja, es tut mir leid, aber ...« Er musste schlucken. Verdammte Magensäure.

»Es geht um Marten«, meldete sich in diesem Moment Elke Clausen zu Wort. »Sie sagen, er ist tot.«

»Was?« Die junge Frau riss die Augen auf. »Marten ist *was* ...?« Erschüttert blickte sie zu ihrer Mutter und sackte dann auf einen der Stühle. Ihr Vater war neben sie getreten und hielt ihre Hand. Auch er war bleich geworden.

Schluchzend berichtete ihre Mutter, was am Pfahlbau am Ordinger Strand geschehen war. Von dem Toten im Sand, aber auch, dass seine Identität noch nicht eindeutig festgestellt worden sei und dass sie deshalb gebeten worden seien, die Polizisten bei nächster Gelegenheit zu begleiten, um die Leiche ...

Krumme hörte kaum zu. Er musste hier raus, sofort. Instinktiv erhob er sich. Ihn schwindelte. Er hatte Probleme, sich auf den Beinen zu halten. Er hob die Hand wie in der Schule, wollte sich nach der Toilette erkundigen. Aber natürlich mochte er Elke Clausens

Bericht nicht unterbrechen. Endlich war sie fertig. Sie beugte sich vor zu ihrer Tochter, wollte sie offenbar in den Arm nehmen.

Doch Insa stieß sie mit großer Heftigkeit von sich. Sie sah auf zu Krumme und Pat, funkelte sie an, mit einer Mischung aus Verzweiflung und Empörung. »Das ist nicht Ihr Ernst?«, stieß sie aus. »Sagen Sie mir sofort, dass das nicht wahr ist? Marten ist nicht tot, hören Sie?«

Krumme wollte etwas erwidern, aber er bekam keinen Ton mehr raus. Stattdessen hielt er sich plötzlich mit einem tiefen Grunzen eine Hand vor den Mund, eilte zu der Palme in der Ecke des Wohnzimmers, warf sich ächzend auf den Boden und übergab sich mit lautem Stöhnen direkt in den Terrakottakrug.

12

Max hatte schon bald kapiert, dass Niri ihn angeflunkert hatte. Für die Fahrt nach St. Peter-Ording war er nicht ihre erste Wahl gewesen. Vor ihm hatte sie bereits Mathilda gefragt, doch die hatte keine Lust auf den Trubel in dem Touristenort. Auch zu Tilmann war sie gegangen. Aber Jürgen hatte die beiden schon dazu eingeteilt, ihn zum Westerheversand zu begleiten. Wattwanderer hatten dort, noch vor den Salzwiesen, einen verletzten Seehund gefunden.

Max war der Letzte, den Niri gefragt hatte. Na und? Er hatte ja draußen auf der Aussichtsplattform gesessen. Und selbst wenn das nicht der einzige Grund war, egal – dieser Ausflug war die Chance, endlich Zeit allein mit ihr zu verbringen und ihr hoffentlich näherzukommen.

Er konnte sein Glück kaum fassen, als sie beide mit ihren Fahrrädern die fünfzehn Kilometer um die Tümlauer Bucht herum Richtung St. Peter fuhren. Die Umstände hätten nicht besser sein können. Eine nicht zu heiße Sonne strahlte vom makellos blauen Himmel und brachte die saftig-grüne Marsch zum Leuchten. Schafe und Kühe schauten ihnen neugierig hinterher. Und der angenehm frische Wind aus dem Norden schob sie nicht nur auf ihren Fahrrädern an, er ließ auch Niris schwarze Mähne tanzen. Max fühlte sich wie in einem Traum. Für ihn hätte die Fahrt ewig dauern können. Keine besserwisserische Mathilda, kein blöd daherquatschender Tilmann, endlich hatte er Niri ganz für sich allein.

Anders als sonst plapperte Max die ganze Zeit munter drauflos. Seine Versuche, etwas Witziges, Originelles oder sogar Romantisches zu sagen, gerieten aber eher kläglich. »Kuck mal, wie hoch das Gras noch steht!« »Ganz schön anstrengend, oder?« »Hoffentlich kriegen wir keinen Sonnenbrand.« Himmel, selbst er merkte, dass er mit solchen Sprüchen Niris Herz nie gewinnen würde.

Aber zu seinem Glück konnte sie ihn bei dem Wind sowieso kaum verstehen. Auch für sie war es ein toller Ausflug. Immer wieder stieß sie laute Freudenschreie aus, fuhr in Schlangenlinien ausgelassen um die Schafe auf dem Deich herum und forderte Max frech grinsend zu kurzen Rennen auf. Und lachte, wenn sie ihn abhängen konnte.

Langsam näherten sie sich Ording, dem nördlichen Ortsteil. Die grüne Marsch verwandelte sich in eine schier endlose Dünenlandschaft. Und nachdem sie bisher nur am Wasser der Tümlauer Bucht entlanggefahren waren, konnten sie jetzt die Wellen der stürmischen Nordsee in der Ferne erkennen.

Schließlich sausten sie mitten durch Ording, das im Prinzip aus einer großen Ansammlung neuer Ferienhäuser bestand. Nur direkt hinter dem Deich gab es einige schicke Hotels und daneben einen Übergang zu den Dünen. Sie nahmen einen langen Strandweg, der sie bis zum Bereich der Strandkörbe brachte. Am Ende schlossen sie ihre Fahrräder ab und gingen zu Fuß weiter Richtung Brandung.

Max wusste gar nicht, wo er zuerst hinsehen sollte. Was für ein Gegensatz zu der klösterlichen Abgeschiedenheit der Wattenmeerstation am Leuchtturm! Alles war voller Autos und Menschen. Überall flatterten Strandmuscheln im Wind. Kinder bauten Burgen mit Wassergräben. Das leise Pochen von Strandtennis. Und über ihnen am Himmel knatterten Sturm- und Lenkdrachen: rot-schwarze Marienkäfer und Einhörner in der Hand von vor Glück kreischenden Kindern. Daneben metergroße Aliens, Kraken, Düsenjäger und asiatisch anmutende Fabelwesen mit bunten Flatterbändern, die nur von Erwachsenen gebändigt werden konnten.

Sie erreichten einen stillgelegten Pfahlbau, der sich hoch in den Nordseehimmel erhob. Früher gab es dort oben ein Café. Jetzt war der Zugang gesperrt und ein Teil der Pfahlkonstruktion mit Planen abgedeckt, für Renovierungsarbeiten, wie Max vermutete. Die Flut lief gerade ein, die Pfeiler standen bereits tief im Wasser.

Plötzlich griff Niri nach seiner Hand. »Komm, wir gehen dahinten hin!«

Max erstarrte, als hätte ihn ein Stromschlag getroffen. Die ganze Zeit hatte er überlegt, wie weit er sich Niri nähern konnte. Und jetzt nahm sie einfach seine

Hand. Aber nur für einen kurzen Moment. Nachdem er sich wie ein verwirrter Tanzbär in Bewegung gesetzt hatte, ließ sie ihn schon wieder los. Doch Max war sicher, das warme Gefühl ihrer Hand und ihrer zarten Finger würde er sein ganzes Leben nicht vergessen.

»Kuck mal da, der Krabbenkutter! Und sieh dir nur den Hund an, wie süüüß, so einen will ich auch mal haben.«

Wie gut, dass Niri die ganze Zeit redete. Max war nach der kurzen Berührung mit ihr immer noch so benommen, dass er keinen Ton herausbekam.

Dafür lief seine Zukunft schon als Film in seinem Kopf ab. Irgendwann würde er mit Niri wieder hierherkommen. Mit einem coolen Bulli würden sie am Strand campen und mit ihren Kindern, die alle Niris schwarze Locken haben würden, am Lagerfeuer Würstchen braten, Marshmallows in die Flammen halten und mit ihrem süßen Familienhund lange Strandspaziergänge machen.

Ganz so weit war es noch nicht. Aber irgendwie hatte Max den Eindruck, dass die anderen Strandbesucher sie schon für ein Paar hielten. Täuschte er sich oder warfen ihm braungebrannte Männer neidische Blicke zu, weil er so eine aufregende Begleiterin hatte? Max lächelte selig, genoss den Moment mit allen Sinnen.

Er überlegte, ob er umgekehrt auch nach ihrer Hand greifen, also den nächsten Schritt tun sollte. Doch seine schüchternen Versuche gingen alle ins Leere. Zufall? Oder war er einfach zu ungeschickt?

Mit »dahinten« hatte Niri das Zeltlager der Kitesurfer gemeint, die an der Meisterschaft teilnahmen. Aus der Entfernung mutete das Lager mit den spitzen Zelten der Sponsoren und den bunten, im Seewind flatternden Fahnen wie ein mittelalterliches Heerlager an. Es befand sich in direkter Nähe zum Poseidon, der angesagtesten Bar von St. Peter. Max kannte sie nur vom Hörensagen. Mit wem hätte er auch so einen schicken Ort besuchen sollen?

Aber heute war alles anders.

»Hey, hast du Lust?«, fragte er und zeigte zu der Strandbar. »Soll ziemlich cool sein. Habe ich zumindest gehört.«

Doch Niri schaute nur zu dem Zeltlager der Kitesurfer. »Später vielleicht«, sagte sie und marschierte auf den Eingang zu – ohne auf Max zu warten. Ihm blieb nichts anderes übrig, als ihr hinterherzulaufen.

Am Eingang zum Lager stand ein Security-Mann in roter Baywatch-Hose und einem T-Shirt, das über seinem muskulösen Oberkörper spannte. Er beachtete sie gar nicht, sicherlich dachte er, die hübsche Niri gehöre zum inneren Kreis, der freien Zugang hatte.

»Wo willst du eigentlich hin?«, rief Max ihr zu. Er schnaufte. Im tiefen Sand hatte er Mühe, mit ihr Schritt zu halten.

Doch aktuell schien er Luft für sie zu sein. Ohne ihn zu beachten, drehte sie den Kopf in alle Richtungen und schaute sich aufmerksam um. Dann lächelte sie.

»Dahinten«, sagte sie zufrieden, leise, nur zu sich, nicht zu ihm.

Sie marschierte zu einem Campingzelt am Rand des Geländes. Auf der Spitze wehte die rot-weiße Landesflagge Hamburgs. Davor stapelten sich diverse Kiteboards, daneben zusammengelegte Trapezsegel. Auf einer Leine trockneten Neoprenanzüge wie nasse Gespenster. Um Getränkekisten herum saßen auf Klappstühlen drei junge braun gebrannte Männer, die Füße lässig ausgestreckt im Sand, die zerzausten Haare vom Salzwasser verklebt, in der Hand Bier und Softdrinks, auf der Nase teure Sonnenbrillen. Musik aus einer Soundbox kämpfte gegen das allgegenwärtige Rauschen des Meeres an. Lachend versuchten sie, Tischtennisbälle in ein kleines Loch im Sand zu werfen. Ihr Publikum: zwei Mädchen, die in Bikinis und mit andächtigen Mienen zu ihren Füßen im Sand saßen und die Bälle wie brave Hündchen wieder zurückbrachten.

Max rümpfte die Nase. Was wollte Niri bei diesen Angebern?

»Hey, Louis, wusste ich doch, dass ich dich hier treffe«, sagte sie auf einmal.

Einer der drei Burschen, offensichtlich Louis, schob seine Sonnenbrille hoch, um seine Besucherin besser sehen zu können.

»Hallo?« Er schien Niri nicht zu erkennen. Trotzdem gefiel ihm, was er sah.

Kein Wunder. Niri strahlte über das ganze Gesicht, lächelte, aber auf eine Weise, die Max bei ihr noch nie gesehen hatte. Frech, kokett. Dabei hatte sie den Rücken durchgedrückt, strich sich mit der Hand wie beiläufig über die nackten Oberschenkel.

Schlagartig wurde Max klar, was hier lief. Das, was vorher geschehen war, ihr fröhliches Lachen auf dem Fahrrad, ihre Fahrt auf der Straße am Tümlauer Koog, ihr freundliches Geplauder am Strand – all das war nur Kinderkram gewesen. Jetzt wurde es ernst. Das hier war kein Spiel mehr.

Niri war auf der Jagd.

»Sag bloß, du weißt nicht, wer ich bin?« Niri drehte den Kopf zur Seite, schob sich lächelnd die schwarzen Locken aus dem Gesicht.

Louis lächelte ebenfalls, strich sich dabei gedankenverloren über seinen in der Sonne glänzenden, muskelbepackten Oberkörper.

»Ah, richtig! Ich weiß«, antwortete Louis nach kurzem Zögern. »Du warst auf dem Gymnasium in Hamburg.«

»In Flottbek, genau.«

Louis nickte, wagte einen Versuch: »Nnn…?«

»Niri«, erlöste sie ihn.

»Genau, Niri! So einen schönen Namen würde ich doch nie vergessen.«

Hast du aber, du Arsch, dachte Max. *Also tu nicht so, als würde sie dir irgendwas bedeuten.*

Doch Niri schien ihm die Sache nicht übel zu nehmen. Sie genoss ihren Auftritt. Auch die beiden anderen Kitesurfer betrachteten sie jetzt grinsend, verschlangen sie förmlich mit ihren Blicken. Die Bikinimädchen waren weniger begeistert über die neue Konkurrenz und hätten Niri wohl am liebsten in der Nordsee versenkt.

»Was treibst du hier, Niri?«, fragte Louis. Erst jetzt schien er Max' Anwesenheit zur Kenntnis zu nehmen. Er zeigte auf ihre T-Shirts und blauen Shorts. »Sag bloß, ihr seid bei den Pfadfindern?«, spottete er. Seine Freunde grinsten.

Niri ließ sich nichts anmerken, lächelte. Ihre Augen glänzten, als sie ihm in knappen Worten von ihrem freiwilligen ökologischen Jahr in der Station »Wattenmeer« erzählte.

»Cool«, behauptete Louis, »finde ich gut, dass hier jemand den Müll einsammelt. Und was treibt dich jetzt nach St. Peter?«

Max stöhnte. Wie konnte er Niri nur dazu bringen, den dämlichen Typen sein zu lassen und weiter mit ihm spazieren zu gehen? Aber Niri hatte ganz offensichtlich andere Pläne. Merkte sie überhaupt, dass er immer noch neben ihr stand?

»Na ja, als ich von der Meisterschaft gehört habe, war mir klar, dass du auch dabei sein wirst.« Sie hob den Kopf und zwinkerte Louis erneut frech zu. »Ich bin sicher, du gewinnst. Das wollte ich mir auf keinen Fall entgehen lassen.«

13

Noch vom Clausen-Hof aus hatte Krumme telefonisch veranlasst, dass der tote Körper am Strand rechtzeitig vor der einlaufenden Flut aus dem Sand gezogen und vorerst in die Strandklinik von St. Peter gebracht worden war. Die Rehaklinik war vor allem bekannt für die Vorsorge und Behandlung von Krankheiten der Lunge und Atemwege. Dr. Fleischer, der Gerichtsmediziner aus Husum, der inzwischen eingetroffen war, hatte im Keller einen Raum zur Verfügung gestellt bekommen, in dem er mit einem Kollegen eine erste Obduktion vornehmen konnte. Doch vorher sollten Carla Clausen und ihr Sohn Markus die Leiche identifizieren. Krumme und Pat hatten sie daher gebeten, sie ins Krankenhaus zu begleiten.

Der Anblick des toten, im Wasser aufgequollenen Marten war alles andere als schön. Vorne das Einschussloch in der Stirn, hinten der von der Kugel zum Teil weggesprengte Schädel. Für die Identifizierung waren seine Stirn und sein Körper so weit abgedeckt worden, dass nur sein Gesicht zu sehen war. Krumme hatte dennoch empfohlen, dass Elke Clausen mit ihrer Tochter Insa besser zu Hause blieben.

Als Carla Clausen an den improvisierten Obduktionstisch trat, war ihr, ebenso wie ihrem Sohn Markus, keinerlei Regung anzumerken. Eingehakt in den Arm ihres Sohnes, stand sie da, blickte starr auf die Leiche und sagte keinen Ton.

Krumme fragte sich, was in dem Kopf der Patriarchin vorging. Wie eine trauernde Verwandte wirkte sie jedenfalls nicht.

Schließlich nickte sie. »Ja, das ist Marten, kein Zweifel«, sagte sie. Auch ihr Sohn nickte. Er schluckte, der Anblick der Wasserleiche schien ihn nicht so kaltzulassen wie seine Mutter.

Krumme seinerseits fühlte sich, seit sie den Haubarg verlassen hatten, wieder blendend. Es war verrückt. Den peinlichen Zwischenfall im Wohnzimmer würde er allerdings so schnell nicht vergessen. Und die Clausens sicher auch nicht.

Pat war ihm an der Palme sofort zu Hilfe geeilt. Insa hatte dagegen nur angeekelt gestöhnt, seinen Auftritt aber wie hypnotisiert verfolgt. Ihre Mutter hatte sich die Hände vors Gesicht gehalten, während Carla Clausen und ihr Sohn Markus keine Miene zu diesem skandalösen Zwischenfall verzogen. Vielleicht hatten sie ja von einem fast kahlköpfigen Kommissar in kurzen Hosen kein anderes Verhalten erwartet.

»Tschuldigung«, hatte Krumme, noch auf den Knien, gemurmelt. »Keine Ahnung, was auf einmal mit mir los ist.«

»Ein Glas Wasser vielleicht?«, hatte Markus Clausen gefragt und ihm eine Papierserviette vom Tisch gereicht.

Krumme hatte dankend angenommen und darauf gedrängt, so schnell wie möglich in die Klinik zu fahren. Als sie das Haus verließen, spürte er den vorwurfsvollen Blick der Haushälterin in seinem Rücken. Natürlich blieb es an ihr hängen, die Sauerei im Terrakottakrug zu beseitigen.

Doch jetzt war alles wieder in bester Ordnung, selbst der unerfreuliche Anblick der Wasserleiche war kein Problem für seinen Magen.

Pat war nicht mit ins Krankenhaus gekommen, sondern bei Elke und Insa geblieben, um schon mit der Befragung zu beginnen. Krumme würde später wieder zu ihr stoßen, wollte aber vorher noch mit Köhler und Fleischer sprechen.

»Das war ja vielleicht ein Chaos am Strand«, schimpfte der Chef der Spurensicherung, als Carla und Markus Clausen den Kellerraum verlassen hatten. »Von der einen Seite sind uns die Gaffer auf die Pelle gerückt, von der anderen Seite kam die Flut. Für eine ordentliche Spurensuche war da keine Zeit. Immerhin, das hier haben wir in seiner Hosentasche gefunden.«

Er reichte Krumme eine Beweismitteltüte mit einer Brieftasche.

»Sehr gut. Bestimmt hatte er doch auch ein Handy dabei, oder?«

Köhler schüttelte den Kopf. »Leider nein.«

»Schade. Aber in ein paar Stunden ist wieder Ebbe. Dann können Sie ja weitermachen.«

Köhler verzog das Gesicht. »Sehr witzig, Herr Kollege. Man merkt, Sie kommen aus Berlin. Glauben Sie im Ernst, dass nach fast zwölf Stunden im Salzwasser und in den Gezeiten noch irgendetwas zu finden ist?«

Krumme erinnerte sich an seinen ersten Fall als Mitglied der Husumer Kripo. Da war ein altes Schiffswrack über Nacht im Watt aufgetaucht – vierzig Kilometer von dem Ort entfernt, wo es vor hundertfünfzig Jahren untergegangen war! Eine Woche lang hatte es als Touristenattraktion im Watt gelegen, um dann in einer Nacht wieder spurlos zu verschwinden.

»Nicht unbedingt«, brummte er.

Köhler nickte. »Wir können froh sein, dass unser Freund hier an dem Gestänge hängen geblieben und nicht auf große Reise gegangen ist.«

»Können wir denn wenigstens davon ausgehen, dass der Fundort auch der Tatort ist?«

Köhler nickte. »Ja, wir haben die Kugel in einer der Bohlen gefunden.«

»Immerhin«, sagte Krumme. Aus den Augenwinkeln sah er, wie Doktor Fleischer langsam unruhig wurde. Er klemmte sich bereits eine Zigarette hinters Ohr. Erstaunlich, dass er sich so lange zurückgehalten hatte. In der Pathologie in Husum konnte er keine fünfzehn Minuten ohne Glimmstängel sein.

Damit verabschiedete sich Köhler. Nachdem die Identität des Toten zweifelsfrei geklärt worden war, sollte er sich mit seinem Team Martens Wohnung im Haubarg der Clausens in Böhl genauer anschauen. Carla Clausen hatte bereits mit ihrer Haushälterin telefoniert und entsprechende Anweisungen gegeben. Köhler schnappte sich seine Tasche und war weg.

»Na, endlich«, schimpfte Fleischer mit seiner heiseren Raucherstimme. »Ich dachte schon, der wird nie fertig.«

»Brauchen Sie eine kleine Raucherpause?«

»Nein, dauert ja nicht lange. Genaueres kann ich Ihnen sowieso erst nach einer richtigen Obduktion verraten.«

»Das Wichtigste zuerst. Haben Sie eine Idee, wie weit entfernt der Täter beim Schuss gestanden hat?«

Fleischer hustete und drehte dann mit seinen langen Spinnenfingern Martens Kopf auf die Seite. »Na ja, wenn ich mir das Loch in seinem Schädel ansehe, würde ich mal sagen, ein, zwei Meter, höchstens. Der Hinterkopf ist aufgeplatzt wie eine reife Tomate. Aber natürlich werde ich mir das in Husum noch mal genauer anschauen.«

Krumme seufzte. »Danke. Sonst noch was, womit wir arbeiten können?«

Fleischer schlug das Laken zurück, das den Körper der Leiche bedeckte. »Eine Sache, ja.«

Er nahm Marten Schillings rechte Hand und drehte die Handfläche nach oben. »Schauen Sie mal.«

Obwohl er die Brille aufgesetzt hatte, fiel es Krumme schwer, etwas zu entdecken.

»Sehen Sie das nicht?«, fragte Fleischer ungeduldig und tippte mit dem Zeigefinger auf eine Stelle beim Daumenballen.

Jetzt glaubte Krumme, es auch zu erkennen. »Ein Kreis?«

»Ein Kreis? Das ist ein Abdruck.«

»Ein Abdruck?«

»Rede ich Chinesisch? Ja! Als wenn er einen kreisförmigen Gegenstand sehr, sehr fest in der Hand gehalten hätte.«

Krumme drehte die Hand hin und her und sah Fleischer fragend an. »Haben Sie Köhler das gezeigt?«

»Natürlich. Aber als sie ihn aus dem Sand gezogen haben, hatte er jedenfalls nichts mehr in der Hand.«

»Und im Sand haben sie nichts gefunden?«

Doktor Fleischer schüttelte den Kopf und zog die Zigarette hinter seinem Ohr hervor.

Krumme schaute sich die Hand noch einmal an. War das wirklich ein Abdruck? Er war sich nicht sicher. »Eine Idee, was das gewesen sein könnte?«

Der Rechtsmediziner zog lautstark Luft durch die Nase ein und grinste. »Keine Ahnung, Herr Kollege. Aber irgendwas müssen Sie ja auch noch selbst machen.«

14

Max stapfte wütend durch den warmen Sand. Wie hatte er nur so naiv sein können, ernsthaft zu glauben, eine Traumfrau wie Niri würde sich für einen Loser wie ihn interessieren? Von Anfang an hatte sie nur jemanden gesucht, der sie nach St. Peter begleitet, um diesen dämlichen Louis zu suchen! Niri kannte den Angeber von ihrer Schule in Hamburg. Schon damals war sie offensichtlich in ihn verknallt gewesen. Ihr verklärtes Grinsen im Lager ging Max nicht aus dem Kopf. Dabei hatte Niri auf ihrer Radtour noch so unschuldig gelächelt. Alles nur Show! Im Zeltlager hatte er wie ein Vollidiot herumgestanden, bis er endlich die Zusammenhänge begriffen hatte. Dieser dämliche Louis hatte Niri eingeladen, sich zu ihm zu setzen. Im Gegensatz zu den anderen Mädchen hatte es für sie auch noch einen weiteren Klappstuhl gegeben.

Aber natürlich nicht für Max. Irgendwann hatte einer der anderen Jungsurfer Louis auf die Schulter getippt und ihn auf Max aufmerksam gemacht.

»He, Großer, willst du dich nicht auch setzen?«, hatte der gefragt. Niris Schwarm zeigte grinsend vor sich in den Sand. »Wir finden bestimmt auch eine Cola für dich.«

Max hatte ihn völlig entgeistert angesehen. Sollte er den Hofnarren spielen und sich vor Louis und Niri auf den Boden hocken?

Er sah zu Niri. »Wollen wir nicht weiter? Wir können ja nicht ewig hierbleiben«, fragte er und hörte selbst, wie jämmerlich er klang. Seine Stimme zitterte fast. Wie peinlich, als würde er gleich anfangen zu weinen.

»Ich bleib noch ein bisschen«, erwiderte Niri, die wie eine Prinzessin neben ihrem Prinzen thronte.

Er wusste nicht, was mehr wehtat: dass er sich so in ihr getäuscht hatte – oder dass es sie kein bisschen kümmerte, dass er direkt neben ihr stand, während sie sich an diesen Kerl heranmachte!

»Na schön, ich kuck mich noch ein bisschen um. Bis später«, sagte Max. Er ging, stolperte dabei aber über eine gespannte Zeltleine. Die anderen kicherten. Niri auch? Max hatte keine Ahnung. Ohne sich noch einmal umzudrehen, verließ er mit hochrotem Kopf das Lager.

Verdammt! Nun hatte es ausgesehen, als würde er wie ein Feigling davonlaufen. Er wollte gar nicht wissen, wie Louis und seine Freunde sich das Maul über ihn zerrissen.

In der Station würden sie ihn später sicher genauso auslachen. Und es stimmte ja. Mathilda, Tilmann und Jürgen hatten durchschaut, was Niri im Schilde führte. Deshalb hatten sie abgelehnt, sie zu begleiten.

»Scheiße«, fluchte er – so laut, dass sich ein Rentnerehepaar vor ihm erschrocken umdrehte. Es war ihm egal. Vielleicht war es am besten, wenn er sich hier und jetzt in die Bahn setzte. Mit der Regionalbahn bis nach Husum, und von dort mit dem IC nach Köln. Mit etwas Glück konnte er schon am Abend zu Hause sein ...

Versunken in seine trüben Gedanken, stolperte er über eine Sandburg. Erst im letzten Moment konnte er sich fangen. Aber er trat auf einen Spielzeugbagger. Ein kleiner Junge riss erschrocken die Augen auf, begann sofort zu weinen.

»He, du Idiot, pass doch auf!«, schimpfte der Vater des Jungen und sprang wütend von seiner Decke auf.

»Tschuldigung«, stammelte Max und hastete schnell weiter durch den Sand.

Er entschied sich, das Gewimmel am Strand zu umgehen. Er zog seine Schuhe aus und lief im flachen Wasser weiter. Einen Moment blieb er stehen. Obwohl er nur wenige Meter vom Strand entfernt war, war es hier erstaunlich still. Der Wind trug den Lärm der zahllosen Gäste mit sich fort und ließ ihn nur als fernes Murmeln zurück.

Er musste nicht lange gehen, bis er das verlassene Café erreichte. Auf seinen hohen Pfeilern stand es inzwischen mitten im Wasser. Er konnte hören, wie die Plane der Bauarbeiter laut im Wind knatterte.

Max zuckte erschrocken zusammen. Etwas hatte ihn am Bein berührt. Ein dicker, im Wasser treibender Ast, wie er mit einem nervösen Blick feststellte. Er schüttelte genervt den Kopf. Was war er nur für ein Waschlappen, dass ihm ein Stück Holz schon Angst einjagte.

Max atmete tief durch, sog die frische Luft ein, schloss für einen Moment die Augen und lauschte dem leisen Rauschen der auslaufenden Wellen. Dann sah er zum Strand, wo die vielen Familien ihren Urlaub genossen. Auch in der Station würden die anderen es sich jetzt bestimmt gut gehen lassen. Sie tranken vermutlich gerade Kaffee und aßen Jürgens selbst gebackenen Kuchen. Und Niri? Die hatte den Spaß ihres Lebens. Vielleicht saß sie bereits bei Arschloch-Louis auf dem Schoß, lachte über seine dummen Witze und ließ sich von ihm die Zunge in den Hals schieben.

Alle hatten ihren Spaß. Nur er nicht. In seiner Verzweiflung und Wut trat Max in den schlammigen Sand.

Und zuckte schmerzerfüllt zurück.

Etwas Hartes steckte offenbar im Boden. Durch den aufgewirbelten Sand konnte er nicht erkennen, was.

Kein Stein. Er tastete mit dem großen Zeh über den Grund, spürte aber nur die feinen Strömungswellen auf dem Meeresboden.

Und dann das glatte Metall.

Max bückte sich, strich mit den Fingern über den Schlamm. Endlich fand er, was er suchte, und holte es ans Tageslicht.

Erstaunt sah er auf den Gegenstand in seiner Hand. Nein, das war kein Stein. Er zog ihn noch einmal durch das Wasser, beseitigte den Seetang, der sich in einer Kante verfangen hatte, den Sand, der die feinen Rillen verstopfte.

Er hielt seinen Fund ins Sonnenlicht, kniff die Augen zusammen, um besser sehen zu können.

Ein Amulett.

Aber so ein Amulett hatte er noch nie gesehen.

Es war rund, handtellergroß und leicht bauchig. Es bestand aus einem ihm unbekannten Metall, schwarz, so dunkel, dass es schien, als würde das Licht von seiner Oberfläche aufgesogen werden. Keine Spuren von Rost. Und es war verrückt, gerade hatte er es aus dem Wasser geholt, trotzdem war es schon trocken.

Er tastete mit seinen Fingern über die Oberfläche und entdeckte viele kleine, ihm fremde Symbole und Zeichen, die in kunstvollen Linien über das Metall liefen.

Was hatte er da nur gefunden?

Er umschloss seinen Schatz mit der Hand, spürte das im Verhältnis zur Größe überraschende Gewicht. Auf verwirrende Weise tat es gut, das Amulett zu umfassen und die Markierungen mit den Fingern zu ertasten.

Und noch etwas fiel ihm auf.

Obwohl das Schmuckstück wer weiß wie lange im kühlen Wasser der Nordsee gelegen hatte, fühlte er, wie auf einmal eine unwirkliche Wärme von dem Amulett ausging.

15

Die Augen geschlossen, den Kopf gesenkt, die Handflächen gegen die Wand gedrückt, so stand Ettje unter dem prasselnden Wasser. Wie jedes Mal nach dem Sport stellte sie die Dusche zunächst auf heiß und zum Schluss für einen kurzen Moment auf eiskalt. Für die Durchblutung, um wieder wach zu werden und den Kopf klar zu bekommen.

Doch heute schien das nicht zu funktionieren.

Ihr Körper fühlte sich geradezu taub an, als sie den Duschhahn ausstellte und aus der Kabine trat. Langsam trocknete sie sich ab, den Blick traurig ins Nirgendwo gerichtet. Schließlich wickelte sie sich in das große weiße Handtuch, zog es über der Brust zusammen und betrachtete sich im Spiegel des kleinen Bades.

Große braune Augen, kräftige, lange dunkle Haare, die ihr gerade wild und nass über die Schultern hingen. Ungewöhnlich für sie. Auf Werbefotos und beim Training band sie sich ihre Haarpracht zu einem langen Zopf nach hinten. Das war ihr Markenzeichen und beim Sport einfach praktischer. Es betonte zwar ihre leicht abstehenden Ohren, aber es gab ihrem Gesicht etwas Unschuldiges, Madonnenhaftes, was sie bei ihrer vor allem weiblichen Kundschaft für angemessener hielt. Die Teilnehmerinnen sollten in ihr eine Freundin sehen und kein Model.

Ja, sie sah ganz gut aus. Trotzdem hatte sie sich nie so alt gefühlt wie in diesem Moment.

Hatte sie in den letzten Wochen die richtigen Entscheidungen getroffen? Und was würde die Zukunft bringen, jetzt, nach diesem Albtraum?

Sie presste die Hände vor die Augen, um ihre Tränen zurückzudrängen. Ein dummer Reflex, es gab niemanden, der sie sah. Aber in ihrem Job war sie gewohnt, ihre Gefühle zu verbergen. Lächeln, immer freundlich bleiben, Vorbild sein, nicht nur beim Sport, sondern auch bei der Art, wie sie lebte, wie sie sich anzog und bei ihrer Ernährung. Sie kannte Kolleginnen, die schminkten sich vor dem Training. Um hübsch auszusehen, sagten sie, aber eigentlich, um sich während der Arbeit hinter einer Maske zu verstecken. So weit würde sie nicht gehen. Sie wollte nahbar bleiben, natürlich. Aber ihre wahren Gefühle, ihre Probleme und Sehnsüchte gingen niemanden etwas an.

Manchmal war das nicht so leicht. Schließlich gehörte zu ihrem mehrtägigen Kurs auch das »Come together« bei den Mahlzeiten. Beim Abendessen saßen sie oft stundenlang zusammen. Meistens war das sehr nett. Anstrengend wurde es nur, wenn vor allem die weiblichen Teilnehmer von ihr über das Yoga hinaus Ratschläge für ein gesundes, gutes und achtsames Leben wollten.

Wer war sie denn, um den anderen, manchmal viel älteren Teilnehmern etwas über den Sinn des Lebens zu erzählen? Sie wusste genau, wie privilegiert sie war. Sie liebte ihren Job, und es gab Schlimmeres, als in einem schönen Ort wie in St. Peter-Ording zu arbeiten. Doch im Grunde war sie nur ein einfaches Mädchen Mitte zwanzig auf der Suche nach ein bisschen Glück.

Aber nun würde sich alles ändern, da war sie sich sicher. Sie konnte die Tränen nicht länger zurückhalten, sie ließ sie laufen. Ettje zitterte am ganzen Körper, so verzweifelt war sie.

Schließlich beruhigte sie sich wieder, wischte sich mit dem Handtuch das Gesicht ab und verließ endlich das Bad.

Sie wurde schon sehnlichst erwartet. Ihr kleiner Hund sprang ihr schwanzwedelnd entgegen. Sie tat ihm den Gefallen, ging in die Knie, streichelte und liebkoste ihn. Ihr süßer Mickey – sie wusste nicht, was sie ohne ihn tun würde.

Seufzend richtete sie sich auf und holte eine Flasche Wasser aus dem Kühlschrank. Sie trank einen Schluck und schaute durch die offen stehende Balkontür hinaus in die Dünen, wo in der Ferne die blaue Nordsee zu sehen war. Sogar einen Krabbenkutter konnte sie am Horizont erkennen.

Der perfekte Ausblick. Einer der Gründe, warum sie ihren Kurs ausgerechnet im Beach-Park-Hotel gab.

Aber heute konnte sie sich an diesem einmaligen Panorama nicht erfreuen. Dort hinten war es passiert. Sie hatte es am Nachmittag erfahren. Nicht offiziell.

Irgendwie hatte es sich herumgesprochen, zu viele Menschen waren vor Ort bei der Polizei gewesen. Mittlerweile wussten alle im Hotel Bescheid.

Aber keiner ahnte, was genau vorgefallen war. Und dass sie wenigstens eine Mitschuld an der Katastrophe hatte. Doch war das wirklich so? Traf sie eine Schuld? Hatte sie einen Fehler gemacht? Hätte sie das kommende Unheil sehen müssen? Fragen über Fragen, die laut in ihrem Kopf dröhnten und nach Antworten riefen. Aber sie hatte keine.

Sie seufzte erneut, schob den herumspringenden Mickey sanft zur Seite und ging zum Schrank, um sich etwas zum Anziehen auszusuchen. Es war herrlich warm. Ein leichtes, buntes Sommerkleid würde am besten passen.

Doch war das angebracht in dieser Situation? Überhaupt verspürte sie im Moment nicht die geringste Lust, das Hotelzimmer zu verlassen.

Sie entschied sich für eine Jeans und ein schwarzes T-Shirt. Wieder betrachtete sie sich im Spiegel. Fragte sich, ob sie in ein paar Monaten der gleiche Mensch sein würde.

Mickey winselte, er wollte nicht nur gekrault werden, sondern endlich sein Futter bekommen. Wie hatte sie das nur vergessen können?

Sie füllte seinen Fressnapf und setzte sich dann an den kleinen Tisch, der neben der Panoramascheibe zum Balkon stand. Sie hörte das sanfte Rauschen des Windes und das Lachen der Möwen am Himmel, überlegte, ob sie für ihr Gespräch auf den Balkon hinausgehen sollte. Aber natürlich ging das nicht. Was, wenn die Leute aus den angrenzenden Zimmern sie belauschten?

Sie nahm ihr Handy und wählte die Nummer, nicht zum ersten Mal an diesem Tag. Bisher hatte sie leider keinen Erfolg gehabt. Aber was hieß leider? Sie hatte das Telefon jedes Mal erleichtert zur Seite gelegt, wenn sich niemand gemeldet hatte.

Doch dieses Mal wurde ihr Anruf angenommen. Es knackte, und endlich meldete sich eine vertraute Stimme.

»Hallo?«

Sofort schossen ihr wieder die Tränen in die Augen.

»Ich bin's – Ettje«, sagte sie mit bebender Stimme und brauchte einen Moment, um sich zu sammeln. »Bist du verrückt geworden? Wie konntest du das nur tun?«

16

Köhler empfing ihn mit einem breiten Grinsen. »Sie haben vor versammelter Mannschaft in den Topf mit der Palme gekotzt?« Er lachte schallend.

Krumme sah vorwurfsvoll zu Pat, die ihn in der Eingangshalle des Haubargs erwartet hatte. Aber die schüttelte den Kopf, machte mit einer stummen Geste klar, dass sie nichts verraten hatte. Aber wer dann? Er blickte sich um. Hatte Therese sein Missgeschick nicht für sich behalten? Aber war das Hauspersonal nicht eigentlich zu Diskretion verpflichtet? Er ahnte schon, welchen Hohn und Spott er bei seiner Rückkehr nach Husum von seinen Kollegen zu hören bekommen würde.

Aber vorläufig kämpfte Krumme damit, dass sich sein peinlicher Auftritt nicht wiederholte. Gemeinsam mit den Clausens war er wieder zurück zum Haubarg in Böhl gefahren, um sich einen Eindruck von Martens Lebensumfeld zu verschaffen. Und es war zum Verrücktwerden: Kaum waren sie aus dem Dienstpassat ausgestiegen und hatten das Grundstück betreten, hatte sein Magen wieder zu rumoren begonnen. Köhler betrachtete ihn argwöhnisch, als er auch im Haus kurz innehielt und sich stöhnend die Faust vor den Mund hielt. »Geht es etwa wieder los?«, fragte der

Spurensicherer und trat sicherheitshalber einen Schritt zurück. Auch Pat sah ihn besorgt an.

Krumme schluckte kurz und schüttelte dann den Kopf. »Sind Sie mit Martens Wohnung fertig?«, fragte er seinen Kollegen.

Köhler nickte. »Vorläufig schon.«

»Was Interessantes gefunden? Sein Handy vielleicht?«

»Nein, tut mir leid. Dafür haufenweise Fingerabdrücke. Ansonsten nur ein paar schmutzige Klamotten und dreckiges Geschirr. Sieht nicht so aus, als wenn unser Freund hier wirklich gewohnt hat.«

Gemeinsam gingen sie die geschwungene Treppe hinauf ins Obergeschoss. Am Ende eines langen Korridors gelangten sie zu der Wohnung, die sich Marten Schilling und Insa Clausen geteilt hatten. Als Krumme eintrat und sich kurz umschaute, wusste er genau, was der Leiter der Spurensicherung meinte. Dem Wohnzimmer sah man deutlich an, dass hier eine junge Frau lebte. Rosa Wände. Teure Rattanmöbel, ein dicker Wollteppich und kitschige Bilder mit Pferdemotiven. Auf einer kleinen Anrichte standen Pokale, die Insa bei diversen Reitwettbewerben gewonnen hatte. Das Schlafzimmer war in Hellblau gehalten. Auf dem gemachten Bett lümmelten sich mehrere große Teddys.

Die einzigen Spuren, die auf Marten deuteten: ein paar verwaschene T-Shirts, eine auf dem Boden liegende Jeans und Joggingklamotten auf einem alten Sofa.

Krumme erinnerte sich an das Gespräch, das er im Krankenhaus mit Carla und Markus Clausen geführt hatte. Sie hatten ihm erzählt, dass er zwar als Barkeeper in St. Peter-Ording gearbeitet, trotzdem aber nie Geld gehabt habe. Ansonsten sei der junge Mann für sie praktisch ein Unbekannter gewesen.

»Marten Schilling wohnte seit über einem halben Jahr unter Ihrem Dach, ging hier ein und aus, und trotzdem behaupten Sie, ihn kaum gekannt zu haben?«, hatte Krumme ungläubig gefragt.

»Er war der Partner meiner Enkelin, nicht meiner«, hatte Carla Clausen mit unbewegter Miene erwidert.

»Aber Sie wohnen in ein und demselben Haus. Da redet man doch miteinander!«

Ein spöttisches Lächeln hatte die dünnen Lippen der alten Dame umspielt. »Nur, wenn man will. Aber außer an Insa schien er kein Interesse an unserer Familie zu haben. Und wir dann auch nicht an ihm.«

»Er war der Freund Ihrer einzigen Tochter«, hatte sich Krumme an Markus Clausen gewandt. »Wollten Sie denn gar nicht wissen, was für ein Typ er war?«

Insas Vater hatte mit den Schultern gezuckt. »Meine Tochter war glücklich mit ihm. Auch meine Frau mochte ihn. Das reichte mir ...«

Krumme würde mit den Familienmitgliedern auf jeden Fall noch einzelne Gespräche führen müssen. Aber nicht hier und jetzt! Diese verdammte Übelkeit machte ihm wirklich zu schaffen. Für heute hatte er genug gesehen. Er trat besser den Rückweg an.

Im Erdgeschoss verabschiedete er sich von der Familie, gab Köhler ein paar letzte Anweisungen und wollte, so schnell er konnte, das Haus verlassen, doch Pat hielt ihn am Arm fest.

»Kuck mal!« Sie wies auf ein Foto, das am Ausgang auf einer Kommode stand. Es zeigte die ganze Familie – Inka, Elke, Carla und Markus Clausen. Doch neben Carla lächelte noch ein gut aussehender älterer, braun gebrannter Mann in die Kamera.

Krumme betrachtete das Bild, während Pat ein Foto mit ihrem Handy machte.

»Das ist Johan Clausen«, bemerkte Therese, die sie zum Ausgang begleitet hatte.

Krumme vergaß für einen Moment seine Übelkeit. »Der Mann von Frau Clausen?«

Therese nickte würdevoll. »Herr Clausen hat sich entschieden, nicht mehr hier im Haus zu wohnen.«

»Und wo wohnt er jetzt?«

Therese zögerte, bevor sie antwortete. »Herr Clausen zieht es vor, in einem Wohnmobil am Strand zu leben. Oben in Ording.«

Krumme machte große Augen, tauschte einen Blick mit Pat.

»Können Sie uns vielleicht etwas genauer sagen, wo wir ihn finden?«

Therese zögerte erneut, fühlte sich sichtlich unwohl, dass sie so viel verraten hatte.

»Wir können natürlich auch noch mal mit Frau Clausen sprechen.«

Die Haushälterin seufzte und erzählte ihnen dann, was sie wusste.

Auf dem Weg zum Wagen musste Krumme erneut stehen bleiben. Er atmete tief durch, schmeckte den metallischen Geschmack im Mund, der nichts Gutes verhieß.

»Meine Güte, was hast du denn heute Morgen bloß gegessen?«, wollte Pat wissen, die mit besorgter Miene neben ihm stand.

»Nichts Besonderes«, stöhnte er. »Der Mozzarellakäse vielleicht. Der könnte ein bisschen älter gewesen sein.«

»Meinst du wirklich? Das Beach-Park ist doch ein sehr gutes Hotel?«

»Keine Ahnung. Komm, weg hier«, jammerte er und öffnete die Beifahrertür des Passats.

Und es war wieder wie ein Wunder. Kaum hatten sie das Grundstück verlassen, ging es ihm schlagartig besser. Krumme schüttelte ungläubig den Kopf. »Nicht zu fassen. Vielleicht ist es ja die Verlogenheit dieser Familie, die mir auf den Magen schlägt.«

»Meinst du, die haben uns angelogen?«

Krumme zuckte mit den Schultern. »Wir werden sehen.«

Sie fuhren durch St. Peter-Dorf und St. Peter-Bad zurück zum Hotel im nördlichen Ortsteil.

Kurz vor Ording klingelte Krummes Handy. Er verdrehte die Augen, als er auf dem Display den Namen seines Vorgesetzten, Polizeidirektor Horst Krüger, sah.

»Dein Onkel«, sagte er an Pat gewandt. Was nicht ganz stimmte: Krüger war nur Pats Patenonkel. Krumme tippte auf den grünen Knopf.

Sein Chef kam sofort zur Sache. »Wie ist die Lage?«

»Wir sind bei der Arbeit.«

»Schon eine erste Spur?«

Krumme verzog das Gesicht. Dachte Krüger, sie könnten zaubern?

Er stellte auf Lautsprecher, damit Pat mithören konnte. »Wir sind noch am Anfang und warten gespannt auf die Abschlussberichte der Spurensicherung und der Rechtsmedizin.«

Sie konnten hören, wie Krüger einen Schluck Kaffee trank. Als einziger Kollege in Husum hatte er einen eigenen italienischen Kaffeeautomaten in seinem Büro stehen.

»Schlimme Sache. Ein Mord am Strand, ausgerechnet jetzt in der Hochsaison, während der Kitesurfmeisterschaft.«

»Ja, nicht so schön«, erwiderte Krumme, konnte sich aber auch keine Zeit vorstellen, die besser für einen Mord geeignet gewesen wäre.

»Ich muss Sie natürlich nicht darauf hinweisen, dass Sie bei aller Professionalität und seriöser Polizeiarbeit so diskret wie möglich vorgehen müssen.«

»Wir werden uns bemühen.«

»Weiß ich doch, Krumme. Wie gut, dass Sie gerade vor Ort waren. Da können Sie sofort in den Fall einsteigen.«

Krumme verzog den Mund. Eigentlich hätte er noch drei Tage Urlaub gehabt. Aber das interessierte seinen Chef nicht. Sie konnten hören, wie er wieder an seinem Latte nippte.

»Ich denke, Sie werden eine Sonderkommission einrichten, oder?«

Krumme zuckte unwillkürlich zusammen. Alle Alarmglocken begannen zu läuten. Bei der letzten Soko hatte Krüger ihm ein paar ehrgeizige Idioten aus dem Präsidium aufgedrückt, die ihm den Fall praktisch aus den Händen genommen hatten.

»Wäre wohl das Beste«, erklärte er vorsichtig.

»Soll ich Ihnen ein paar Kollegen rüberschicken?«

Krumme zögerte, blickte zu Pat, die ebenfalls besorgt dreinschaute und energisch den Kopf schüttelte. Auch sie war damals mit der unerwünschten Unterstützung alles andere als glücklich gewesen.

»Geben Sie uns ein wenig Zeit. Wir müssen überlegen. Die Ermittlungen könnten kompliziert werden. Ich will sichergehen, dass die Mitglieder der Soko sich auch mit den örtlichen Gegebenheiten auskennen.«

»Wie Sie meinen, Krumme. Sie sind der Chef. Aber wenn Sie Unterstützung brauchen, egal in welcher Form, sagen Sie Bescheid. Die Kollegin Koch von der örtlichen Polizeiwache in St. Peter-Ording wird Ihnen helfen, wo sie kann. Sie ist eine gute Freundin von mir.«

Aber nicht unbedingt von mir, dachte Krumme. Er wollte das Gespräch schon beenden, als ihm eine Idee kam. Er schlug Krüger vor, für die Sonderkommission ein Zimmer im Beach-Park-Hotel zu mieten. Damit wäre man in unmittelbarer Nähe des Tatorts. Außerdem konnte er, Krumme, auf diese Weise weiter in seinem schönen Hotelzimmer mit Meerblick bei Marianne und Sonny wohnen, aber das band er seinem Chef nicht gleich auf die Nase.

Krüger war überrascht. »Ungewöhnlich«, sagte er, »aber gut, Sie können ja mal fragen. Und, Krumme – halten Sie mich auf dem Laufenden!« Dann legte er auf.

Krumme atmete erleichtert durch.

»Eine Soko in einem Strandhotel, wie nett«, sagte Pat. »Meinst du, die haben auch noch ein Zimmer für mich?«

»Wir werden sehen.«

»Schon eine Idee, wen du in der Sonderkommission haben willst?«, fragte Pat, als sie schließlich das Hotel erreicht hatten.

Krumme zuckte mit den Schultern und überlegte. »Ein Toter mitten am belebten Strand von St. Peter-Ording … Theoretisch gibt es unendlich viele Verdächtige und Zeugen. Wir werden definitiv Hilfe brauchen.«

Im Hotel sprachen sie mit der Geschäftsführung über die Einrichtung einer Zentrale in einem der Zimmer. Der Manager hatte nichts dagegen, ihnen ein Zimmer zur Verfügung zu stellen. Im Gegenteil, er sah es sogar als seine Pflicht an, der Polizei zu helfen. Schließlich hatte Marten Schilling auch hier im Hotel gearbeitet und war beim Personal und bei den Gästen gut bekannt. Krumme nahm das Angebot, ein freies Konferenzzimmer für die Arbeit an dem Fall zu nutzen, gern an.

Mit dem Zimmer für Pat sah es dagegen schlecht aus. »Alles ausgebucht. Wir sind pickepackevoll.

Hochsaison!«, sagte der Manager, ein smarter Halbitaliener um die vierzig. Er wollte sich aber bemühen, im Personaltrakt noch ein leeres Bett für Pat zu finden.

Kurz darauf hatte Krumme Krüger über seine Planung informiert und sogar sein Okay für die Zusammensetzung der Soko bekommen.

»Er war mit allem einverstanden?«, fragte Pat überrascht, als sie nebeneinander auf einem Sofa in der Hotellobby saßen. Mittlerweile war es früher Abend geworden. Draußen zog bereits ein roter Schimmer am Himmel auf.

»Ja, warum denn nicht?« Krumme grinste. »Wenn er mir schon meinen Urlaub kaputt macht, dann wenigstens zu meinen Bedingungen.«

Pat betrachtete ihn anerkennend und nickte zufrieden. »War ein langer Tag«, sagte sie. »Feierabend?«

Krumme überlegte. »Noch nicht ganz. Aber zuerst muss ich kucken, ob Marianne noch mit mir redet.«

17

Krumme fand seine Freundin auf dem Zimmer, wo sie bei offenem Fenster mit einem Buch im Sessel saß.

»Ah, da ist ja mein Mini-Columbo«, begrüßte sie ihn mit leicht vorwurfsvollem Lächeln, während Sonny vor Begeisterung so wild gegen Krumme sprang, dass er ihn fast umwarf.

»Bist du noch sauer?«, fragte er, als er sich mit einem Glas Wasser neben sie setzte.

»Schon gut.« Sie seufzte. »So ist das eben, wenn man mit einem Supercop zusammen ist. Aber das nächste Mal solltest du dein Handy auf stumm stellen, wenn du in einem Yogakurs bist.«

»Wie gesagt, war ein Notfall.«

»Schon klar, ich weiß Bescheid.«

»Ach ja?«

»Du kannst dir nicht vorstellen, was hier los war. Es gibt praktisch kein anderes Thema als den toten Barkeeper, dem unter dem Pfahlbau der Kopf weggeschossen wurde.«

Krumme sah beunruhigt auf. »Woher weißt du das?«

»Was meinst du?«

»Dass der Mann erschossen wurde. In den Kopf.«

Marianne machte ein verdutztes Gesicht. »Jeder

weiß das. Alle reden darüber, im Kurs, im Restaurant, im Fahrstuhl.«

Krumme verzog das Gesicht. Er musste offenbar ein ernstes Wort mit den örtlichen Kollegen reden. Wer sonst konnte Täterwissen ausgeplappert haben? Das machte seine Ermittlungen nicht leichter. Außerdem: Wie sollte er den Fall diskret behandeln, wenn schon so kurz nach dem Fund der Leiche der komplette Ort informiert war?

»Alles in Ordnung, Theo?«, erkundigte sich Marianne.

Er seufzte. »Alles ganz toll, danke.«

Sie legte ihr Buch zur Seite. »Also, erzähl mal – wie ist es dir heute ergangen?«

Krumme berichtete von seinen Ermittlungen am Strand und seinen Gesprächen mit der Clausen-Familie in dem Haubarg und im Keller des Krankenhauses.

Marianne interessierte vor allem ein Detail aus Krummes Erzählung: »Du hast dich bei diesen vornehmen Leuten in einen Blumentopf erbrochen?« Sie beugte sich vor, streichelte ihm mit besorgtem Lächeln das Gesicht. »Du Ärmster.«

»Ich denke, es lag am Mozzarella. Beim Frühstück. Hatte der nicht so einen seltsamen Beigeschmack?«

Marianne schüttelte den Kopf. »Nein, der war völlig in Ordnung. Den haben ich und die anderen aus dem Kurs auch gegessen. Und keinem ist schlecht geworden. Na gut, außer Ettje vielleicht.«

»Ettje ging's auch nicht gut?«

Marianne erzählte ihm von der nachmittäglichen Yogastunde, die heute ausnahmsweise eine Freundin von Ettje übernommen hatte.

»Musste sie auch ... brechen?«

Marianne zuckte mit den Schultern. »Sie war unpässlich, hat ihre Freundin gesagt. Aber du kannst sie ja gleich selbst fragen. Zum Abendessen wollte sie wie immer kommen.«

Krumme schüttelte den Kopf. »Tut mir leid, essen ist nicht«, erklärte er voller Bedauern. »Ich muss mit Pat noch etwas klären.«

Marianne sah ihn enttäuscht an. »Aber damit hat sich der Fall dann erledigt, oder?«

»Erledigt?«

»Morgen bist du wieder beim Kurs dabei, oder nicht?«

Krumme räusperte sich. »Ich versuche es. Hängt natürlich von dem Lauf der Ermittlungen ab.«

»Wie bitte? Ich dachte, du bist heute nur kurz eingesprungen?«

Krumme sah sie an. Tatsächlich erinnerte er sich, dass er am Morgen nach dem Kurs so etwas Ähnliches gemurmelt hatte. Aber da hatte er ja auch noch keine Ahnung gehabt, worum es ging. Jetzt war die Lage anders. Verlegen erzählte er ihr, dass die Ermittlungen erst richtig begannen und mindestens noch ein paar Tage hier in St. Peter-Ording andauern würden. Und dass er mit Pat für die Arbeit sogar eine Soko gegründet hatte.

»Aber wenn es passt, bin ich bei den Kursstunden natürlich auf jeden Fall dabei«, schloss er mit unsicherem Blick auf ihr mürrisches Gesicht.

»Ich dachte, du hast Urlaub?«, sagte sie vorwurfsvoll. »Dass wir hier gemeinsam was für unsere und vor allem für deine Gesundheit tun?«

»Das dachte ich auch. Aber was soll ich machen?«

»Du hättest deinem Chef sagen können, dass du nicht für die komplette Dauer der Ermittlungen zur Verfügung stehst. Nicht nur weil es dein Urlaub ist. Sondern weil du für deinen kaputten Rücken unbedingt diesen Yogakurs brauchst.«

»So einfach ist das nicht. Ich bin nun mal einer seiner wichtigsten Ermittler. Und dann war ich auch noch zufällig gerade hier …«, erwiderte er und wurde dabei immer leiser. Selten hatte er sich so armselig gefühlt. Er schämte sich.

Zu Recht, fand offensichtlich auch Marianne. »Soll ich mal mit deinem Chef telefonieren?«

»Was, du? Nein, natürlich nicht!«

»Weiß er, dass du manchmal vor Schmerzen kaum aus dem Bett kommst?«

Krumme schüttelte den Kopf. »Das geht ihn auch nichts an. Das soll er auf keinen Fall erfahren.«

»Das sollte er sehr wohl. Du hast mir erzählt, dass du in letzter Zeit sehr unzufrieden mit der Arbeit warst. Stress hattest, auch mit Krüger.«

»Na ja, das war vielleicht ein bisschen übertrieben …«, setzte er an, aber seine Freundin ließ ihn nicht ausreden.

»Du hattest Stress, hast du zumindest immer gejammert. Und deshalb ist es auch kein Wunder, dass du am ganzen Körper so verspannt bist.«

Er seufzte müde. »Wie auch immer, jetzt muss ich mich mit Pat um diesen Mordfall kümmern.«

»Na toll. Und ich dachte, wir machen uns hier eine schöne Woche.«

»Das können wir doch trotzdem. Wir haben für die Soko extra ein Konferenzzimmer gemietet, hier im Hotel.«

Marianne sah ihn verblüfft an. »Du arbeitest hier im Hotel?«

»Das Management hat uns ein Konferenzzimmer im Erdgeschoss gegeben. Ich kann mit dir zum Yoga gehen und danach mit den Kollegen am Fall arbeiten.«

Marianne überlegte einen Moment. »Aber das ist nicht das Gleiche.«

»Wir wohnen weiter hier, essen zusammen im Restaurant, können Spaziergänge mit Sonny machen.«

Marianne schaute ihn nachdenklich an. »Na schön«, sagte sie mit wieder versöhnlichem Ton. »Wollen wir dann heute noch einen Spaziergang machen? Nach dem Essen? Zum Strand?«

Krumme hüstelte verlegen. »Da muss ich leider schon mit Pat hin.«

»Zum Essen?«

»Nein, zum Strand. Keine Ahnung, wie lange das dauert.«

Mariannes Mundwinkel gingen enttäuscht nach unten. »Mach, was du willst. Aber dann nimm wenigstens den Hund mit. Er hat schon den ganzen Tag Sehnsucht nach dir gehabt.«

18

Wenn Krumme nicht schon sein Herz an die Nordsee verloren hätte, wäre es spätestens an diesem Abend um ihn geschehen gewesen. Schon der lange Spaziergang auf dem Holzweg über den Sand und vorbei an den Dünen, genau auf den rot glühenden Sonnenuntergang zu, fühlte sich an, als marschierten sie auf einem roten Teppich zu der Weltpremiere einer großen Oper.

Zunächst hatten sie noch über ihre Erkenntnisse des zu Ende gehenden Tages gesprochen. Doch nun schwiegen sie angesichts dieses traumhaft schönen Naturwunders. Selbst Sonny, der sie beide an der Leine begleitete, schien den Anblick zu genießen und trabte brav und ohne zu ziehen und zu zerren neben ihnen Richtung Meer.

Endlich hatten sie das Ende des Holzwegs erreicht. Sie beschlossen, erst einmal im warmen Sand stehen zu bleiben und das Panorama auf sich wirken zu lassen.

Um sie herum lagen die Menschen auf Decken oder kuschelten in den weißen Strandkörben, die in langen Reihen nach Westen ausgerichtet waren. Hier und da brannten Lagerfeuer.

Und alle Blicke gingen zum sanft rauschenden Meer, über dem gerade das Licht explodierte. Die roten, rosa und grauweißen Wolken verschoben sich wie Theaterkulissen auf einer gigantischen Bühne. Ein einsamer Kutter zog draußen auf der See seine Kreise, verfolgt vom aufgeregten Geschrei eines orange leuchtenden Möwenschwarms.

In ihrer Nähe war klassische Musik zu hören. Zwei junge Männer und eine zierliche Frau hatten sich in den Sand gestellt und begleiteten den Sonnenuntergang mit zwei Geigen und einem Kontrabass. Überall am Strand saßen Familien, Kinder und junge, eng umschlungene Pärchen und lauschten den drei Musikern.

Krumme bedauerte, dass er Marianne nicht doch mitgenommen hatte, sie hätte diese Stimmung geliebt. Aber er freute sich, dass er diesen Anblick dafür mit Pat teilen durfte.

»Schon schön«, murmelte er leise.

Pat nickte nur, ohne die Augen vom Himmel zu nehmen.

Endlich war die Sonne mit einem letzten kurzen Aufblitzen hinter dem Horizont verschwunden. Doch es würde noch mindestens eine Stunde dauern, bis die dunkle Nacht das Licht des Tages endgültig ablösen würde.

Pat holte tief Luft. »Wir müssen weiter.« Krumme nickte. Doch gerade als sie losgehen wollten, blieb Sonny alarmiert stehen und schnüffelte.

»Was ist los, mein Junge?«, fragte Krumme.

Sonny beachtete ihn nicht. Stattdessen bellte er einmal auf, sprang dann los und rannte über den Strand. Krumme hatte sich die Leine um das Handgelenk gewickelt. Aber Sonny war – obwohl noch jung – viel zu kräftig, um sich von ihm aufhalten zu lassen.

Der Hund rannte los, quer über den Sand, ohne auf Spaziergänger und andere Strandbesucher zu achten – und Krumme musste mit.

»Keine Sorge, der tut nichts!«, japste Krumme mit knallrotem Kopf. Dabei sorgte er für das eigentliche Chaos am Strand, stapfte in Sandburgen und auf Badehandtücher, stieß Bierflaschen und Salatschüsseln um. Pat versuchte, ihm zu Hilfe zu eilen, griff nach Sonnys Leine, bekam sie aber nicht zu fassen.

Wenige Augenblicke später war die wilde Jagd vorbei. Sonny hatte sein Ziel erreicht: einen jungen Mann um die zwanzig, der mit seiner Freundin über den Strand spazierte.

Laut bellend sprang Sonny auf ihn zu. Nicht nur Krumme, auch der Junge erwartete das Schlimmste. Erschrocken und mit einem lauten Aufschrei wich er zurück.

»Keine Angst, der ist ganz friedlich!«, schnaufte Krumme. Und es stimmte. Sonny war ein temperamentvoller junger Hund, aber durch und durch gutmütig. Auch jetzt schnüffelte er nur aufgeregt an der Hose des Jungen herum.

»He, halten Sie den Hund fest«, schimpfte der arme Kerl, dem Sonnys übertriebenes Interesse ganz offensichtlich unangenehm war.

»Beruhig dich, Max, der will nur spielen«, lachte seine hübsche Begleiterin. Sie ging in die Knie, um Sonny zu streicheln. »Hallo, was bist du denn für ein Süßer?«

Normalerweise war Sonny für Streicheleinheiten immer zu haben. Doch gerade wollte er partout nicht von seinem unglücklichen Opfer lassen. Verzweifelt versuchte der Junge, sich von dem Hund wegzudrehen. Aber Sonny rammte ihm wieder die große Schnauze zwischen die Beine.

»Aus, Sonny!«, rief Krumme. »Aus! Lass sofort den jungen Mann in Ruhe!« Endlich gelang es ihm, Sonny gemeinsam mit Pat in den Griff zu bekommen und von seinem Opfer wegzuzerren.

»Keine Ahnung, was er heute hat«, wandte Krumme sich zerknirscht an das Pärchen. »Normalerweise macht er so einen Unsinn nicht. Er ist eigentlich ein ganz Braver.« Eine kleine Lüge. Tatsächlich hatte Sonny ständig Unfug im Kopf, aber so aufgedreht wie in diesem Augenblick hatte Krumme seinen Hund schon lange nicht mehr gesehen.

Der junge Mann richtete sein T-Shirt. Schutzstation Wattenmeer Westerhever stand darauf. Auch seine Begleiterin trug ein Shirt mit dem Aufdruck. »Schon gut«, brummte er. »Aber passen Sie in Zukunft ein bisschen besser auf Ihren Hund auf.«

Damit stapften die beiden Naturfreunde weiter in Richtung der Fahrradständer, die sich am Beginn des Holzwegs befanden.

Krumme sah ihnen betroffen hinterher.

Pat lachte. »Also, ich muss schon sagen, langweilig wird es mit dir nie.«

Krumme betrachtete Sonny, der wieder friedlich hechelnd neben ihm im Sand saß. »Was sollte der

Quatsch? Fällst einfach fremde Leute an! So was macht man doch nicht!«

Pat grinste. »Vielleicht hat Sonny ja nur eine übersensible Nase. Wer weiß, wann der Junge das letzte Mal geduscht hat?«

Krumme war nicht nach Witzen zumute. »Komm, lass uns nicht noch mehr Zeit verschwenden. Wir haben zu tun.«

Gemeinsam marschierten sie Richtung Norden. Die Wohnmobile, die den Tag über auf dem breiten Strand gestanden hatten, machten sich nach und nach auf den Weg zu den Campingplätzen. Aber überall saßen noch Menschen im Sand zusammen, grillten, spielten Karten oder tranken ein Bierchen oder ein Glas Wein, während sie das Naturschauspiel am Himmel über der Nordsee bestaunten.

Je weiter sie kamen, desto ruhiger wurde es, schließlich war gar kein Mensch mehr zu sehen

Krumme schaute sich um. »Ein blau-weißer VW-Bulli«, sagte er. »Der muss doch auffallen!«

Er dachte an die Wegbeschreibung, die Therese ihnen gegeben hatte. *»Am Nordstrand Ording ... hinter dem FKK-Strand ... irgendwo in den Dünen«* – das war nicht gerade präzise.

Hatte die Hausdame sie extra ins Niemandsland geschickt? Als Rache dafür, dass sie sein Erbrochenes aus dem Blumentopf hatte schaufeln müssen?

Sie wollten ihre Suche schon beenden, als sie den alten Wagen, versteckt zwischen zwei Dünen, doch noch entdeckten. Der Bulli, Modell T1, sah aus, als hätte ihn seit Jahren niemand mehr bewegt. Die Reifen waren fast komplett im Sand verschwunden. Schilf wucherte vor dem Kühler. Unter einer großen, vor dem Wagen aufgespannten Sonnenplane standen neben einem kleinen Stuhl und einem Campingtisch mehrere Blumenkästen mit allerlei Kräutern und anderen Pflanzen. Daneben erhob sich eine mannshohe Palme – ebenfalls in einem Terrakottatopf und von der gleichen Art wie jene im Böhler Hof. Eine Hippie-Idylle mit Meerblick, die für Krumme so gar nicht zu Johan Clausen, dem achtzigjährigen Oberhaupt der reichsten und nobelsten Familie von St. Peter-Ording, passen wollte.

Leider war offenbar niemand zu Hause. Die Vorhänge des Bullis waren zugezogen, die doppelflügelige Ladetür war verriegelt, und auf ihr Klopfen reagierte niemand. Anmelden wäre von Vorteil gewesen. Tatsächlich hatten sie in Böhl Johan Clausens Handynummer erhalten, aber der alte Herr schien sein Telefon ausgeschaltet zu haben.

»Es wird ihm doch nichts passiert sein?«, sagte Krumme.

Pat fand einen Spalt in einer der Gardinen, in den sie mit ihrem Handy hineinleuchten konnte. Im Lichtkegel entdeckten sie nur ein ordentlich zusammengelegtes Bett und eine kleine, sauber aufgeräumte Küchenzeile. »Nein, sieht nicht danach aus«, stellte sie fest.

Krumme blickte zu Sonny, der sich unter die Sonnenplane gelegt hatte. Ihm schien es hier zu gefallen.

Mit weit heraushängender Zunge schaute er stumm hinaus aufs Meer. Krumme setzte sich neben ihn auf den Campingstuhl und ließ die Atmosphäre und die Stille dieses außergewöhnlichen Ortes auf sich wirken.

Auf dem Tisch standen eine leere Flasche Bordeaux und ein Glas. Er war kein Weinkenner, meinte sich aber zu erinnern, eine Flasche dieser Marke im Supermarkt für fast 40 Euro gesehen zu haben. Offenbar ein guter Tropfen.

Krumme schaute sich um, lauschte dem entfernten Rauschen der Nordsee.

»Nett hat er es hier.«

»Und jetzt?«, fragte Pat, die um den Bulli herumgegangen war und mit ihrem Handy Fotos gemacht hatte.

»Müssen wir eben morgen noch mal wiederkommen.«

»Meinst du wirklich, der alte Mann hat was mit dem Mord zu tun?«

Krumme hob die Schultern, seufzte. »Keine Ahnung. Aber ich bin sicher, irgendwer in dieser seltsamen Familie hat Dreck am Stecken.«

»Sie haben alle ein Alibi.«

»Die wir noch genau überprüfen müssen.«

»Natürlich. Aber dieser Marten war Barkeeper. Der wird unzählige Leute gekannt haben.«

»Und trotzdem hat er sich bei den Clausens nur eine winzige Wohnung mit dieser Insa geteilt.«

»Weil er sie vielleicht genauso mochte wie sie ihn?«

Krumme lachte bitter. »Nach einem Liebesnest sah mir die Wohnung in Böhl nicht gerade aus. Ich vermute, der junge Mann hat sie nur ausgenutzt und sich auf Kosten der Familie eine schöne Zeit gemacht.«

»Er durfte da wohnen. Das spricht erst einmal für die Gastfreundschaft der Familie.«

Krumme lehnte sich zurück und schaute nachdenklich in den Sternenhimmel, der über ihnen zu funkeln begann. »Trotzdem. Ich traue dieser Sippe nicht.«

Pat verdrehte die Augen. »Aber der Opa hier scheint ja nun wirklich harmlos zu sein.«

Krumme kratzte sich am Kopf und nahm die Weinflasche in die Hand. »Trotz seines Alters muss er noch sehr rüstig sein, wenn er hier so ganz allein lebt. Aber ich kann mir nicht vorstellen, dass er überhaupt nichts von der Sache mitbekommen hat.«

Krumme wandte sich um, sah Richtung Süden, wo sich in der Ferne der Pfahlbau mit dem darunterliegenden Tatort wie ein finsteres Mahnmal aus dem Meer erhob.

19

Wieso war sie nicht auf ihrem Zimmer geblieben? Warum hatte sie sich nicht etwas zu essen bestellt und den Fernseher angemacht? Das hätte sie vielleicht auf andere Gedanken gebracht. Aber Ettje war eine pflichtbewusste junge Frau. Es war nun mal ihr Yogakurs. Genug, dass sie Claire gebeten hatte, die Nachmittagsstunde zu übernehmen. Wenigstens zum abendlichen Essen wollte sie sich jetzt wieder selbst um ihre Gruppe kümmern. Denn die Gruppe war wirklich nett.

So ein Glück hatte sie nicht immer gehabt. Sie erinnerte sich an Kurse, deren Teilnehmer so schüchtern waren – oder vielleicht auch gelangweilt –, dass sie bei den abendlichen Runden im Restaurant kaum ein Wort sagten. Dann musste sie ganz allein für die Konversation sorgen, was nicht gerade ihre Stärke war.

Immer wieder gab es männliche Kursteilnehmer, die die gemeinsamen Mahlzeiten nutzten, um sich an sie heranzumachen, und regelrecht aufdringlich wurden. Einmal war einer sogar nachts in ihr Zimmer eingedrungen. Nur dem beherzten Eingreifen einer Kursteilnehmerin hatte sie es zu verdanken, dass nichts

Schlimmeres geschehen war. Ganz uneigennützig war die Hilfe der durchtrainierten Frau aber auch nicht gewesen. Sie hatte selbst Absichten bei Ettje gehabt und schickte ihr seit Jahren immer noch schwülstige Geburtstagsgrüße. Dabei hatte Ettje ihr sehr deutlich gemacht, dass zwischen ihnen nichts laufen würde.

Der aktuelle Kurs dagegen war geradezu perfekt. Lauter nette, aufmerksame und gesprächige Frauen. Und auch von den Männern ging keine Gefahr aus. Dietmar, der Tischlermeister aus der Eifel, schlief zwar praktisch jede Kursstunde durch, war dafür aber für die anschließenden Treffen ein absoluter Gewinn. Zusammen mit seiner ebenfalls sehr umgänglichen Frau Janine und ihrer Kegelfreundin Susanne sorgte er für gute Stimmung, erzählte Anekdoten von seiner Arbeit in der Eifel und flirtete scherzhaft mit allen Frauen, ob sie nun wollten oder nicht.

Auch Marianne und Theo aus Husum waren angenehme Kursteilnehmer. Marianne war die Einzige in der Gruppe, die aus Nordfriesland stammte, und wurde von den anderen gern gefragt, wenn es darum ging, was man auf Eiderstedt so alles anstellen konnte. Ihr Partner Theo – Ehemann oder Freund, das hatte Ettje noch nicht herausbekommen – war manchmal ein bisschen knurrig, schien aber ebenfalls ein gutes Herz zu haben. Er versuchte, sich während der Stunden immer in der letzten Reihe vor ihren aufmerksamen Blicken zu verstecken, machte aber trotz seines fortgeschrittenen Alters tapfer alle Übungen mit. Dass Theo bei der Polizei war, hatte Ettje bis zu diesem Abend nicht gewusst.

Offensichtlich war ihm das Thema etwas unangenehm. Bei der Kennenlernrunde am Beginn des Kurses hatte er als seinen Beruf lediglich »Beamter« angegeben. Und verraten, dass er früher in Berlin gelebt hatte. Wie sie an seiner Aussprache bereits vermutet hatte.

Verrückt, nun hatte ausgerechnet er als Kriminalkommissar die Leitung im Fall von Martens Tod übernommen. Ettje hatte gehofft, Theo heute Abend zu sehen und eventuell Neues über den aktuellen Ermittlungsstand zu erfahren. Doch sein Platz neben Marianne blieb leer. Ob er schon etwas herausgefunden hatte? Auch die anderen aus dem Kurs fanden es schade, dass er nicht zum Essen erschienen war. Alle hatten die arme Marianne mit Fragen bombardiert. Besonders Dietmar ließ nicht locker und wollte alles ganz genau wissen: Ob Theo schon viele spektakuläre Fälle gelöst habe und ob das nicht sehr nervenaufreibend für Marianne sei, mit einem Kriminalkommissar zusammenzuleben.

Was der gesprächige Tischlermeister wohl sagen würde, wenn er wüsste, dass auch sie etwas zu dem Thema beitragen konnte?

Ettje schaute aus dem Fenster des Hotelrestaurants in den jetzt dunklen Abend und hing ihren trüben Gedanken nach. Sollte sie sich in einem ruhigen Moment an Theo wenden? Ihn um Hilfe oder wenigstens um einen Rat bitten? Aber wie konnte sie das tun, ohne ihm die ganze Wahrheit zu verraten?

»Alles in Ordnung, Ettje?«

Ettje zuckte leicht zusammen. Marianne saß ihr an der langen Tafel genau gegenüber. Während am restlichen Tisch gerade darüber gestritten wurde, welches Tatort-Team das Beste war, schien Theos Partnerin sie beobachtet zu haben.

Ettje rang sich ein Lächeln ab. »Ja, klar, wieso fragst du?«

Marianne schob ihr diskret eine Serviette über den Tisch. »Weil du gerade geweint hast«, flüsterte sie.

Erschrocken fuhr Ettje sich übers Gesicht, wischte mit der Hand über die feuchte Wange.

»Kanntest du diesen Barkeeper?«

Sie zögerte. »Ja – wie alle anderen hier im Hotel. Er hat schließlich an der Bar gearbeitet. Da läuft man sich schon mal über den Weg.«

»Schlimme Geschichte, was?«

Ettje nickte nur, versuchte dabei, Mariannes besorgtem Blick auszuweichen.

»Vielleicht kann uns Theo morgen ja schon was Neues berichten.«

Ettje nippte an ihrem Mineralwasser. »Meinst du, er interessiert sich jetzt noch für Yoga?«

Marianne seufzte. »Besser wär's, oder? Auch um einen klaren Kopf zu behalten.«

Wieder nickte Ettje, war dann aber froh, das Thema wechseln zu können. Dietmar wollte von allen Damen wissen, welche Tatort-Folge sie am besten fanden. Ettje musste allerdings zugeben, dass Krimis sie nicht besonders interessierten.

Als nach dem Essen Schnäpse bestellt wurden, lehnte Ettje dankend ab. Sie sei müde, sagte sie und stand auf.

»Macht nicht zu lange. Ihr müsst morgen früh fit sein«, ermahnte sie die Kursteilnehmerinnen und einen empört dreinblickenden Dietmar lächelnd und verabschiedete sich.

Im Foyer herrschte noch reger Betrieb. Kein Wunder, das Stammpublikum des Beach Park bestand vor allem aus jungen Leuten um die dreißig. Pärchen und Partyvolk, für das die Nacht erst begann.

Ettje entschied sich, nicht auf den Fahrstuhl zu warten.

Während sie zügig die Treppe hinaufstieg, dachte sie an ihr kurzes Gespräch mit Marianne. Sie hatte sie in einem schwachen Moment ertappt. Das hätte nicht passieren dürfen. Ettje versuchte, stets darauf zu achten, bei aller Plauderei mit den Kursmitgliedern nicht zu viel Persönliches von sich preiszugeben. Und ausgerechnet bei diesem heiklen Thema war ihr das nicht gelungen.

Als sie oben durch den Flur im dritten Stock ging, drangen Musik und fröhliches Lachen aus den Zimmern, an denen sie vorbeiging. Ihr Zimmer befand sich am Ende des Flures, wo es zum Glück ruhig war. Sie kramte in ihrer Tasche nach ihrer Schlüsselkarte. Endlich hatte sie sie gefunden. Sie wollte die Karte gerade in den Türschlitz stecken, als sie merkte, dass etwas nicht stimmte.

Die Tür war bereits offen.

Ettje spürte, wie sich ihre Nackenhaare aufstellten. Hatte der Zimmerservice vergessen, die Tür zu schließen? Doch war der nicht schon am Vormittag bei ihr gewesen?

»Hallo?«, rief sie mit belegter Stimme. Keine Reaktion. Vorsichtig drückte sie die Tür auf und blickte in das dunkle Zimmer. Nichts zu sehen. Nur die Gardinen, die am offenen Balkonfenster träge hin und her wehten.

»Hallo?«, rief sie erneut, jetzt lauter. »Ist da jemand?«

Sie dachte an die Patrone mit Pfefferspray, die unerreichbar in ihrem Koffer lag.

Erneut keine Reaktion. In dem Zimmer schien niemand zu sein. Also alles in Ordnung?

Nein. Als sie das Licht anknipste, sah sie, dass alle Schränke und Schubladen geöffnet waren. Ganz offensichtlich hatte jemand ihre Sachen durchsucht. Aber nach was?

Vorsichtig betrat Ettje das Zimmer, ging zum Schrank. Sie zog ihren Koffer heraus. Er war offen, obwohl sie ihn sonst immer verschloss. Sie zitterte, als sie feststellte, dass der Eindringling in ihren Sportsachen, ihren Sommerkleidern und in ihrer Unterwäsche gewühlt hatte.

Ohne große Hoffnung öffnete Ettje ein Seitenfach, fasste hinein – und atmete erleichtert aus. Ihre Kreditkarten, ihre Ausweise und der große Teil ihres Bargeldes – alles noch da!

Plötzlich zerriss ein schrilles Klingeln die Stille. Ettje fuhr erschrocken zusammen. Das Telefon. Nicht ihr Handy, sondern das Hoteltelefon. Ettje ging zu dem Tischchen an der Wand, auf dem der Apparat stand, und nahm ab.

»Ja?«

Keine Antwort.

»Hallo?« Ettje lauschte. Sie glaubte, am anderen Ende der Leitung ein leises Atmen zu hören. »Hallo? Wer ist denn da?«

»Ettje?«, unterbrach sie eine Männerstimme.

»Ja. Wer ist da?«

Ein Räuspern. »Hier ist Markus Clausen.«

Ettje glaubte nicht recht gehört zu haben. »Markus Clausen?«

»Ja. Können wir uns vielleicht treffen?«

Ettje zögerte, ihre Gedanken überschlugen sich. »Jetzt noch? Ich weiß nicht. Hat das nicht bis morgen Zeit?«

»Dann morgen. Bitte Ettje, es ist sehr wichtig.«

20

Als würde die ganze Welt brennen. Die Pfahlbauten, die wie gigantische Scheiterhaufen in den roten Himmel wuchsen. Die Wohnmobile und Wagen – ein flackerndes Heer in langen leuchtenden Reihen. Selbst der Leuchtturm, mal in weiter Ferne, dann wieder ganz nah, loderte wie eine gewaltige Fackel!

Als er am wild schäumenden Meer vorbeiging, traten Schatten aus dem Nichts. Sie wandten ihm ihre gesichtslosen Köpfe zu, nur für einen Moment, dann lösten sie sich wieder auf wie Rauch im Wind, verschwanden vor seinen Augen wie eine von der Zeit vergessene Erinnerung.

Und er lief allein durch diese Welt, wollte fliehen, diesem Albtraum entkommen, aber er wusste nicht, wie. Der heiße Sand verbrannte seine nackten Füße. Er betrachtete seine Arme, sah, wie seine Haut in der gnadenlosen Hitze Blasen schlug.

Niri. Er wollte sie retten, aber sie blieb zurück, bei Louis. Sie lachten, küssten sich. Sie waren die einzigen Menschen, deren Gesichter er deutlich erkannte.

Sie war schön wie immer, ihre Augen leuchteten wie Sterne, ihre schwarzen Locken bewegten sich sanft im Feuerwind.

Sie beachtete ihn nicht, sie und Louis schienen nicht einmal zu merken, dass er überhaupt da war. Was für eine Demütigung! Wie konnte sie ihm das nur antun?

Spöttisches Lachen erfüllte die Luft, er drehte sich in alle Richtungen, konnte aber nicht sehen, woher es kam. Aber es brannte sich in sein Herz und in seinen Kopf.

Geh weiter! Beachte die beiden nicht, sie sind es nicht wert!, rief eine Stimme, sanft, mahnend, voller Liebe.

Aber er wollte kein Feigling sein, der einfach davonlief. Niemals!

Plötzlich erfasste ihn ein glühender Hass, auf die Welt, auf die Menschen, aber vor allem auf Niri und ihren Freund. Er schrie. Der gnadenlose Zorn schien sein Herz, seinen ganzen Körper zerreißen zu wollen.

Langsam verschwanden die Schmerzen. Er beruhigte sich, konnte wieder atmen. Er spürte, wie ein neues, ungewohntes Gefühl von ihm Besitz ergriff. Ein Gefühl der Macht. Ein Gefühl der Macht über die Dinge, *über die Menschen*. Und er wusste, er musste sich nichts mehr gefallen lassen, nie mehr.

Wieder dieses höhnische Lachen. Niri und ihr Freund, jetzt schauten sie mit ihren spöttisch grinsenden Gesichtern zu ihm her. Sie prusteten, schnappten japsend nach Luft, konnten sich kaum beruhigen, obwohl er direkt vor ihnen stand, sie mit starrer Miene betrachtete.

Endlich merkten sie, dass etwas anders war, dass *er* anders war. Sie verstummten, sahen ihn verwundert, ja ängstlich an.

Die Erkenntnis, dass sie sich vor ihm fürchteten, schmeckte wie warmer Honig. Sie hatten Angst vor ihm, und das sollten sie verdammt noch mal auch.

Wie ein dunkler Engel hob er beide Arme, streckte die Hände aus, ließ sich von dem Hass treiben, überließ ihm seinen Körper und Geist. Jetzt spürte er keine Schmerzen mehr, im Gegenteil, er wusste, dass er die neue Macht, die ihm gegeben war, kontrollieren konnte.

So stand er vor ihnen im Sand, die Konturen der Welt um sie herum verschwammen. Es gab keine anderen Menschen mehr, keine Pfahlbauten, keinen brennenden Leuchtturm. Nur sie drei, in einem tobenden Meer aus Flammen, umgeben von der wogenden See.

Niri und Louis sanken auf die Knie, mit verstörten, ungläubigen Mienen. Ein Sturm erhob sich, glühend heiß, wie eine göttliche Plage aus dem Nichts. Der Sand stieg empor, hüllte die beiden ein, riss ihnen die Kleider vom Leib. Brennende Fetzen trieben in einem tosenden Strudel davon. Sie begannen zu schreien, vor Angst, vor Schmerzen.

Louis hielt sich die Hände an den Kopf, in seinem Blick das blanke Entsetzen.

Auch Niri, die Hände an die Schläfen gepresst, litt Höllenqualen. In ihrem Blick sah er jetzt keine Spur mehr von Hohn und Spott. Nur Angst. Sie sah ihn an, flehte: »Hilf mir! Bitte ...«

Tränen liefen über ihr von der Hitze rotes, geschwollenes Gesicht. Schmerzerfüllt schloss sie die Augen.

Er wich zurück. Nein, das wollte er nicht. *Aufhören, Schluss! Nicht weiter!* Wo eben noch Hass und Verachtung waren, spürte er nun nur noch Scham und Mitleid. Was passierte hier? Nein, das wollte er nicht! *Aufhören!*

Aber es hörte nicht auf. Niri schluchzte, weinte, stöhnte so entsetzlich, dass sein Herz vor Gram zerspringen wollte.

Aufhören!, rief er, immer lauter: *Aufhören! Aufhören!*

Stöhnend erwachte Max aus dem Traum. Er fuhr hoch, saß kerzengerade in seinem schmalen Bett. Schweiß tropfte ihm von der Stirn, sein T-Shirt war klitschnass. Er atmete schwer.

Verwirrt schaute er sich um. Er brauchte einen Moment, bis er wusste, wo er war.

Richtig.

Die Schutzstation. Am Leuchtturm Westerhever.

Die ersten zwei Wochen hatte er sich mit Tilmann wegen der Renovierung des Hauses einen Raum teilen müssen. Doch nun war alles in Schuss, und er hatte genau wie Niri, Mathilda und Tilmann ein eigenes Zimmer.

Erschöpft ließ er sich zurück aufs Bett fallen. Was für ein schrecklicher Albtraum war das gewesen. Alles war ihm so real vorgekommen. Noch immer sah er die Bilder vor sich – den brennenden Strand, die wandelnden Schatten und vor allem die sterbende Niri …

Max lag da, mit offenen Augen. Er wagte sie nicht zu schließen, aus Angst, die Bilder könnten wiederkommen. Er hoffte, der Schlaf werde ihn einfach übermannen. Aber dem war nicht so. Schließlich schwang er die Beine aus dem Bett, sah auf seinem Handy nach der Uhrzeit. Das Display zeigte 2:38. Max entschied sich, aufzustehen und für einen Moment nach draußen zu gehen. Die frische Luft würde ihm guttun.

Er zog sich seinen Hoodie über, verließ das Zimmer und gelangte über einen kleinen Flur nach draußen. Mit nackten Füßen ging er über einen schmalen Kiesweg um das Haus herum und setzte sich auf eine Bank, die dort direkt unter dem hoch aufragenden Leuchtturm stand. Vor ihm erstreckten sich die im sanften Wind knisternden Salzwiesen bis zum Heverstrom, der matt im Licht der Sterne schimmerte. Als Max nach oben blickte, sah er das schier endlose Band der Milchstraße, die an wenigen Orten in Deutschland so gut zu sehen war, wie hier in dieser einsamen Ecke Nordfrieslands.

Max hatte das Gefühl, er wäre der einzige Mensch auf der Welt. Alles schlief, nur ein paar schnatternde Enten waren draußen auf einem Priel unterwegs.

Doch so friedlich es hier draußen auch war, in seinem Innern wirbelten noch immer die schrecklichen Bilder seines Albtraums herum.

Was war nur los mit ihm?

Er dachte an den gestrigen Tag, an seinen deprimierenden Ausflug mit Niri an den Strand. Zuerst hatte er allein zurück zur Station fahren wollen, aber dann hatte sich sein schlechtes Gewissen gemeldet. So etwas gehörte sich nicht. Er war mit ihr zum Strand gefahren, also musste er sie auch zurückbringen. Also war er zurück zu dem Zeltlager gegangen und hatte sie wieder eingesammelt.

Was gar nicht so schwierig gewesen war. Niri saß zwar immer noch neben diesem dämlichen Louis und himmelte ihn an. Doch dem schien es inzwischen wichtiger zu sein, mit seinen Sportkumpels über die bevorstehende Meisterschaft zu fachsimpeln.

»Komm, Niri«, hatte Max sie betont lässig, mit den Händen in den Hosentaschen, aufgefordert. »Ich denke, Louis braucht Zeit, um sich auf morgen vorzubereiten.«

Dabei schien er so überzeugend gewirkt zu haben, dass selbst Louis, der ihn zunächst wieder völlig übersehen hatte, überrascht aufschaute und ihn mit einem gewissen Respekt betrachtete.

»Stimmt, dein Freund hat recht. Ich habe noch zu tun. Aber wenn ihr wollt, könnt ihr morgen zum Wettkampf wiederkommen. Wird bestimmt geil.«

»Super Idee, wir sind dabei«, rief Niri, ohne Absprache mit Max.

Aber er hatte die Klappe gehalten, wollte erst mal nur weg von diesem verfluchten Strand. Von dem Amulett in seiner Hosentasche hatte er Niri natürlich nichts erzählt. Schließlich waren sie schweigend zurück zu den Fahrrädern gestapft. Max war stolz auf sich. Ihm war es gelungen, cool zu bleiben und nicht zu jammern. Und tatsächlich: Niri schien auf einmal ein schlechtes Gewissen zu haben, weil sie ihm vorher nichts von Louis erzählt hatte. Immerhin ein Anfang.

»Bist du sauer?«

»Alles gut«, hatte er gebrummt, ihr sonst nur trotzig die kalte Schulter gezeigt – auch auf der langen Rückfahrt zum Leuchtturm, auf dem Weg um den Tümlauer Koog.

Insgesamt ein sauberer Abgang, fand Max. Wenn nur nicht dieser bescheuerte Hund gekommen wäre und ihn vor Niri und allen Leuten lächerlich gemacht hätte. Es schien fast, als hätte der Köter das Amulett in seiner Hose gewittert! Aber das ergab überhaupt keinen Sinn.

Obwohl – irgendwas war komisch mit diesem Ding. Seit er es im Meer gefunden hatte, trug er es praktisch die ganze Zeit bei sich. Immer wieder hatte er es in die Hand genommen. Auch jetzt befand es sich in der Tasche seines Hoodies. Max holte es heraus. Das Gewicht, die Form, die Oberfläche – es fühlte sich irgendwie gut an, das Amulett in der Hand zu haben.

Aber diese seltsame Wärme, die von dem Schmuckstück ausging, war schon ein bisschen unheimlich. Sein Vater war Jäger. Er hatte einen Taschenwärmer für die kalten Stunden auf dem Hochsitz. Der funktionierte aber mit Akkustrom. Max hatte keine Ahnung, woher die Wärme bei dem Amulett kam. Er betrachtete es im Licht der Sterne. »Mein Schatz«, flüsterte er leise wie *Gollum* aus *Herr der Ringe* und grinste.

Aber war das wirklich zum Lachen? Konnte es nicht sein, dass dieses Ding schuld daran war, dass er auf einmal so schreckliche Albträume hatte, in denen die Welt in Flammen stand? Er legte beide Hände um das Amulett, und wieder passierte es: Er glaubte, plötzlich eine Energie zu spüren, eine Art leises Vibrieren, als wäre in dem Ding ein kleiner Motor.

Was war das nur?

Er schloss die Augen, wollte sich auf diese Kraft einlassen.

Sofort kehrten die grauenhaften Traumbilder zurück – der brennende Strand, das schäumende Meer. Gerade wollte er das Amulett loslassen, als sich die Bilder beruhigten. Er war nicht mehr in St. Peter-Ording, sondern hier am Leuchtturm. Er konnte alles genau sehen. Die Sterne, das Meer, den Deich – mit geschlossenen Augen!

Auf einmal hatte er das Gefühl, er würde neben sich treten. Wie in dem Traum erhob er sich in die Luft. Schwebte wie ein Vogel nach oben, ließ sich über die Salzwiesen treiben, umkreiste den Leuchtturm. Max spürte, wie eine fremde Gewalt die Kontrolle übernahm, dabei versuchte er doch gerade umgekehrt, das Amulett und die Mächte, die von ihm ausgingen, zu beherrschen.

Was geschah mit ihm? War das wieder ein Traum?

Er stemmte sich gegen dieses unangenehme Gefühl der Kontrolle durch einen Fremden, beobachtete sich selbst, wie er auf der Bank hockte und verzweifelt versuchte, die Augen zu öffnen.

Und dann sah er auf einmal einen Schatten hinter sich stehen. Ein schwarzer Umriss, ein nächtliches Phantom.

Mit einem Schrei nahm Max die Hände vom Amulett und riss die Augen auf.

Alles war wie zuvor, unverändert. Die warme Nacht. Die Salzwiesen, das Meer und der Heverstrom, das funkelnde Band der Sterne, der Leuchtturm. Sogar das Quaken der einsamen Ente in den Prielen konnte er wieder hören.

Eine schlafende Welt. Trotzdem schlug sein Herz wie verrückt. Er schwitzte so heftig, dass er das Salz auf seinen Lippen schmecken konnte.

Max holte tief Luft, sah sich langsam nach allen Seiten um.

Da war niemand. Natürlich.

Aber er wusste: Seit heute war er nicht mehr allein.

21

»Entspannt euch. Lasst eure Wärme aus der Körper-mitte in eure Arme und Beine strömen, langsam, ach-tet auf eure Atmung, immer tief ein- und ausatmen. Fangt nun an, den Kopf sanft kreisen zu lassen. Vorne auf die Brust. Über die linke Schulter, dann legt den Kopf in den Nacken, das Gesicht nach oben.«

Endlich eine Übung, die Krumme ohne Probleme bewältigen konnte. Überhaupt war er jedes Mal er-leichtert, wenn sie die Entspannungsphase erreichten und er wusste, dass es bald vorbei war.

Eigentlich hatte er gar nicht mehr an Ettjes Yoga-kurs teilnehmen wollen. Schließlich gab es genug anderes zu tun. So musste zum Beispiel im kleinen Konferenzzimmer des Hotels die Soko eingerichtet werden.

»Darum kümmere ich mich schon«, hatte ihn Pat beruhigt, die in Husum selbst regelmäßig zum Yoga ging. »Mach ruhig deinen Sport, so viel Zeit muss sein.«

»Und was sagen wir deinem Patenonkel?«

»Ich werde ihm nichts sagen. Du?«

Krumme freute sich, dass Pat so hinter ihm stand. Trotzdem war er geborener Berliner und Preuße. Er

wollte sich ungern vorwerfen lassen, nicht pflichtbe-
wusst und zuverlässig zu sein.

Pat hatte sein Zögern bemerkt. »Nun mach dir nicht
so viel Gedanken und geh. Ich bin sicher, das tut dir
gut.«

Tatsächlich hatte er dieses Mal das Gefühl, dass die
Stunde ihm etwas gebracht hatte, nicht nur körperlich,
sondern vor allem mental. Er hatte den Eindruck, die
Welt klarer zu sehen, ungefähr so wie nach einem län-
geren Spaziergang auf dem Deich.

Auf Ettjes Yoga-Playlist setzten zarte Gitarrenklänge ein. Das Zeichen, dass sie das Ende der Kursstunde erreicht hatten. Auch Dietmars innere Uhr
schien sich auf Ettjes Kurs eingestellt zu haben. Kaum
waren die ersten Gitarren-Takte verklungen, wachte
der Tischlermeister auf und streckte und reckte sich
leise schnaufend auf seiner Isomatte – genau wie Sonny
und sein Kumpel Mickey.

»Willst du noch duschen, bevor du mit der Arbeit
anfängst?«, fragte Marianne, als sie kurz danach ihre
Sachen zusammenpackten. Sie hatte sich gefreut, dass
er sich trotz seiner Verpflichtungen Zeit für den Kurs
genommen hatte.

Krumme dachte an die Soko, die nur ein paar Räume
weiter zum ersten Mal zusammenkam. »Ich schaue
noch mal bei Pat vorbei, dann komm ich hoch.«

Aber so leicht konnte er sich nicht verdrücken.
Dietmar und seine Damen wollten alles von seiner
Mördersuche wissen, auch Ettje stellte sich neugierig
dazu.

»Tut mir leid, Leute«, erklärte Krumme und hob beide Hände. »Ich weiß noch rein gar nichts, und wenn ich was wüsste, dürfte ich es nicht verraten.«

Die anderen machten betretene Gesichter, nickten aber verständnisvoll und bedrängten ihn nicht weiter.

Krumme wollte gerade den Kursraum verlassen, als Ettje ihn ansprach. »Du warst heute gut drauf, Theo.«

»Echt? Findest du?«

Sie nickte. »So langsam kriegst du ein Gefühl dafür.«

Krumme sah sie überrascht an. Natürlich übertrieb sie, aber er freute sich trotzdem über ihr Lob.

»Hoffentlich kannst du auch weiterhin kommen, trotz der Ermittlungen«, sagte Ettje.

Er schaute sie an. »Und bei dir? Alles in Ordnung?«

»Wieso?«

»Du siehst heute ein bisschen ... müde aus.«

»Ach ja?«

»Marianne hat mir gesagt, gestern bist du früh ins Bett gegangen.«

Ettje lächelte. »Ist das so aufgefallen?«

»Aber natürlich. Wir kucken sehr genau, was du machst. Nicht nur hier im Yogakurs.«

»Nicht nötig. Mir geht's gut.«

Er betrachtete sie mit einem nachdenklichen Lächeln. Sie könnte seine Tochter sein. Krumme dachte an Hannah. Sie lebte jetzt mit ihrer Familie in Australien. Krumme hatte inzwischen ein sehr gutes Verhältnis zu ihr. Aber es gab Zeiten, da hatte Hannah ihm auch nie verraten, wenn sie was bedrückte.

Den Eindruck hatte er gerade auch bei Ettje. Es schien, als wenn sie überlegte, ihm etwas zu erzählen oder zu fragen.

Aber sie tat es nicht.

»Viel Erfolg«, sagte sie nur, schnappte sich ihre Sporttasche und den Bluetooth-Lautsprecher und verließ mit Mickey den Kursraum.

Krumme sah ihr nachdenklich hinterher. Dann zuckte er mit den Schultern. Egal, wenn sie ihm etwas zu sagen hatte, wusste sie ja, wo sie ihn fand.

Zeit, endlich zu seinen Leuten zu gehen.

Die Verstärkung, die Pat und er angefordert hatten, bestand nur aus zwei Kollegen. Beide waren nicht von der Kriminal-, sondern der Schutzpolizei. Da war zum einen Polizeikommissarin Stefanie Keller aus Husum. Sie war nur wenig älter als Pat, computertechnisch genauso clever wie sie und hatte sich bereits bei einem anderen Fall vor einem Jahr als kluge, fähige Kollegin erwiesen – und Krumme damals sogar in einer kniffligen Situation gemeinsam mit Pat das Leben gerettet. Außerdem war die sportliche junge Frau im Nebenjob Hundetrainerin und hatte wesentlichen Anteil daran, dass Sonny zumindest Marianne aufs Wort gehorchte. Als Krumme in den Konferenzraum kam, saßen Steffi und Pat bereits nebeneinander an dem langen Konferenztisch, auf dem vier Arbeitsplätze eingerichtet worden waren, mit Computern und allem Drum und Dran. Ihnen gegenüber hatte Polizeimeister Dennis Ulrich Platz genommen, der junge Mann mit der Akne, den er gestern am Tatort bereits kennengelernt hatte. Krumme hatte ihn sich von der Wache in St. Peter-Ording ausgeliehen, weil er hier geboren war und praktisch jeden im Ort kannte. Das konnte bei diesem Fall wichtig sein.

Er schien sich im Kreis der jungen Frauen pudelwohl zu fühlen. Gerade erzählte er Steffi und Pat von einem seiner Abenteuer.

»Da schnappt sich dieser Kerl den Rucksack von der Kleinen, kurz vor dem Ordinger Steg, und rennt los. Ich hatte das alles nur zufällig beobachtet. Ich war privat unterwegs, aber als guter Polizist ist man ja immer im Dienst. Ich lauf sofort los. Aber der Bursche hat einen ziemlichen Vorsprung. In dem tiefen Sand kann ich ihn nicht einholen. Da hab ich eine Idee. Ich schnapp mir einen von den Strandseglern, die am Strand unterwegs waren ...«

»Einen Strandsegler?« Pat und Steffi wechselten einen ungläubigen Blick.

»Genau. Ich halt das Ding an, sag zum Fahrer: Aussteigen, das ist ein Polizeieinsatz!, und dann rein in die Kiste und ab dafür!«

»Du hast ihn mit einem Strandsegler verfolgt?« Steffi wollte es nicht glauben.

»Warum nicht? Das ist hier so normal wie woanders Motorradfahren.«

»Aha«, machte Pat und nickte.

»Ich also los, rase über den buckeligen Strand. Der Wind knattert im Segel. Zuerst dachte ich, ich hätte den Burschen verloren, aber zum Glück war der geklaute Rucksack rosa und von Weitem leicht zu sehen.

Ich dreh also das Segel in den Wind, setze Kurs, genau auf den Flüchtigen zu und …«

Krumme räusperte sich vernehmlich. »Sieht so aus, als wenn wir uns genau den richtigen Kollegen ausgeborgt haben«, sagte er.

Dennis bemerkte erst jetzt, dass Krumme den Raum betreten hatte, und errötete. Pat und Steffi grinsten sich verstohlen an.

Krumme hielt ihm die Hand hin. »Willkommen im Team der Soko ›Strand‹. Theo Krumme.«

»Dennis Ulrich«, erwiderte der junge Mann, der sich höflich erhoben hatte, um Krummes Hand zu schütteln. Einen Moment schaute er irritiert auf Krummes kurze Hose und das weiße T-Shirt. Aber er hatte sich schnell wieder gefangen.

»Soko ›Strand‹?«, fragte er. »Toller Name.«

»Finde ich auch«, sagte Krumme und setzte sich zu ihnen an den Konferenztisch. Gemeinsam mit Pat erklärte er das Programm des heutigen Tages. Es ging darum herauszufinden, was Marten vor seinem Tod getan hatte. Sie mussten mit seinen Freunden, Bekannten und Kollegen sprechen. Sie vereinbarten, dass Dennis und Steffi ins Poseidon am Strand gehen sollten, während Pat und Krumme sich hier im Hotel umschauen wollten.

Dennis nickte eifrig. »Keine Sorge«, sagte er und zwinkerte seiner neuen Partnerin zu, »im Poseidon kenne ich mich aus.«

Steffi beäugte ihn skeptisch. »Davon bin ich überzeugt.«

Krumme wollte außerdem sämtliche Videos der Überwachungskameras sehen, sowohl vom Strand wie auch im Hotel, und nicht nur vom Sonntag, sondern auch von den zwei Tagen davor.

»Wir müssen so viel wie möglich über seinen Bekanntenkreis herausfinden.«

»Du meinst, der Täter stammt aus dem engeren Umfeld des Opfers?«, fragte Pat.

Krumme nickte. »Aus dem Bekanntenkreis oder der Familie.«

»Warum?«

»Raubmord können wir ausschließen, immerhin hatte er noch seine Brieftasche. Und nach bisherigen Erkenntnissen wurde der Schuss aus nächster Nähe abgefeuert. Ich denke, Marten Schilling muss den Täter gekannt haben, wenn er ihn so dicht an sich herangelassen hat.«

Dennis hatte aufmerksam zugehört. »Es könnte auch eine Täterin gewesen sein«, wandte er jetzt ein.

»Sehr richtig, Dennis. Guter Hinweis.«

Ihr neuer Kollege lächelte stolz, schaute wieder zu Steffi auf der Suche nach weiterer Anerkennung. Doch die beiden jungen Frauen verzogen keine Miene.

Pat schlug vor, überall am Strand und in St. Peter-Ording Zettel aufzuhängen, um mögliche Zeugen zu finden.

»Oha«, sagte Dennis, »das wird der Chefin aber gar nicht gefallen.«

»Wem?«, fragte Steffi.

»Frau Koch, der Leiterin unserer Polizeiwache.«

»Und warum nicht?«

»Na ja, sie möchte, dass wir uns immer so diskret wie möglich im Hintergrund halten. Vor allem in der Hochsaison. Anweisung der Bürgermeisterin.«

Krumme nickte. »Ach ja, gut, dass wir darüber reden.« Er sah Dennis mit strenger Miene an. »Hast du oder einer deiner Kollegen herumerzählt, dass das Opfer eine Kugel in den Kopf bekommen hat?«

Dennis wurde sofort wieder rot. »Hat er doch, oder?«

Krumme schlug mit der Hand auf den Tisch. »Das war Täterwissen. Wie sollen wir arbeiten, wenn so wichtige Details an die Öffentlichkeit gelangen?«

Dennis hob die Hände. »Also, ich habe nichts verraten ... bestimmt nicht«, stotterte er.

»Aber irgendeiner hat es getan. Ich muss unbedingt mal deine Chefin fragen, was sie genau unter diskret versteht!«

»Natürlich.« Dennis blickte betreten auf den Tisch.

Krumme sah auf den Bildschirm von Pats Computer. Sie war bereits dabei, alle Informationen und Fotos, die sie bisher auf ihrem Handy gesammelt und notiert hatte, in einem Diagramm zu sortieren. Viele Bilder kannte er aber noch gar nicht. Er fragte sie, woher sie sie hatte.

Sie sah zu ihm auf. »Marten Schilling war ziemlich aktiv auf Insta und Tiktok. Ich habe noch lange nicht alles durchgesehen. Aber so wie's aussieht, musste er ständig ein Selfie machen, wenn ein hübsches Mädchen neben ihm stand.«

Krumme nickte beeindruckt.

Auch Steffi tippte jetzt konzentriert auf ihrer Tastatur herum. Nur Dennis wusste offenbar noch nicht, was jetzt von ihm verlangt wurde. Krumme erinnerte sich an seine erste Soko, in Berlin bei der Sitte. Das war eine halbe Ewigkeit her. Damals hatten ihm nur Männer gegenübergesessen. Vor lauter Zigarettenrauch hatte man kaum etwas sehen können. Auf dem Schreibtisch standen keine Computer, und alle Telefone hatten Schnüre gehabt.

»Was ist mit den Clausens?«, erkundigte sich Pat. »Wann wollen wir noch mal mit denen sprechen?«

»Sobald wir die Alibis überprüft haben. Hast du den Alten inzwischen erreicht?«

Pat schüttelte den Kopf.

»Wo steckt der Kerl nur? Seine Familie wird ihm doch wohl inzwischen von Martens Tod erzählt haben.« Er schaute zu Dennis. »Kennst du den alten Johan Clausen?«

»Natürlich. Jeder in St. Peter-Ording kennt den.«

»Ach ja? Und was kannst du uns über ihn erzählen?«

Dennis überlegte, kratzte dabei an seiner von Akne zerfurchten Wange.

»Na ja, er lebt getrennt von seiner Frau und seiner Familie und wohnt in den Ordinger Dünen in seinem Bulli.«

Krumme nickte. »Das wissen wir bereits. Und was macht er so den ganzen Tag? Wein trinken und aufs Meer schauen?«

»Das ist ihm wohl zu langweilig. Soweit ich weiß, arbeitet er noch. Er vermietet Strandkörbe.«

Krumme sah ihn ungläubig an. »Der alte Mann vermietet Strandkörbe? Wo?«

»Ganz in der Nähe vom Poseidon.« Er zwinkerte Steffi zu. »Wir könnten gleich mal kucken, ob wir ihn finden.«

Steffi lächelte nur müde, ohne den Blick von ihrem Monitor zu nehmen.

Krumme überlegte einen Moment. »Tut mir leid, mein Junge«, sagte er schließlich. »Planänderung. Du bleibst mit Steffi hier im Hotel.«

Dennis sah ihn enttäuscht an. »Und was macht ihr?«

»Pat und ich übernehmen die Tour zum Strand. Wir gehen zum Poseidon und kucken auf dem Weg bei dem Strandkorbverleih vorbei.« Er stand auf. »Aber erst muss ich duschen. Danach geht's los.«

»Theo, kuck mal!«

Er war bereits an der Tür, als Steffi ihn zurückrief und auf ihren Bildschirm zeigte. »Köhler hat Fotos geschickt. Das hier war in Martens Brieftasche.«

Krumme trat zu Steffi an den Bildschirm. »Erstaunlich, der Kerl hat doch tatsächlich noch was aus Martens Brieftasche retten können, obwohl das Ding so lange im Salzwasser gelegen hat.« Krumme schaute sich die Fotos von Zetteln, Visitenkarten und Rechnungen an. Auch Pat hatte sich zu ihnen umgedreht.

»Was Interessantes dabei?«, fragte Steffi, während sie langsam nach unten scrollte.

»Vielleicht die Kreditkarten«, sagte Pat.

»Sollten wir unbedingt überprüfen«, sagte Krumme. »Dürfte interessant sein zu sehen, wofür er sein Geld ausgegeben hat.«

Steffi nickte und machte sich eine Notiz.

Als Nächstes gab es eine Rechnung aus dem Poseidon aus der Tatnacht. Darauf standen eine handgeschriebene Nummer und zwei Namen, die sich im Wasser aber fast komplett aufgelöst hatten.

»Vielleicht kann man die Kontraste mit einem Bildbearbeitungsprogramm erhöhen«, sagte Pat. »Dann lässt sich das eventuell noch lesen.«

»Das ist bestimmt die Handynummer von irgendwelchen Mädchen, die scharf auf Marten waren«, warf Dennis ein. »Ich hab oft gesehen, wie Mädels ihm Nummern zugesteckt haben.«

Krumme kratzte sich am Kopf. Wurde Zeit, dass er unter die Dusche kam. Er nickte, sah dann zu Steffi und Dennis. »Seht zu, was ihr entziffern könnt. Vielleicht ist ein Treffen mit den Mädchen anders gelaufen als geplant. Kriegt ihr das gemeinsam hin?«

Steffi nickte.

Dennis war anzusehen, dass ihm ein Ausflug zum Strand lieber gewesen wäre.

Krumme klopfte ihm freundlich auf die Schulter. »Und wenn es sich wirklich um Damenbekanntschaften handelt, ladet sie vor. Und du darfst sie verhören.«

22

Juwelier Hannes Kopernik führte sein Geschäft in der Wasserreihe, einer kleinen Gasse in der Altstadt nördlich des Binnenhafens, bereits in der dritten Generation. Er war stolz darauf, dass sich sein Laden in den vielen Jahren zur ersten Adresse für Schmuck, Optik und Uhren in Husum entwickelt hatte. Natürlich hatte er auch eine Ecke mit günstigem Modeschmuck und Souvenirs für die Touristen, die durch die Altstadt bummelten. Aber wer in der Stadt Hochzeitsringe, eine edle Brille oder kostbaren Schmuck und Diamanten suchte, sah grundsätzlich zuerst bei ihm in der Wasserreihe vorbei. Kopernik hatte sich mit seinen sechzig Jahren in Nordfriesland und darüber hinaus einen hervorragenden Ruf als Goldhändler erarbeitet. Als Experte für die Bewertung von Juwelen und Schmuck war er sogar schon mal im Fernsehen aufgetreten.

Zugegeben, trotz des breit gefächerten Sortiments konnte Kopernik die Kundschaft eines Tages manchmal an den Fingern zweier Hände abzählen. Aber das war in Ordnung, in seinem Gewerbe ging es nun mal ruhig zu.

Auch dieser Tag hatte verhalten angefangen. Kopernik kämpfte sich gerade durch die Inventur seines

Bestandes an Ray-Ban-Sonnenbrillen, als die Türglocke ging und ein junger Mann den Laden betrat.

Kopernik war stolz auf seine gute Beobachtungsgabe, die ihm half, schon auf den ersten Blick einschätzen zu können, ob ein Kunde oder eine Kundin (a) nur kucken oder (b) etwas kaufen – oder (c) etwas klauen wollte.

Doch in diesem Fall war er sich nicht sicher. Er hatte den jungen Mann bereits eine Weile vor dem Schaufenster beobachtet. Er hatte unschlüssig herumgestanden und immer wieder einen Blick auf die Auslage geworfen. Daran war nichts Ungewöhnliches. Viele potenzielle Käuferinnen und Käufer waren eingeschüchtert angesichts der hohen Preise und trauten sich nicht gleich in sein Geschäft. Doch dieser junge Mann hatte schließlich den Mut gefunden. Kopernik schätzte das Alter des Jungen auf um die zwanzig. Mittellange blonde Haare, breite Schultern. Er trug eine Sonnenbrille, die er auch jetzt im Geschäft nicht abnahm, und einen halb offenen Hoodie über einem blauen T-Shirt. Kopernik begrüßte ihn freundlich und erkundigte sich, wie er ihm helfen könne.

»Ich kuck nur ein bisschen«, brummte der Bursche und stellte sich zu den Blechrobben für vier Euro.

Bis auf das gleichmäßige Ticken der Standuhr, die noch von Koperniks Großvater stammte, herrschte Stille im Laden. Der Juwelier kümmerte sich wieder um die Ray-Bans, behielt den jungen Mann aber im Blick. Er fragte sich, ob gerade ein Kunde aus der Kategorie c im Laden stand.

Dem Jungen schien es mit der Sonnenbrille schließlich doch zu dunkel zu sein. Er setzte sie ab und sah mit braunen Kinderaugen sofort nur halb so gefährlich aus. Er wirkte nervös, als er zu Kopernik an den Tresen trat.

»Ich hätte da eine Frage«, fing er an, zögerte erneut.

»Sehr gern«, sagte der alte Mann und lächelte aufmunternd. »Wie kann ich helfen?«

»Haben Sie auch alten Schmuck?«

»Alten Schmuck? Was genau meinen Sie?«

»Amulette oder so.«

»Alte Amulette? Wie alt genau? Zwanzigstes Jahrhundert? Neunzehntes?«

Der junge Mann kratzte sich an der Nase. »Keine Ahnung.«

Kopernik überlegte. »Wenn Sie einen Moment Zeit haben, kann ich mal kucken. Aber ich fürchte, das Angebot wird nicht sehr groß sein.«

Der Junge schüttelte verwirrt den Kopf. »Nein, nein, Sie verstehen nicht.« Er holte tief Luft. »Ich will nichts kaufen.«

»Aber warum ...?«

»Ich will etwas verkaufen. Vielleicht.«

Kopernik starrte ihn ungläubig an. »Sie wollen etwas verkaufen?«

»Machen Sie so etwas nicht?«

»Nun, wir nehmen manchmal Ware in Kommission ... Aber worum handelt es sich denn?«

Der Junge schien mit sich zu kämpfen. Offensichtlich wusste er nicht, wie viel er ihm verraten sollte.

»Haben Sie das Stück, um das es geht, dabei?«, versuchte Kopernik zu helfen.

Sein ungewöhnlicher Kunde holte erneut tief Luft, griff in die Hosentasche und holte einen dunklen, etwa handtellergroßen Gegenstand heraus und legte ihn auf den Tisch.

»Was können Sie mir dazu sagen?«

Kopernik starrte überrascht auf das Objekt auf seinem Tresen. Was war das? Wirklich ein Amulett, wie der Junge behauptete? Oder lediglich eine Art Brosche? Oder etwas ganz anderes? Jedenfalls hatte er so ein Stück noch nie gesehen. Kopernik spürte, wie sein von einem Fahrradunfall steifes rechtes Bein juckte – ein untrügliches Zeichen dafür, dass er es mit etwas sehr Wertvollem zu tun hatte.

»Wo hast du das her, mein Junge?« Kopernik betrachtete sein Gegenüber mit neuen Augen.

»Das geht Sie nichts an.«

»Hör zu, das ist hier keine Hehlerstube. Wenn du das irgendwo gestohlen hast, dann …«

»Nein, nein«, unterbrach ihn der Junge ungeduldig. »Das ist nicht geklaut. Ich habe das gefunden … Aber können Sie mir nicht einfach sagen, was genau das ist?«

Kopernik musterte seinen jugendlichen Besucher. Wie ein Dieb und Hehler sah der Junge wirklich nicht aus. Aber ganz sicher konnte man da heutzutage nie sein. Mit einem Seufzen nahm er das Objekt in die Hand und schaute es sich genauer an.

Das Stück war überraschend schwer. Kreisrund wie

eine große Münze, aber nicht flach wie eine solche, sondern leicht bauchig. Größe und Gewicht schienen in keinem Verhältnis zueinander zu stehen. Was war das nur für ein Material? Irgendein schwarzes Metall, das er noch nie gesehen hatte. Jedenfalls kein Eisen oder Nickel. Palladium? Aber dafür war es nicht dunkel genug. Verrückt, es schien das Licht nicht nur nicht zu reflektieren, sondern geradezu aufzusaugen. Handelte es sich überhaupt um ein Metall? War es womöglich ein Stein? Ein ihm unbekannter schwarzer Edelstein?

Und was waren das für seltsame Zeichen auf der Oberfläche? *Waren das etwa …?*

»Und?«, unterbrach der Junge seine Gedanken. »Was sagen Sie?«

Kopernik öffnete schweigend eine Schublade und holte eine Lupe heraus, um die Symbole auf der Oberfläche genauer zu betrachten.

»Unglaublich«, murmelte er.

»Was?«

»Das sind ägyptische Hieroglyphen.«

»Sind Sie sicher?«

»Ich bin kein Archäologe und auch kein Historiker, aber es sieht mir ganz danach aus.« Er griff zu seinem Handy und knipste ein Foto von dem Amulett oder um was auch immer es sich handelte.

»He, was machen Sie da?«

»Immer mit der Ruhe, mein Junge. Wenn du wissen willst, was du da gefunden hast, müssen wir uns fachkundigen Rat holen.«

»Sie haben also auch keine Ahnung?« Die Stimmung kippte. Von Nervosität war jetzt nichts mehr zu spüren, der Junge wurde langsam sauer.

Kopernik nahm das Artefakt erneut in die Hand und schaute es sich unter der Lupe an. »Also, wenn es sich um ein Amulett handelt, weiß ich nicht, wie man es tragen sollte. Es gibt keine Öse für eine Kette. Auch keine Klammer oder Nadel, um es irgendwo anzustecken. Am Rand gibt es feine Verzierungen …«

Der Junge schien an Koperniks Auslassungen kein Interesse zu haben. Er seufzte. »Was meinen Sie, wie viel es wert ist?«

Kopernik sah auf, zuckte mit den Schultern. »Keine Ahnung. Ich weiß ja noch nicht mal, aus welchem Material es besteht. Oder ob es wirklich antik ist. Es könnte auch eine Fälschung sein. Eine sehr gut gemachte Fälschung.«

»Nein!«, rief der Junge aus. »Das ist keine Fälschung!«

»Es wäre hilfreich, wenn du mir sagen könntest, wo du es gefunden hast.«

Der junge Mann zögerte kurz, bevor er antwortete. »Am Strand.«

Kopernik musterte ihn misstrauisch. »Und an welchem Strand?«

Wieder zögerte der Junge. Es war sehr deutlich, dass er sich die Sache mit der Begutachtung einfacher vorgestellt hatte. »In St. Peter-Ording«, erklärte er endlich.

»Geht's ein bisschen genauer?«

Der junge Mann sah ihn böse an. Kurzentschlossen nahm er das Amulett wieder an sich und steckte es in die Hosentasche.

»War eine dumme Idee, hierher zu kommen.«

»Nicht so schnell. Lass mir das hier, dann untersuche ich es genauer.«

»Ich soll es Ihnen hierlassen?«

»Wir machen das ganz offiziell, mit Empfangsschein und allem. Ich melde mich, sobald ich etwas herausgefunden habe. Dauert bestimmt nicht lange. Und dann kann ich dir sicher auch einen Preis sagen.«

»Nicht nötig.« Der Junge setzte seine Sonnenbrille wieder auf und machte Anstalten zu gehen.

Kopernik trat hinter dem Tresen hervor. »Entschuldigung, ich wollte nicht aufdringlich sein. Ich wollte doch nur ...«

Aber der junge Mann war schon draußen. Kopernik humpelte hinterher, hinaus auf die kleine Gasse.

»Komm zurück! Lauf nicht weg.«

Aber der Junge mit der Hoodie-Kapuze auf dem Kopf hatte schon das Ende der schmalen Straße erreicht und verschwand Richtung Binnenhafen.

So ein Mist! Die paar schnellen Schritte reichten schon, dass Kopernik sein steifes Bein schmerzvoll spürte. Enttäuscht kehrte er in seinen Laden zurück.

Wie ärgerlich! Bestimmt hatte er ihn mit seinem Gerede verscheucht. Der Junge hatte offenbar befürchtet, dass er die Polizei rief. Verständlicherweise. Kopernik ging zurück zum Tresen. Dort lag sein Handy. Er nahm es und betrachtete das Foto, das er gemacht hatte. Besonders gut war es nicht geworden. Dass es sich bei den Zeichen tatsächlich um ägyptische Hieroglyphen handelte, konnte man auch in der Vergrößerung nicht mit Sicherheit sagen.

Eine Weile war er in Gedanken versunken. Dann ging er hinter den Tresen und öffnete eine Schublade unter der Kasse. Er kramte zwischen allerlei Unterlagen, Prospekten und leeren Kugelschreibern herum, bis er endlich gefunden hatte, was er suchte. Einen leicht vergilbten, zerknitterten Zettel. Darauf standen in einer krakeligen Schrift nur ein Name und eine Telefonnummer.

Der alte Juwelier holte tief Luft, blickte ins Leere und fragte sich, ob er gerade das Richtige tat.

Schließlich setzte er sich seine Brille auf die Nase und tippte die Nummer ein. Er musste nicht lange warten, bis jemand abnahm.

Kopernik stellte sich vor. Er seufzte. »Ich hätte nie gedacht, dass dieser Tag kommen würde«, sagte er schließlich und wischte sich nervös den Schweiß von der Stirn, »aber ich glaube, ich habe etwas für Sie.«

23

»Meinst du, Steffi ist sauer auf mich?«, fragte Krumme, während er mit Pat über den St. Peter-Ordinger Strand stapfte. Es war bereits nach elf Uhr, das Wetter war prächtig, und am Strand herrschte Hochbetrieb.

»Wieso?«

»Na ja, weil ich ihr Dennis als Partner zugewiesen habe.«

»Mach dir keine Sorgen. Steffi kommt schon klar.«

»Ich habe den Eindruck, unser junger Freund wird bei ihr nichts unversucht lassen.«

»Kann er gerne tun. Aber Dennis wird als Mann bei ihr grundsätzlich kein Glück haben.«

»Ach?« Krumme sah seine junge Kollegin überrascht an. »Sie ist …?«

»Was dagegen?«

»Nein, Quatsch, aber ich hatte ja keine Ahnung.«

»Soll sie sich einen Zettel um den Hals hängen? Achtung, ich stehe nur auf Frauen!« Pat lachte.

»Blödsinn«, brummte Krumme. Er mochte nicht, wenn Pat ihm das Gefühl gab, ein alter, rückständiger Mann zu sein.

»Außerdem ist Steffi Hundetrainerin«, ergänzte Pat. »Die kann sich durchsetzen, keine Sorge.«

Krumme nickte und sah unwillkürlich zu Sonny, den er an der kurzen Leine mit sich führte. Marianne wollte mit ein paar Kursteilnehmerinnen eine lauschige Teestube in St. Peter-Dorf erkunden und hatte Krumme gebeten, Sonny so lange zu hüten.

»Du weißt schon, dass wir arbeiten müssen?«, hatte Krumme sich zunächst beschwert.

»Jetzt stell dich nicht so an. Sonny ist ein Spitzenpolizeihund. Wer weiß, wobei er dir helfen kann.«

Also hatten sie ihn mitgenommen. Und dieses Mal machte er zum Glück überhaupt keine Probleme. Er trabte neben ihnen her, ließ sich auch von dem lauten Bellen kleiner Pinscher nicht provozieren und hatte sogar nichts dagegen, als ein paar Kinder schüchtern fragten, ob sie ihn mal streicheln dürften.

Aber natürlich ging es bei diesem Ausflug nicht um Sonny, sondern um Johan Clausen.

In der zentralen Strandkorbvermietung, die sich zusammen mit den öffentlichen Toiletten ebenfalls auf einem Pfahlbau befand, erfuhren sie, dass Johan sich unten ganz in der Nähe des Zeltlagers der Kitesurfer aufhielt, nicht weit vom Aufgang, der hoch zum Poseidon führte.

Hier waren sie nun. Überall sah man besetzte Strandkörbe, aber keinen achtzigjährigen Vermieter.

Krumme beschloss, ein junges Paar zu fragen, das in einem Korb eng umschlungen das bunte Treiben auf dem Strand beobachtete.

»Guten Tag, Kripo Husum. Können Sie mir verraten, bei wem Sie diesen Strandkorb gemietet haben?«

Die beiden richteten sich ruckartig auf, warfen sich verlegene Blick zu. »Oh, Entschuldigung, wir dachten, die wären umsonst.«

»Was? Nein, das meinte ich nicht ...«

Hastig rafften die beiden ihre Handtücher zusammen. »Bitte, verzeihen Sie, wir haben hier nur ein paar Minuten gesessen«, stammelte das Mädchen. Im nächsten Moment waren sie verschwunden.

Pat grinste. »Na toll, Theo. Ich dachte, wir wollen die Leute hier befragen, nicht verscheuchen.«

»He, ich habe doch nur eine ganz normale Frage gestellt. Was kann ich denn dafür, wenn ...?«

Krumme brach ab, als sich hinter ihnen eine tiefe Männerstimme meldete.

»Danke, dass Sie mir die Arbeit abgenommen haben.«

Krumme und Pat drehten sich um. Vor ihnen stand ein großer, schlanker älterer Herr. Braun gebrannt, mit Leinenhemd und kurzer Hose über den sehnigen Beinen und einem feschen Strohhut auf dem kahlen Schädel. Sie hatten ihren Mann gefunden. Johan Clausen.

»Ich wollte den beiden Hübschen gerade einen Besuch abstatten. Na ja, hat sich jetzt ja erledigt!« Er lächelte sie freundlich an.

»Sie sind Johan Clausen?«, fragte Krumme.

»Und Sie sind von der Kripo, wie ich gerade gehört habe?«

Krumme nickte und stellte sich und Pat vor. »Wir haben versucht, Sie telefonisch zu erreichen, Herr Clausen.«

»Oh, das tut mir leid. Aber mein Handy ist leer und das Ladekabel kaputt. Ich sollte mir unbedingt ein neues kaufen.«

Krumme tauschte einen zweifelnden Blick mit Pat, den Clausen wohl bemerkte. Er zuckte die Schultern. »Ich weiß, hört sich nicht überzeugend an, ist aber so.«

»Das heißt, aktuell kann Sie niemand erreichen?«

»Wer mich sprechen will, weiß, wo er mich findet. Sie sind das beste Beispiel.«

Clausen zeigte zu einem Strandkorb, in dem auf einem Handtuch eine Flasche Wasser und ein Buch lagen. »Darf ich Sie in mein Büro einladen? Ich nehme an, Sie wollen mit mir über den Mord an Marten Schilling sprechen.«

Wieder tauschten Krumme und Pat einen überraschten Blick.

»Setzen Sie sich doch!« Mit einem eleganten Armschwung lud Clausen sie ein, im Strandkorb Platz zu nehmen.

»Nein, bitte, das ist Ihr ... Büro«, erwiderte Krumme, dem es nicht gefiel, dass ein Mann um die achtzig sich ihnen zuliebe in den Sand setzen wollte.

»Papperlapapp«, sagte der Patriarch. Er holte von der Rückseite des Strandkorbes einen Campingklappstuhl hervor und stellte ihn vor Krumme und Pat in den Sand. »So geht's auch.« Er setzte sich und beugte sich vor, um Sonny zu kraulen. »Schöner Hund. Wie heißt er?«

»Sonny.«

»Ah! Etwa wie Sonny Crockett aus dieser Fernseh-serie … wie hieß sie noch?«

»*Miami Vice*«, sagte Krumme verblüfft. Mariannes Lieblingsserie. Bisher hatte noch niemand die Verbindung der Serie zu ihrem Hund erraten.

»Genau. Sehr guter Name für den Hund eines Kommissars.« Sonny genoss die Aufmerksamkeit und legte sich wie selbstverständlich nicht zu Krumme, sondern zu seinem neuen Freund in den hellen Sand.

»Also, Herr Clausen, seit wann wissen Sie von Marten Schillings Tod?«

»Seit gestern. In ganz St. Peter-Ording gibt es kein anderes Thema. Schlimme Sache.«

»Der Tote wurde bei dem stillgelegten Pfahlbau gefunden.« Krumme zeigte zu dem Gebäude, das ein paar Hundert Meter entfernt am Strand aufragte.

Johan Clausen nickte traurig. »Ja, ich habe die Absperrung gesehen.« Sonny hatte sich zufrieden auf den Rücken gedreht. Der alte Mann begann ihn lächelnd am Bauch zu kraulen.

Krumme schwieg einen Moment, bevor er fortfuhr. »Verzeihung, Herr Clausen, ich verstehe nicht ganz …«

»Was denn?«

»Ein junger Mann, der Freund Ihrer Enkelin Insa, der bei Ihrer Familie im Haus wohnt, wird brutal ermordet. Die Leiche wird praktisch direkt vor Ihrem … Zweitwohnsitz in den Dünen gefunden, nur ein paar Meter entfernt von Ihrem … Büro hier am Strand. Und trotzdem melden Sie sich nicht, gehen nicht ans Telefon und sind auch sonst nicht zu erreichen.«

»Aber wir unterhalten uns doch gerade?« Johan Clausen lächelte mit mildem Spott.

Krumme presste die Lippen aufeinander. Machte der Mann sich über sie lustig?

Pat kam ihm zu Hilfe. »Wie gut kannten Sie Marten?«

»Nicht sehr gut.«

Krumme wurde langsam ungeduldig. »Können Sie das etwas genauer beschreiben?«

Johan Clausen betrachtete ihn eine Weile, schließlich lehnte er sich auf seinem Campingstuhl zurück. »Mein lieber Herr Kommissar, ich glaube, Sie sind nicht ganz auf dem Laufenden, was meine aktuellen Lebensverhältnisse angeht.«

Krumme zuckte mit den Schultern. »Sie sind ausgezogen und wohnen jetzt in dem Bulli in den Dünen.«

»Ganz genau. Was im Haus in Böhl passiert, kriege ich kaum mit.«

»Aber Ihre Familie wird Sie doch wohl informiert haben?«

Johan Clausen nickte bedächtig. »Tatsächlich hat mir Carla – meine Frau – die traurige Geschichte erzählt.«

»Wann?«

»Gestern.«

»Am Telefon?«

»Ja. Da ging es noch.«

»Aha.« Krumme verzog das Gesicht.

Pat lenkte ein. »Noch mal zu Marten Schilling … Auch wenn Sie nicht mehr im Haus wohnen, werden

Sie ihn doch kennengelernt haben. Zumal er ja auch da oben in der Bar gearbeitet hat.«

»Natürlich kannte ich Marten. Ein gut aussehender Junge, der genau wusste, was er wollte.«

»Und was wollte er?«

Johan Clausen lächelte freudlos, zuckte mit den Schultern. »Erfolg, Geld, tolle Autos?«

Pat hatte ihr Handy hervorgeholt, öffnete ihre Notizen. »Tolle Autos? Was hatte er denn für einen Wagen?«

»Das war eher scherzhaft gemeint. Eigentlich war Marten meistens mit dem Rad unterwegs. Aber er hat gerne Insas Cabrio benutzt, um hübsche Mädchen zu beeindrucken.«

Krumme räusperte sich. »Hört sich nicht so an, als wenn Sie ein großer Fan von ihm waren?«

»Er war Insas Freund. Nicht meiner.«

»So was Ähnliches hat Ihre Frau auch gesagt. Und trotzdem hat er in Ihrem Haus – oder dem Ihrer Familie – gewohnt.«

»Insa war total vernarrt in den Jungen. Und wenn sie etwas unbedingt will, kann man es ihr nicht ausreden. Zumindest meine Schwiegertochter tut sich da sehr schwer.«

»Und was hat Ihr Sohn dazu gesagt, dass der Junge ständig mit am Frühstückstisch saß?«

»Markus? Ich glaube nicht, dass die beiden oft zusammen gefrühstückt haben. Marten hat meistens bis Mittag geschlafen. Und Markus steht früh auf und kümmert sich um das Geschäft.«

»Und was war mit den hübschen Mädchen, die Sie erwähnten? Glauben Sie, er hatte noch andere Freundinnen? Außer Ihrer Enkelin?«

»Er wäre schön dumm gewesen. Eine bessere Partie als Insa konnte er schließlich nicht machen. Aber der gute Marten war nun mal ein Jäger.«

Krumme schaute überrascht. »Ein Jäger?«

»Ich meine Menschen, die immer auf ihren persönlichen Vorteil aus sind. Sie können charmant, witzig, vielleicht auch geistreich sein. Aber eigentlich lauern sie nur auf die nächste Gelegenheit, um möglichst reiche Beute zu machen.«

»Konkrete Namen seiner Jagdopfer haben Sie wohl nicht für uns?«

Johan Clausen schüttelte bedauernd den Kopf. »Nein, tut mir leid.«

Sein Interesse an dem Gespräch war offenbar erloschen. Er streckte sich, schaute sich nach seinen Strandkörben um.

Krumme war seinem Blick gefolgt. »Warum machen Sie das hier?«, wollte er wissen.

»Was?«

»Strandkörbe vermieten. Wenn ich richtig verstehe, sind Sie einer der wohlhabendsten Männer von St. Peter-Ording.«

Johan Clausen lächelte. »Sie wollen wissen, warum ich hier den ganzen Tag am Meer verbringe, dem bunten Treiben am Strand zuschaue, die Kitesurfer am Meer beobachte, mit Kindern Sandburgen baue, mit den Eltern einen Klönschnack halte und mir von jungen hübschen

Mädchen sagen lasse, dass ich mich mit meinen achtzig Jahren gut gehalten habe? Warum ich mir noch ein paar Euro nebenbei verdiene, für eine Flasche Wein, die ich am Abend vor meinem Bulli in den Dünen trinke?«

Pat musste grinsen und warf Krumme einen verstohlenen Blick zu.

Der presste die Lippen aufeinander, versuchte Johan Clausens forschendem Blick standzuhalten. »Verstehe«, sagte er schließlich und erhob sich. »Aber obwohl Sie offensichtlich das Strandleben hier so perfekt im Blick haben, haben Sie nichts davon mitbekommen, dass praktisch direkt vor Ihrer Nase ein Mann ermordet wurde?«

Johan Clausens Lächeln gefror. »Nein.«

»Herr Clausen«, sagte Krumme. »Wo waren Sie Sonntagnacht so gegen dreiundzwanzig Uhr?«

Johan Clausen musste nicht lange überlegen. »Nicht in meinem Bulli, falls Sie das denken.«

Krumme stutzte. »Nein? Wo dann?«

»Bei einem Treffen des Naturschutzbundes Eiderstedt. In Tönning.«

»Bis wann?«

»Die ganze Nacht. Ich habe dort bei einem Freund übernachtet und bin erst am nächsten Morgen mit der Bahn zurückgefahren.«

Krumme und Pat tauschten einen Blick.

»Können Sie uns bitte die Namen und die Adresse geben. Wir werden das natürlich überprüfen müssen.«

Der alte Herr lächelte liebenswürdig. »Natürlich müssen Sie das, Herr Kommissar.«

24

Kurz hinter Tating fuhr Markus Clausen mit dem Auto kurzentschlossen an den Straßenrand. Er musste aussteigen, an die frische Luft, ein paar Schritte machen. Kraft schöpfen vor dem nächsten Termin.

Was für ein Tag.

Es hatte damit angefangen, dass Döhrner, die Bürgermeisterin von St. Peter, ihre Unterstützung für den Bau von insgesamt sechs Ferienwohnungen im nördlichen Ording überraschend und nur wenige Monate vor Baubeginn zurückgezogen hatte.

»Tut mir leid, Markus, aber mir sind die Hände gebunden. Die Naturschützer haben ein neues Gutachten vorgelegt, wegen der Nistplätze irgendeiner seltenen Schwalbenart. Und Probleme mit dem Trinkwasser würde es auch geben. Sie wollen klagen, wenn wir die Sache nicht abbrechen. Und ein Gerichtsverfahren mit diesen Ökoleuten, das können wir uns nicht erlauben, nicht so kurz vor den Landtagswahlen.«

Markus hatte verzweifelt auf sie eingeredet und dabei an das viele Geld gedacht, das sie bereits für die Planung und den Kauf des Grundstücks ausgegeben hatten. Aber Döhrner blieb stur und forderte ihn auf, das Projekt doch lieber ins Landesinnere nach

Garding zu verlegen. Was natürlich nicht infrage kam.

Dann der Wasserschaden in St. Peter-Dorf. Die Wanne in einem Apartment im zweiten Stock war übergelaufen. Das Wasser war durch den Boden gesickert bis in die darunterliegende Ferienwohnung. Eine Katastrophe, er hatte die beiden Einheiten gerade für viel Geld mit neuen Möbeln eingerichtet. Dabei hatte er die Wohnung noch nicht ein einziges Mal vermietet. Das Verrückte: Das Apartment mit der Badewanne war ebenfalls unbewohnt. Der Klempner hatte ihm nicht erklären können, wieso das Wasser auf einmal aus dem Hahn geflossen war. »Vielleicht durch den Wasserdruck der Baustelle nebenan«, hatte der Mann spekuliert. Markus bezweifelte, dass diese Erklärung ausreichen würde, damit die Versicherung den Schaden bezahlte.

Und jetzt das Problem mit der Elektrik im König-Moritz-Haubarg in Westerhever, eine von Markus' Lieblingsimmobilien.

Vor fünf Jahren hatten sie den alten Hof kostspielig umgebaut. Vier Wohnungen mit Loftcharakter, zwei davon über zwei Etagen. Alles mit viel Liebe zum Detail: Holzbalken an den Decken, Kamin und alte Öfen, Klönschnack-Türen zum Garten, Einbauküchen und teure Möbel, bei deren Auswahl ein bekannter Designer aus Hamburg geholfen hatte. Nordfriesland-Feeling pur, nur ein paar Meter hinter dem Deich. Jede Wohnung hatte ihre eigene Terrasse, ausgestattet mit rustikalen Sitzgarnituren und hochwertigen Gasgrills.

Alles vom Feinsten. Umso wichtiger war es, dass alles perfekt funktionierte. Was ausgerechnet heute nicht der Fall war. In der Wohnung mit dem Namen »Deichkoje« gab es auf einmal immer wieder Kurzschlüsse, egal welche elektrischen Geräte die Mieter in die Steckdose steckten. Zu allem Unglück hatte Markus' Stammelektriker sich heute Morgen krankgemeldet. Jetzt musste er sich selbst darum kümmern. Aber wie sollte er das machen?

Das war heute wirklich nicht sein Tag. Und dabei war es erst kurz vor eins. Der Tag war nicht einmal zur Hälfte herum.

Er kramte in seinen Taschen und zündete sich eine Zigarette an. Eigentlich wollte er längst aufgehört haben mit dem Rauchen. Aber dieser Mist ließ ihm ja praktisch keine andere Wahl.

Er zog an dem Glimmstängel und schaute hinaus zu den Schafen und den Lämmern, die sich eng an ihre Mütter drückten. Wie friedlich das Leben hier draußen in der Marsch war. Als Kind hatte er davon geträumt, Schafhirte zu werden. Aber irgendwann, er war da noch klein gewesen, hatte ihm seine Mutter unmissverständlich klargemacht, dass seine Zukunft in der Leitung des Familienunternehmens lag.

Jetzt dachte er an ihr Gespräch beim heutigen Frühstück, nur sie beide auf der Gartenterrasse. Sollte seine Mutter recht haben? War wirklich alles aus dem Gleichgewicht geraten?

Und wer war daran schuld? Marten, der verdammte Dreckskerl! Mochte er in der Hölle brennen.

Er hatte sich auf Insas Kosten ein schönes Leben gemacht, war mit ihrem Mercedes-Cabrio die Badallee hoch- und runtergefahren, mit seiner Rolex am Arm und der Ray-Ban auf der Nase, beides Geschenke seiner verknallten Tochter. Insa hätte alles für ihn getan, hatte vor ein paar Wochen sogar das Wort »Hochzeit« in den Mund genommen.

Aber Marten war ein Schmarotzer gewesen. Hatte sich zu ihnen an den Tisch gesetzt und sich mit teuren Steaks bewirten lassen. Oft war er erst mittags aufgestanden, hatte dann halbnackt im nicht abgeschlossenen Bad gestanden und die arme Therese erschreckt.

Und gleichzeitig hatte er die Familie heimlich beobachtet, gehofft, hinter irgendwelche Geheimnisse zu kommen, mit denen er sie erpressen konnte.

Was für ein widerlicher Kerl! Der schnelle Tod war noch viel zu gut für ihn gewesen.

Aber jetzt hatten sie ein noch größeres Problem. Seine Mutter hatte recht, die Sache war aus dem Lot geraten. Und wer musste es wieder richten? Er, Markus Clausen. Als hätte er mit der Firma nicht schon genug zu tun.

Aber er war ja selber schuld. Er hatte die Katastrophe kommen sehen. Hatte Marten im Grunde nie getraut, sich von ihm nicht einwickeln lassen. Immer wieder hatte Marten Andeutungen gemacht, wie sehr ihn die Branche interessiere – Ferienwohnungen, Ferienhäuser, Luxusimmobilien, an einem so exklusiven Standort wie St. Peter. Insa und Elke hatten sich auf seine Seite gestellt und behauptet, er könne eine große

Hilfe für ihn sein. Schließlich war er, Markus, nach dem Ausscheiden seines Vaters aus dem Geschäft für alles allein verantwortlich. Eine rechte Hand konnte er wahrlich gebrauchen. Aber nicht diesen eingebildeten Schwachkopf!

Markus hatte es immer gewusst und trotzdem seine Klappe gehalten. Weil seine einzige Tochter diesen Burschen offenbar geliebt hatte und er ihr keinen Wunsch ausschlagen konnte. Dass auch Elke diesem Blender total verfallen war und ihn überall bereits als ihren zukünftigen Schwiegersohn vorgestellt hatte, hatte es für ihn noch schwieriger gemacht.

Selbst seine sonst so strenge Mutter hatte sich nicht in das Privatleben ihrer einzigen Enkelin eingemischt. Warum? Aus Liebe. Ihm gegenüber. Schließlich hatte er Insa all die Jahre gewähren lassen. Seine Mutter hatte daher über die Allüren ihrer Enkeltochter zwar die Nase gerümpft, sich aus der Erziehung aber komplett herausgehalten.

Trotzdem. Jetzt steckte der Karren im Dreck. O ja, allerdings. Und wieder konnte er mit niemandem darüber offen reden. Gut, seine Mutter und auch sein Vater wussten Bescheid. Aber Details wollten sie nicht hören. Schon gar nicht, wie es ihm bei der ganzen Angelegenheit ging.

Und es ging ihm schlecht.

Womit hatte er das nur verdient?

Insa mochte eine verwöhnte junge Dame sein. Aber er hatte immer versucht, ihr ein Vorbild zu sein, ihr Werte wie Aufrichtigkeit und Anstand zu vermitteln.

Und nun war er derjenige, der am meisten gegen diese Werte verstieß. Er war ein Lügner, ein Verbrecher, genau wie Marten.

Und als solcher musste er nachher auch Ettje gegenübertreten. Ausgerechnet. Nach all den Jahren.

Markus warf die Zigarette zu Boden, trat sie aus. Er wollte sich gerade auf den Weg zurück zum Auto machen, als sein Handy brummte. Er schaute auf das Display, eine ihm unbekannte Nummer, und nahm ab.

»Hallo? Hier Glüsing, im Ferienhaus im Kibitzweg. Hören Sie, bei uns ist der Strom ausgefallen, und zwar im ganzen Haus. Ich war gerade im Bad, und meine Frau hat offensichtlich den Herd angeschaltet ...?«

Markus hörte nur mit halbem Ohr hin. Endlich war der Mann mit seinem Gejammer fertig, und sie vereinbarten einen Termin für den Nachmittag.

Markus setzte sich wieder in seinen Volvo und startete den Motor. Was für ein Tag! Es ging einfach alles schief. Und Markus glaubte jetzt auch zu wissen, warum.

25

Vielleicht war es keine gute Idee gewesen, ausgerechnet in der Mittagszeit ins Poseidon zu gehen. Wie gut, dass Johan Clausen angeboten hatte, auf Sonny aufzupassen, solange sie hier oben mit eventuellen Zeugen sprachen. Der große Hund wäre in dem Gedrängel bestimmt durchgedreht.

Das Strandrestaurant war brechend voll, alle Tische waren besetzt. Auch draußen auf der Terrasse war nicht ein einziger Platz frei. Viele nachrückende Gäste standen bereits zwischen den Tischen und lauerten nur darauf, dass einer der sitzenden Gäste seine Brieftasche zückte und Anstalten machte zu zahlen.

Krumme konnte die Menschen ja verstehen. Die Aussicht von hier oben war fantastisch, und hinter den großen Scheiben war es selbst bei stürmischer See angenehm ruhig. Doch jetzt lockte wohl nicht nur das Strandpanorama die Kunden an, sondern auch die Kitesurfmeisterschaft. Selbst im Innenraum, an der Bar, an der Pat und Krumme Stellung bezogen hatten, konnten sie die vielen bunten Gleitschirme sehen, die am blauen Himmel vorbeizogen.

Das Personal des Poseidon hatte allerdings keine Muße, um einen Blick auf die Show zu werfen. Die jungen Männer und Frauen hatten alle Hände voll damit zu tun, Bestellungen aufzunehmen und randvolle Tabletts durch die Menschenmenge zu balancieren. Pat und Krumme wandten sich an den Mann hinter dem Tresen und erklärten, dass sie ein paar Fragen zum Mord an Marten Schilling hätten.

»Das ist so schrecklich!«, sagte der junge Mann, der sich als Tom vorgestellt hatte, während er weiterhin Getränkebestellungen aufnahm, Bier zapfte und diverse Cocktails mixte. »Wir waren alle total geschockt, als wir von seinem Tod gehört haben.«

»Kannten Sie ihn gut?«, fragte Krumme.

»Das kann man nicht sagen.«

»Aber er war Barkeeper wie Sie?«

»Ja, schon. Aber Marten hat meistens abends gearbeitet. Dann ist alles viel entspannter.«

Krumme verstand, was er meinte. Gerade hatte ihm ein bulliger Typ mit Schirmmütze aus Versehen, aber nicht minder schmerzhaft, den Ellenbogen in die Rippen gerammt.

»Du hast also nicht zur gleichen Zeit wie Marten gearbeitet?«, fragte Pat.

»Nein, habe ich nicht.«

Es war deutlich zu sehen, dass Tom keine große Lust auf ihre Fragen hatte. Immer wieder tauschte er an ihm und Pat vorbei Blicke mit seinen Kolleginnen, die sehr wohl mitbekommen hatten, dass die Kripo wegen des Mordes an Marten im Haus war.

»Gibt es hier jemanden, der ihn besser kannte? Ein Freund, eine Freundin?«

»Wir haben gehört, dass er hier sehr beliebt war?«
Wieder wurde Krumme von dem Kerl mit Schirmmütze gestoßen.

»Marten sehr beliebt?« Tom schnaufte. »Nicht, dass
ich wüsste.«

»Heißt das, er war eher unbeliebt?«

»Was weiß ich? Er war eben ein Kollege, wir haben
zusammen gearbeitet, das war's.« Tom nahm ein volles
Hefeweizen und stellte es auf ein Tablett mit anderen
Getränken. »Hören Sie, ich habe gerade echt keine
Zeit. Sie sehen ja, was hier los ist.«

Eine Kellnerin griff nach dem Tablett. Krumme
nutzte die Gelegenheit, sie ins Gespräch einzubeziehen.

»Wenn Marten Schilling hier schon keine Freunde
hatte – hatte er dann vielleicht irgendwelche Feinde?«

»Feinde?« Tom und seine Kollegin tauschten einen
unsicheren Blick.

Krumme nickte. »Ja, jemand, der ihn nicht ausstehen konnte. Immerhin wurde er nicht weit von hier
erschossen.«

Tom blickte starr vor sich hin, zapfte ein Bier. Man
sah ihm an, dass es in ihm arbeitete. Seine Kollegin
schüttelte den Kopf und verschwand dann schnell mit
ihrem Tablett nach draußen auf die Terrasse.

»Tut mir sehr leid, wir können Ihnen nicht helfen«,
sagte Tom.

»Tom, bitte«, versuchte es Pat noch einmal. »Es geht
um Mord. Jeder Hinweis könnte wichtig sein.«

»Verdammt, wie oft soll ich es noch sagen? Ich weiß
nichts. Tut mir leid.« Er stellte das frischgezapfte Bier

auf ein Tablett, wandte sich dann um und verschwand in einem Hinterzimmer, bei dem es sich offenbar um einen Büroraum handelte.

Pat und Krumme sahen sich an.

»Der weiß mehr, als er zugibt«, sagte Pat.

Krumme zuckte mit den Schultern. »Vielleicht sollten wir wirklich noch mal wiederkommen, wenn es ruhiger ist. Oder wir laden den ganzen Verein zu uns ins Hotel.«

Pat nickte in Richtung des Hinterzimmers. »Kuck mal …«

Durch die halbgeöffnete Tür sahen sie in das Büro. Neben Tom stand ein kräftiger Mann mit blonden, lockigen Haaren und einem gepflegten Dreitagebart. Bei dem Mann handelte es sich offenbar um Toms Vorgesetzten. Gerade hielt er ihm einen kleinen Vortrag, der diesem überhaupt nicht zu gefallen schien.

In diesem Moment bemerkte der Bärtige, dass Krumme und Pat ihn beobachteten. Für einen Moment erstarrte der Mann. Dann wandte er sich ruckartig um, riss eine Seitentür auf – und rannte los!

»Pat!«, rief Krumme, lief um den Tresen herum und stürmte in das Büro, in dem sich jetzt nur noch Tom befand.

»He, was soll das werden?« Tom stellte sich ihm überrascht in den Weg, aber Krumme beachtete ihn gar nicht. Er blickte sich um, sah die offene Tür, die hinaus auf die Galerie und die Treppe zum Strand führte. Er drängelte sich an leeren Getränkekisten und hohen Stapeln mit Aktenordnern vorbei, rannte hinaus auf den Holzsteg.

Und stieß mit Pat zusammen, die den Weg außen herum durch den Restauranteingang genommen hatte.

»Wo ist der Kerl?«, rief Krumme und schob sich an einer Reihe irritierter Gäste vorbei, die vor der Toilette warteten.

»Da lang!« Pat zeigte zum Weg, der auf hohen Stelzen über das Wasser, das jetzt den Pfahlbau umspülte, hinüber zum Strand führte, und lief sofort los. Krumme folgte ihr, so schnell er konnte, aber wieder einmal musste er verwundert feststellen, wie sportlich die auf den ersten Blick etwas behäbig wirkende Pat war. Mit weiten Schritten folgte sie dem Flüchtenden. Anders als sie nahm dieser keine Rücksicht auf die entgegenkommenden Gäste, schubste ein Mädchen brutal zur Seite und trat nach einem Hund, der kläffend nach seinem Bein schnappte.

Krumme war schon nach ein paar Schritten völlig aus der Puste. Seltsam. Er hatte sich durch die Teilnahme an dem Yogakurs zuletzt so fit gefühlt …

»Halten Sie den Mann auf!«, rief er, so laut er konnte. Einige Touristen blieben stehen und schauten sich überrascht um. Aber keiner machte Anstalten, sich dem Mann in den Weg zu stellen, was vielleicht auch besser war bei einem Mordverdächtigen.

Noch konnte Krumme den Flüchtigen sehen. Der Bursche hatte das Ende des Stegs erreicht, lief jetzt durch den tiefen Sand. Aber Pat war ihm dicht auf den Fersen.

Während Krumme schnaufend über den Holzsteg stolperte, sah er, was offensichtlich das Ziel des Mannes war: ein großer sandfarbener Toyota Land Cruiser, der dort als einziger Wagen in der Nähe der letzten Strandkörbe stand.

Hätte Krumme die Augen nur lieber auf dem Weg gelassen, statt nach dem großen Geländewagen zu schauen. So rannte er mit voller Wucht in einen durchtrainierten Hünen in kurzer Hose, der mit seiner Freundin aufmerksam die Kitesurfer beobachtete. Krumme stürzte, schlug hart auf dem Boden auf, stöhnte.

»O je, haben Sie sich verletzt?«, hörte er den Mann wie aus weiter Entfernung fragen. Krumme sah verschwommen, wie der braun gebrannte Riese sich über ihn beugte. Krumme war wie betäubt. Hatte er sich verletzt? Er hatte keine Ahnung.

»Lassen Sie mich vorbei. Er gehört zu mir«, hörte er in diesem Moment eine vertraute Stimme.

Krumme holte tief Luft, sah langsam wieder klarer. Pat kniete neben ihm, sah besorgt zu ihm herab.

»Alles in Ordnung, Theo?«

»Der Flüchtige ...?«, fragte er mit etwas schwerer Zunge. »Hast du ihn erwischt?«

Pat schüttelte den Kopf. »Leider nein. Er ist in sein Auto gesprungen und abgehauen.«

26

Er hätte auch den Bus von der Bahnstation nach Westerhever nehmen können, aber Max fuhr lieber mit dem Fahrrad. An der frischen Luft an einem Sommertag quer durch die grüne Marsch – was gab es Schöneres?

Auf jeden Fall hoffte er, so wieder einen klaren Kopf zu bekommen, das Durcheinander in seinem Inneren zu sortieren. Was war nur los mit ihm? Und mit Niri? Und vor allem mit diesem eigenartigen Amulett?

Um mehr über das sonderbare Ding zu erfahren, hatte er sich in aller Frühe in die Regionalbahn nach Husum gesetzt und war zu diesem Juwelier gefahren, der sich auf seiner Website als große Koryphäe präsentierte. Viel hatte der ihm auch nicht sagen können. Allerdings – die Ratlosigkeit des Juweliers hatte ihm gezeigt, dass mit dem Ding irgendetwas ganz und gar nicht stimmte. Und wie kam der Mann dazu, seinen Fund zu fotografieren, einfach so, ohne zu fragen?

Auch mit seinem eigenen Auftritt war er nicht zufrieden. Er hatte sich alles zurechtgelegt, hatte sich schlaue Antworten auf eventuelle Nachfragen ausgedacht, nur um dann verlegen herumzustottern, als hätte man ihn bei einem Diebstahl ertappt. Und am

Ende war er wie ein verschrecktes Huhn davongelaufen. Wie peinlich!

In Gedanken versunken, fuhr er einen langen, schnurgeraden Landwirtschaftsweg neben einem in der Sonne glänzenden Wassergraben entlang. Hatte er jemals ernsthaft daran gedacht, seinen Fund zu verkaufen?

Nein, niemals, rief eine laute Stimme in seinem Innern, die auf irritierende Weise nicht nach ihm selbst klang. Verwundert hielt Max an. Wieder fragte er sich, was nur mit ihm los war, seit er das Amulett gefunden hatte. Vorsichtig zog er das Schmuckstück aus seiner Hosentasche und schaute es sich erneut an. Der Juwelier hatte ihm wenigstens bestätigt, was er selbst schon geahnt hatte: Bei der Inschrift handelte es sich um ägyptische Hieroglyphen. Er hatte keine Ahnung, was das zu bedeuten hatte, aber eines wusste er: Er würde das Ding niemals verkaufen. Denn während er sich in der Nacht noch mit unheimlichen Visionen geplagt hatte, fühlte er sich jetzt richtig gut, voller Energie und irgendwie – unverwundbar. Dieses Amulett war etwas Besonderes. So besonders, dass es seinen Besitzer, also ihn, ebenfalls zu etwas Besonderem machte. Und dass er der neue Besitzer war, daran gab es keinen Zweifel. Was man im Sand fand, durfte man behalten – so war es seit jeher das Gesetz an der Küste.

Max steckte das Amulett zurück in die Tasche und fuhr weiter. Eben hatte noch die Sonne geschienen, doch ohne dass er es bemerkt hatte, waren Regenwolken aufgezogen. Schon bald fielen die ersten schweren Tropfen. Aber Max kümmerte es nicht. Er fuhr in vollem Tempo laut lachend durch den Schauer, entlang einer Hagebuttenhecke mit weiß leuchtenden Rosen, vorbei an ungläubig glotzenden Schafen und verwundert dreinblickenden Bauern, die auf ihren Treckern über die Felder fuhren.

Es dauerte nicht lange, da überquerte er den Deich und erreichte nach einer weiteren, kurzen Fahrt durch die Salzwiesen den Leuchtturm. Er erinnerte sich an seine Ankunft hier vor ein paar Wochen. Als er das hoch in den Nordseehimmel aufragende Bauwerk mit den beiden Häusern zum ersten Mal sah, war ihm ein ehrfürchtiger Schauer über den Rücken gelaufen. Für ein Jahr war die Wattenmeerstation sein Zuhause, und darauf war Max stolz.

»Na, was hat der Arzt gesagt?«, fragte ihn Mathilda, die im Kräuterbeet arbeitete, als er sein Fahrrad abstellte.

Max sah sie überrascht an. »Der Arzt?«

Mathilda verdrehte die Augen. »Du hast Jürgen gesagt, du warst in Husum. Wegen irgendeiner Allergie, oder was in der Art.«

Max wurde rot. »Ja, klar, der Arzt. Nein, alles bestens. Ist nur die Sonne. Muss mich besser eincremen und so.«

Mathilda nickte zufrieden. »Dann bin ich ja beruhigt.«

Er sah sie überrascht an. War sie etwa ehrlich besorgt um seine Gesundheit? Er wollte gerade in das

Stationshaus gehen, als sie ihn erneut ansprach. »Geh mal zu Jürgen, der wollte dich was fragen!«

»Worum geht's denn?«

Sie lächelte. »Lass dich überraschen.«

Max fand den Vogelkundler und Vertreter des Wattenmeervereins in der Küche, wo er gemeinsam mit Niri Spaghetti bolognese zubereitete. »Hallo mein Lieber«, begrüßte Jürgen ihn, »du kommst gerade rechtzeitig zum Mittagessen.«

»Sieht gut aus.« Max ging zu Niri, die am Herd stand, griff sich einen Löffel und kostete frech von der Soße.

Jürgen sah ihn überrascht an. »Hallo, junger Mann? Warte gefälligst, bis alle am Tisch sitzen.«

»Lecker«, sagte Max und zwinkerte der ebenfalls verwirrten Niri zu.

»Wie war es in Husum?«, wollte Jürgen von ihm wissen.

Max setzte sich an den bereits gedeckten Tisch und streckte zufrieden die Beine aus. Er erzählte den beiden die gleiche Geschichte wie Mathilda. Jürgen freute sich. »Sehr gut, dann bist du heute ja einsatzfähig.«

Er nickte. »Sag mir einfach, was ich tun soll. Ich mache alles mit.«

Jürgen grinste. »Gut zu wissen.«

Niri sah Max verwundert an. »Alles in Ordnung mit dir?«

»Ja klar. Was sollte nicht in Ordnung sein?«

»Du bist irgendwie so anders, so … aufgedreht.«

Er betrachtete sie lächelnd, freute sich über ihre Unsicherheit ihm gegenüber, wandte sich dann aber wieder Jürgen zu. »Mathilda meint, du wolltest mich sprechen?«

»Dich und die anderen. Holst du die Bande? Das Essen ist fertig.«

Kurz darauf saßen alle am Tisch. Wie immer ging es recht laut zu. Alle redeten durcheinander. Tilmann nahm sich gleich eine doppelte Portion und beklagte sich, dass Tomaten in der Soße waren.

»Bolognese ist immer mit Tomaten«, erklärte Niri.

»Aber ich mag keine Tomaten.«

»Hast du etwa noch nie Spaghetti bolognese gegessen?« Max sah ihn staunend an.

»Natürlich. Zu Hause oft.«

»Und deine Mutter macht die Soße ohne Tomaten?« Jürgen wollte es nicht glauben.

Tilmann verzog mürrisch den Mund. »Na doch. Aber sie macht die Soße mit dem Mixer. Dann werden die matschigen Tomaten so klein, dass man sie nicht mehr als Tomate erkennen kann.«

Allgemeines Stöhnen und Gelächter.

Jürgen schüttelte den Kopf und wünschten allen einen guten Appetit.

»Also«, sagte er schließlich, als alle schweigend kauten, »ich habe eine gute und eine nicht so gute Nachricht für euch.«

»Zuerst die nicht so gute«, rief Max.

»Wir müssen es irgendwie hinkriegen, den Ausstellungsraum morgen an einem Tag zu streichen.«

»Ich dachte, wir fangen heute schon damit an?«, sagte Tilmann mit vollem Mund.

»Ja, das war der Plan«, sagte Jürgen. »Aber auf vielfältigen Wunsch habe ich beschlossen, erst morgen damit anzufangen. Wenn wir uns alle anstrengen, sollten wir es an einem Tag schaffen.«

»Und heute?«, fragte Max.

Jürgen sah in die Runde. »Heute schließen wir die Bude ab und machen alle gemeinsam einen Ausflug an den Strand nach St. Peter-Ording.«

»An den Strand?« Max horchte auf.

Jürgen zeigte auf die verlegen lächelnde Niri. »Diese junge Dame hat mich darüber informiert, dass heute der entscheidende Wettkampf beim Kitesurfen stattfindet und dass sie sogar einen besonderen Favoriten hat. Den müssen wir natürlich unterstützen.«

Tilmann sah überrascht zu Niri. Mathilda lächelte, sie wusste schon Bescheid. Max wechselte einen Blick mit ihr. Sie nickte ihm freundlich zu.

»Geil«, sagte Tilmann, »ich bin dabei.«

»Ihr wart wirklich fleißig letzte Woche«, erklärte Jürgen, »da dachte ich, ihr habt ein bisschen Erholung verdient. Nicht, dass ihr später erzählt, dass ihr in eurem FÖJ nur schuften musstet.«

Max räusperte sich. »Ich glaube, ich würde lieber schon mal mit dem Streichen anfangen.«

Niri sah ihn mit großen Augen überrascht an. »Wieso das denn?«

»Na ja, ich war schon gestern da.«

»Und fandest du es nicht interessant?«, wollte Jürgen wissen.

»Doch, schon. Aber so aufregend nun doch nicht, sorry, Niri.«

Für einen Moment herrschte Stille. Nur Tilmann zog schlürfend eine Spaghettinudel ein.

»Das tut mir leid, Max. Niri hatte mir erzählt, dass es gestern sehr lustig gewesen sein soll.«

»Ja, sehr lustig«, sagte Max und legte dabei seine Hand auf die Hosentasche, in der sich das Amulett befand.

»Bitte, komm doch mit!«, sagte Niri, die ihm mit einem betont traurig-süßen Lächeln zu überzeugen versuchte, seine Meinung zu ändern.

Max presste die Lippen zusammen und schwieg. Hielt sie ihn für blöd? Nach allem, was gestern passiert war?

Jürgen holte Luft. »Schön, dass du so offen bist, Max. Aber ich würde mich trotzdem freuen, wenn du mitkommst. Anschließend wollte ich euch nämlich in die Pizzeria in Bad einladen.«

»O ja, super«, freute sich Tilmann.

Max sah Jürgen an. »Gibt's einen Anlass?«

Jürgen zögerte, blickte dann zu Mathilda, die ihre Brille auf der Nase hochschob und ihm zustimmend zunickte. »Ja, den gibt es. Mathilda hat heute Geburtstag. Und das würde ich gern gemeinsam mit euch feiern.«

Allgemeines Hallo bei allen. Das hatte niemand gewusst, auch Niri nicht. Sie umarmte ihre Freundin, und Max und Tilmann gratulierten ihr ebenfalls.

»Willst du wirklich nicht mitkommen?«, fragte Mathilda und kratzte sich enttäuscht am Arm.

»Aber natürlich kommt er mit«, sagte Niri und griff nach Max' Hand. »Oder?«

Max zuckte zusammen. Es war, als hätte er einen Stromschlag bekommen. Verwirrt blickte er auf Niris Hand, die seine weiterhin festhielt. Eine wohlige Wärme durchströmte ihn, und diesmal ging sie nicht von dem Amulett aus.

27

Noch am Strand hatte sich ein DLRG-Sanitäter Krummes Kopf angesehen und zum Glück keine ernsthafte Verletzung festgestellt. Anschließend hatten Pat und Krumme fünf Mitarbeiter aus dem Poseidon zum Verhör ins Hotel gebeten. Tom, der Kellner, musste ihnen dazu die Namen der Kollegen geben, die in der Mordnacht gearbeitet hatten.

Wie sich herausstellte, handelte es sich bei dem Flüchtigen um Geert Viersen, den Besitzer und Geschäftsführer des Poseidon. Sein Wagen wurde kurz nach seinem spektakulären Abgang in der Nähe des Kurzentrums gefunden, von ihm selbst keine Spur. Auch in seiner exklusiven Loftwohnung in St. Peter-Bad tauchte er nicht auf. Krumme gab eine Fahndung nach Viersen raus.

Im Konferenzzimmer des Hotels vernahmen Pat und Krumme als Erstes Tom, den Kellner. Sie wollten mehr über seinen Chef erfahren. Hatte er etwas mit dem Mord zu tun? Und der Tote – was für ein Mensch war er wirklich gewesen?

»Ein Idiot«, sagte Tom, ohne zu zögern. »Hat immer so getan, als wenn die Leute nur seinetwegen in die Bar kommen.«

»Tatsächlich schien er seine Fans gehabt zu haben«, erwiderte Krumme und erzählte von dem Zettel aus Martens Brieftasche. Dennis und Steffi hatten die Nummer, die darauf stand, rekonstruieren können und auch schon angerufen. Wie vermutet, handelte es sich um zwei junge Verehrerinnen. Steffi hatte sie ebenfalls zum Gespräch ins Soko-Büro vorgeladen.

»Marten und seine Frauengeschichten. Das hat Geert total genervt. Statt zu arbeiten, hat er ständig mit jungen Mädchen und auch älteren Frauen rumgemacht und hinterher damit angegeben«, fuhr Tom gereizt fort. »Dabei war er eigentlich überhaupt nichts Besonderes. Barkeeper stehen immer im Mittelpunkt. Selbst ich kriege ab und zu Telefonnummern zugesteckt.«

»Aber Marten hatte ja schon eine Freundin. Insa Clausen.«

Tom verdrehte die Augen. »Mit der hat er auch angegeben. Dass er wegen der eigentlich gar nicht mehr arbeiten müsste. Ist immer mit ihrem Cabrio durch die Gegend gefahren.«

»Ist zwischen Herrn Viersen und Marten Schilling irgendetwas vorgefallen?«, wollte Krumme wissen. »Ist es zum Streit gekommen?«

Tom antwortete nicht gleich, wich ihren Blicken aus und schaute aus dem Fenster in den Hotelgarten, dann nickte er. »Ja, am Sonntagabend.«

»Worum genau ging es dabei?«

»Ich weiß nicht, ich war nicht dabei.«

»Ach ja? Ein Streit, kurz darauf ein Toter, und Sie haben nicht mit den Kollegen darüber gesprochen?«

»Ging wohl irgendwie um Geld. Aber mehr weiß ich wirklich nicht, ich schwöre.«

»Und weiter?«

»Na ja, Geert hat Marten wohl ziemlich runtergemacht, vor allen Leuten. Und später war Marten tot. Klar, dass Geert Angst hatte, dass man ihm die Sache anhängt.«

Ihre nächste Zeugin war Pamela Laurens, die Kellnerin. Im Gegensatz zu Tom hatte sie in der Mordnacht im Poseidon gearbeitet. Sie schien Marten gemocht zu haben.

»Klar war Marten ein bisschen eingebildet. Aber ich fand ihn sehr charmant, und er konnte sehr witzig sein.«

»Wissen Sie, ob er Affären mit anderen Frauen hatte?«, wollte Krumme wissen.

»Anderen als seiner Millionärstussi?«

Er nickte.

»Keine Ahnung. Mit mir jedenfalls nicht. Was ich schade finde.« Pamela Laurens grinste. »So ein gut aussehender Mann.«

»Herr Viersen soll sich in der Mordnacht mit Marten Schilling gestritten haben?«

»Keine Ahnung. Der Laden war voll, der totale Stress, da bekommt man so was nicht unbedingt mit.«

»Wirklich nicht?«, fragte Krumme.

Pamela Laurens betrachtete ihre Fingernägel. Sie seufzte. »Ja, da war wohl irgendwas mit der Abrechnung.«

Pat meldete sich zu Wort. »Hör zu, wir können uns

denken, dass du nichts Schlechtes über deinen Chef sagen willst. Aber hier geht es um Mord.«

Pamela Laurens stöhnte. »Also gut. Geert hat Marten vorgeworfen, dass er in die Kasse gegriffen hat.«

»Marten soll Geld gestohlen haben?«

»Ich hab nichts gesehen. Aber Geert offenbar, hat er zumindest gesagt. Klar war er deshalb sauer.«

»Und hat was gemacht?«, fragte Krumme.

»Na ja, er hat ihn zur Rede gestellt.«

»Hat Herr Schilling die Sache zugegeben?«

»Nein, hat er nicht. Da ist Geert eben ausgeflippt.«

»Was hat er gesagt?«

Pamela Laurens zuckte mit den Schultern. »Da müssen Sie schon Geert fragen. Ich war, wie gesagt, nicht dabei. Geert hat ihn in die Küche geschoben, weg von den Kunden, und hat ihn rundgemacht.«

Als sie gegangen war, sah Krumme auf seine Liste und bat als Nächstes den Koch herein. Dimitri Below war ein kräftiger Mann mit Glatze und Vollbart. Als er sich setzte, verschränkte er die tätowierten Arme vor der Brust und sah sie missmutig an.

»Was soll das hier werden? Geert hat nichts getan.«

»Herr Below, können Sie bestätigen, dass es bei Ihnen in der Küche am Sonntagabend zu einem Streit zwischen Geert Viersen und Marten Schilling gekommen ist?«, fragte Krumme.

Below zuckte mit den breiten Schultern. »Ein ganz normales Gespräch zwischen Chef und Angestelltem.«

»Wir haben Zeugen, die bestätigen, dass man die laut geführte Auseinandersetzung bis in den Gastraum hören konnte«, behauptete Krumme, auch wenn das so keiner gesagt hatte.

»Okay, ein bisschen lauter ist es schon geworden.«

»Marten soll Geld gestohlen haben?«, fragte Pat.

Below nickte nur.

»Kannten Sie ihn gut?«

»Wir haben zusammengearbeitet.«

»Würden Sie sagen, Sie waren Freunde?«

»Nein, dieser Arsch war nicht mein Freund!«

»Fanden Sie es gut, dass Ihr Chef ihn etwas härter rangenommen hat?«

Below schüttelte abwehrend den Kopf. »Sie wollen Geert was anhängen, aber das können Sie vergessen.«

»Wie sind die beiden am Ende auseinandergegangen?«, warf Pat ein.

Below sah sie an. »Freunde sind sie an dem Abend jedenfalls nicht geworden.«

»Hat Marten seinen Fehler zugegeben?«, meldete Krumme sich wieder zu Wort

»Nee. Der Kerl war total aggressiv, ganz anders als sonst, keine Ahnung, warum. Als wenn er auf Drogen war. Er hat Geert beschimpft, nicht umgekehrt.«

Krumme und Pat sahen sich nachdenklich an.

Krumme fuhr fort: »Herr Viersen hat trotzdem nicht die Kontrolle verloren?«

»Natürlich war er sauer. Aber sonst nichts.«

Der Koch presste die Lippen aufeinander, hielt ihren forschenden Blicken stand.

»Er hat sich nicht provozieren lassen? Obwohl Marten ihn beschimpft hat? Und obwohl er Marten dabei erwischt hat, wie er Geld aus der Kasse genommen hatte?«

Dimitri Below kratzte sich an seinem Bart, atmete schwer, sagte aber nichts.

Krumme räusperte sich. »Also, wir haben Herrn Viersen heute als recht ... impulsiv erlebt. Ich kann mir nur schwer vorstellen, dass er sich so eine Frechheit gefallen lassen würde ...«

»Hat er auch nicht, verdammt noch mal«, platzte es aus Below heraus. »Geert ist auf ihn los, wollte ihn sich vorknöpfen. Wenn ich nicht dazwischengegangen wäre, dann ...«

»Dann hätte er Marten vielleicht umgebracht?«, beendete Pat seinen Satz.

Der stämmige Koch seufzte. »Nein. Vielleicht hätte er ihm eine verpasst. Aber Geert ist kein Mörder. Niemals!«

Krumme und Pat sprachen nach dem Koch noch mit zwei weiteren Kellnerinnen, erfuhren aber von ihnen nichts wesentlich Neues.

Dennis und Steffi vernahmen unterdessen in einem kleinen Nebenzimmer die zwei Mädchen, die Marten Schilling ihre Telefonnummer auf die Rechnung geschrieben hatten. Eine Arbeit, die vor allem dem jungen Polizeimeister zu gefallen schien. Als er kurz bei ihnen vorbeigesehen hatte, um zwei Wasserflaschen zu holen, hatte er vor Aufregung ganz rote Wangen gehabt.

Pat und Krumme sortierten ihre Unterlagen, nachdem sie die Verhöre beendet hatten.

»Also suchen wir den Mörder vorerst nicht verstärkt im Familien- oder Freundeskreis?«, fragte Pat, nachdem sie ihre Computerdateien mit den neuen Informationen aktualisiert hatte.

»Erst mal müssen wir diesen Viersen finden. Das hat höchste Priorität. Ich hoffe, die Fahndung hat Erfolg. Nicht, dass sich der Kerl nach Dänemark absetzt.«

Die Tür ging auf. Dennis und Steffi kamen aus dem Nebenzimmer zurück.

»So, fertig«, stöhnte Dennis. »War ein ganz schönes Stück Arbeit.«

»Habt ihr was herausgefunden?«, fragte Krumme.

Steffi streckte den Rücken. »Na ja, wir haben jetzt durchaus ein Bild davon, was für ein Mensch dieser Marten war.«

»Nämlich?«

»Ein ziemlicher Draufgänger und cooler Typ«, sagte Dennis grinsend.

Steffi schüttelte den Kopf. »Ein Angeber und Frauenheld.« Sie stellte ihren Laptop auf ihren Platz. »Und zumindest Letzteres trifft auch auf meinen jungen Kollegen hier zu.« Sie stieß Dennis freundlich in die Seite.

»He, was kann ich dafür, dass mich eine der Frauen die ganze Zeit so angesehen hat?« Er grinste.

Steffi schüttelte den Kopf. »Eine der *Frauen*? Die Kleine war gerade mal volljährig!«

Sie setzte sich an den Tisch, sah zu Krumme. »Ich kann dir das Verhörprotokoll ausdrucken. Oder willst du es am Computer lesen?«

Krumme verzog den Mund. Anders als bei seinen Kollegen lag vor ihm ein großer Papierstapel auf dem Tisch. Er hasste es, am Computer zu lesen. »Wie viele Seiten sind es denn?«, erkundigte er sich verlegen.

In dem Moment klopfte es, und die Tür zu ihrem Konferenzzimmer ging auf. Herein kam ein Mann in einem dunklen Anzug und einem weißen, offenen Hemd, in der Hand eine schmale Aktentasche.

Ihm folgte ein großer, kräftiger Mann mit Dreitagebart, ebenfalls in Anzug und weißem Hemd. Geert Viersen!

»Guten Tag«, sagte der Mann mit der Aktentasche und legte eine Visitenkarte vor Krumme auf den Tisch. »Fischer, mein Name, Anwalt. Meinen Mandanten, Herrn Viersen, kennen Sie ja wohl bereits.«

Krumme nickte, wollte etwas sagen, doch der Anwalt fuhr bereits fort.

»Wenn ich richtig informiert bin«, sagte er, »suchen Sie meinen Mandanten im Rahmen Ihrer Ermittlungen in einem Mordfall?«

Krumme räusperte sich. »Allerdings.«

Fischer nickte. »Wir sind hier, weil sich Herr Viersen stellen möchte.«

»Tatsächlich?« Krumme sah zu dem Geschäftsführer der Strandbar, der in der Mitte des Raums neben seinem Anwalt stand und betreten zu Boden sah.

»Tatsächlich«, bestätigte Fischer. »Aber ich möchte Sie jetzt schon darauf hinweisen, dass alles nur ein Missverständnis ist. Herr Viersen hat mit dem Mord nichts zu tun. Er ist unschuldig.«

28

Und wieder stand Max am Strand von St. Peter-Ording. Erneut vor dem Zeltlager der Kitesurfer, aber dieses Mal mit seinen Freunden von der Wattenmeerstation. Heute fand der Masters-Wettbewerb statt. Es herrschte daher noch viel mehr Betrieb als am Vortag. Es war Flut. Während sich das Wasser bei Ebbe bis zum Horizont zurückzog, klatschten die hohen Wellen jetzt nicht weit vorm Lager auf den Strand. Der nahe Pfahlbau, auf dem sich das Poseidon befand, war zu einer Insel mitten im Meer geworden.

Der Wind hatte aufgefrischt. Die Zeltfahnen knatterten ohrenbetäubend laut. Heftige Böen rauschten flach über den breiten Strand. Wolken aus funkelndem Sand begruben die bunten Kite-Drachen, die schon für den Wettkampf bereitlagen, fast komplett unter sich.

Ideale Bedingungen für die Kitesurfer. In den Wellen konnten sie all ihre Skills zeigen, dabei immer wieder hoch in den Himmel springen und endlos lange Strecken durch die Luft segeln. Die Menschen hingegen, die den Wettbewerb vom Ufer aus verfolgten, mussten sich immer wieder abwenden, denn die Sandkörner hagelten ihnen mitunter hart ins Gesicht und gegen die nackten Beine. Aber wer wollte sich bei diesem einmaligen Panorama beschweren? Das wilde, laut brausende Meer, die spritzende Gischt, die mit den Wellen kämpfenden Sportler, darüber die im Wind tanzenden Kite-Schirme, umgeben von eifersüchtig kreischenden Möwen.

Max hockte bei den anderen im warmen Sand. Selbst er musste zugeben, dass der Anblick spektakulär war. Trotzdem tat er alles, um seine Begeisterung zu verbergen.

Was ihm nicht schwerfiel. Lag es daran, dass er die rechte Hand in der Tasche seiner kurzen Hose hatte und ununterbrochen das Amulett fest umschlossen hielt?

Immer wieder flackerten für kurze Momente die schrecklichen Bilder der letzten Nacht in seinem Innern auf. Brennende Zelte, das Poseidon in hellen Flammen. Selbst die Schirme der Kiter loderten wie Fackeln vor dem Himmel, und über den Strand spazierten dunkle, gesichtslose Schatten.

Ein sanfter Stoß gegen die Schulter ließ ihn zusammenzucken.

Niri.

»Ist das nicht toll?«, fragte sie und zeigte begeistert auf die stürmische See.

Max nickte verwirrt. Wieso suchte Niri heute immer wieder den Kontakt zu ihm? War es das schlechte Gewissen wegen der Demütigung, die er gestern in Gegenwart dieses dämlichen Louis erleiden musste? Glaubte Niri, sie konnte es wiedergutmachen, wenn sie ihn ständig anlächelte?

Auf der Radfahrt von Westerhever zum Strand war er besonders abweisend zu ihr gewesen. Um ihr zu zeigen, dass er es satthatte, ihr Spielzeug zu sein. Ihr gutmütig doofer Kumpel.

Dabei hatte Niri den anderen die ganze Zeit erzählt, wie toll ihr gestriger Ausflug gewesen war. Wie spannend Kitesurfen und wie großartig das Zeltlager der Sportler wäre. Und ausgerechnet er sollte als Kronzeuge für ihre Geschichte herhalten. Max war total sauer. Merkte sie nicht, wie peinlich das alles war?

Am Strand angekommen, hatte Niri gleich versucht, ihren Freunden Louis vorzustellen. Doch dieses Mal war er nicht so nett zu ihr gewesen, sondern nur mit kurzem Gruß an ihnen vorbeimarschiert.

»Ist doch klar«, hatte Niri ein bisschen verlegen erklärt, »er muss sich auf den Wettbewerb konzentrieren.«

»O mein Gott, sieht der süß aus«, hatte Mathilda Niri gesagt. Die hatte stolz übers ganze Gesicht gestrahlt. Max hätte am liebsten laut aufgeschrien.

Nun saßen sie zusammen mit vielen anderen Zuschauern am Strand. Sie waren genau zum richtigen Zeitpunkt gekommen. Louis hatte bereits einige Runden überstanden und jetzt das Halbfinale erreicht. Nur noch ein Sieg, und er kämpfte um den Titel des deutschen Meisters.

Dann war es endlich so weit, der Wettkampf begann. Auf dem Steg, der zur Poseidon-Bar hinaufführte, konnte Max viele jubelnde Zuschauer sehen, die extra zum Wettkampf gekommen waren.

Etwas war seltsam. Während Max sich umblickte, hatte er plötzlich das Gefühl, als ob ihn jemand beobachtete. Was hatte das zu bedeuten? Hatte es auch mit dem Amulett zu tun? Fast befürchtete er, jeden Moment eines der schwarzen Phantome aus seinem Albtraum in der Menschenmenge zu erblicken. Das war natürlich Quatsch, aber dennoch ...

Tilmann riss ihn aus seinen Gedanken. »Es ist so weit!«, rief er.

Max sah zum Trainingslager der Kitesurfer. Louis war aufgetaucht und ging Richtung Meer. Max atmete tief durch und betrachtete Niris Freund. Louis wirkte ganz ruhig, als er mit seinem Board in die Wellen ging. Von Nervosität keine Spur.

Jürgen wandte sich an die aufgeregt herumspringende Niri: »Kannst du uns vielleicht erklären, wie so ein Wettkampf abläuft?«

»Oh, das ist ganz einfach. Es treten immer zwei Surfer in einem Heat gegeneinander an. Louis tritt in der Freestyle-Klasse an. Die ist am coolsten, finde ich. Beide haben sieben Minuten Zeit, um hier in den Wellen zu zeigen, welche Tricks sie draufhaben. Die Jury sitzt dahinten in den kleinen Booten, die bewerten die Performance und geben Punkte.«

»Ist es nicht viel zu stürmisch für so einen Wettbewerb?«

»Stimmt«, sagte Niri, »heute ist wirklich ein bisschen viel Wind. Das liegt nicht jedem. Aber Louis hat schon in Australien gesurft, der kann gar nicht genug Wellen haben.«

»Woher weißt du das alles?«, fragte Tilmann. »Kannst du auch Kitesurfen?«

Niri wurde rot. »Nein«, sagte sie, »ich kenne ein bisschen die Regeln. Ich kann nur etwas Windsurfen. Louis hat mir das gestern alles erzählt.«

Ein Signal ertönte. Der Startschuss. Max sah, wie Louis und sein Gegner nebeneinander durch das tosende Meer rasten. Es war unglaublich: Wie konnten sie sich nicht nur auf den Brettern halten, sondern dabei auch noch den Kite-Drachen lenken und kontrollieren und dazu die verrücktesten Tricks zeigen? Bei jedem tollkühnen Sprung gab es begeisterten Applaus vom Publikum.

Aber für Max war die eigentliche Attraktion nicht die Vorstellung der Surfer, sondern die aufgeregte Niri.

»Habt ihr gesehen? Ein doppelter Heart Attack«, jubelte sie atemlos. »Ein Hinterberger! Wie geil! Und kuckt mal – das war ein Frontline«, rief sie gegen den Sturm an.

Max sah, wie sie mit ihren braun gebrannten Beinen durch den Sand sprang, wie der stürmische Wind in ihre dicken schwarzen Locken fuhr. Wie glücklich sie war. Wie unglaublich schön. Aber ihre ganze Aufmerksamkeit galt jetzt einzig und allein Louis! Völlig unvorstellbar, dass sie ihn, Max, jemals mit so viel Hingabe, Zuneigung und – ja – Liebe betrachten würde. Schmerzhaft wurde ihm bewusst, dass er niemals eine Chance bei ihr haben würde. In ihrem Herzen war kein Platz für ihn, sondern nur für Louis, egal, was er für ein Arsch war.

Max ballte die Hände zu Fäusten, verzweifelt und wütend. Wie hatte er nur so dumm sein können, sich immer wieder Hoffnung zu machen?

Das Publikum am Strand und auf dem Steg des Poseidon jubelte ununterbrochen. Auch Louis' Gegner war natürlich ein klasse Surfer, aber Max brauchte kein Experte zu sein, um zu hören, dass die »Ohs« und »Ahs« bei Louis viel lauter und zahlreicher über den Strand hallten. Max hatte keine Zweifel, dass er gewinnen und am Ende Deutscher Meister werden würde. Immer wieder erhob er sich über die Wellen, drehte sich und trotzte auf unglaubliche Weise der Schwerkraft.

Max hasste ihn. Dieser eingebildete Mistkerl. Er war schuld, dass er nie eine Chance bei der Frau seiner Träume haben würde.

Wieder setzte Louis zu einem Sprung an, erhob sich in die Lüfte, immer höher und höher in den Himmel. Max sah, wie Niri verzückt die Hände an den Mund legte. Ihre Augen glänzten.

Verrecken sollst du!, rief Max Louis in Gedanken zu, seine rechte Hand so fest um das Amulett, dass es schmerzte.

Und dann geschah es. Für einen Augenblick standen die Wolken in roten Flammen, mittendrin Louis mit seinem brennenden Segel. Eine heftige Windböe packte ihn, hob ihn mit seinem Board weiter in die Höhe. Vor der staunenden Menschenmenge trug sie ihn fort – in Richtung des Pfahlbaus, auf dessen Steg man das Kreischen der vor allem weiblichen Fans hörte. Laute Schreie hallten auch über den Strand.

Für einen Augenblick schien es Max, als würde er alles in Zeitlupe sehen. Mit einem hässlichen, dumpfen Knall krachte Louis mit seinem Board gegen das Holzgerüst des Poseidon. Stürzte regungslos in die stürmischen Fluten der Nordsee und verschwand in den Wellen, die vor dem Pfahlbau in die Höhe spritzten.

29

Ihre Lieblingsbank stand oben auf dem Deich, bei den Dünen, vor denen sie am Horizont das stürmische Meer sehen konnte. Auf der anderen Seite blickte sie auf die Ferienhäuser von Ording hinab. Ettje liebte diesen Ort. Sie kam oft hierher, wenn sie zwischen den Kursen etwas Ruhe brauchte und die Zeit nicht für einen Strandspaziergang reichte. Spaziergänger gab es an dieser Stelle des Deiches nur wenige. Die Übergänge zum Dünenweg und dem Strand befanden sich ein gutes Stück weiter Richtung Süden.

Sie lehnte sich zurück, schaute zu den Drachen der Kitesurfer, die in der Ferne im stürmischen Wind hin und her rasten.

Ettje war aufgeregt und erschöpft zugleich. Sie hatte in der letzten Nacht kaum geschlafen. Noch lange hatte sie überlegt, was sie tun sollte. Die Polizei rufen? Oder wenigstens die Geschäftsführung des Hotels informieren? Aber sie hatte noch mal nachgeschaut: Wer auch immer bei ihr im Zimmer gewesen war, gestohlen hatte er nichts.

Und nun das Treffen mit Markus Clausen ...

Ausgerechnet er. Nach all den Jahren meldete er sich gerade jetzt bei ihr. Das konnte kein Zufall sein.

Martens Tod, der Einbruch, sie war sicher, dass das irgendwie zusammenhängen musste.

Sie zog eine Flasche Wasser aus ihrer Tasche und trank einen Schluck. Nachdenklich beobachtete sie eine Frau mit einem Kinderwagen, die ihr weinendes Baby in den Armen wiegte, als sie ein Räuspern neben sich hörte. Sie drehte sich um. Vor ihr stand ein schlanker Mann um die fünfzig in Jeans und einer schwarzen, teuer aussehenden Windjacke. Seine Haare waren vom Wind zerzaust. Seine grauen Augen hinter den Brillengläsern wirkten müde. Offenbar hatte auch er eine unruhige Nacht hinter sich.

Markus Clausen lächelte verlegen. »Moin Ettje.« Er zeigte auf den leeren Platz neben ihr. »Darf ich?«

Sie nickte. Er setzte sich auf die Bank. Für einen Moment starrten sie beide in die Dünen.

»Freut mich, dich endlich ... persönlich kennenzulernen, Ettje«, sagte er schließlich. »Du kannst dir nicht vorstellen, wie oft ich in all den Jahren an dich gedacht habe.«

Ettje verzog das Gesicht. »Tut mir leid, ich habe nicht viel Zeit. Ich muss gleich zu meinem Kurs.«

»Ich weiß, Yoga. Finde ich toll. Ich hab schon viel Gutes über dich und deine Kurse gehört.« Er sah sie an. »Ich darf doch du sagen, oder?«

»Wenn es Ihnen nichts ausmacht, dass ich beim Sie bleibe?« Ettje presste die Lippen aufeinander, wollte ihm nicht ins Gesicht sehen. Sie hielt ihre zitternden Hände fest, hatte Angst, dass er bemerkte, wie aufgeregt sie war.

Er nickte langsam. »Natürlich. Verstehe.«

Wieder schwiegen sie. Eine Böe erfasste ihre Haare, wirbelte sie durcheinander. Ettje strich sie zurück.

»Ganz schön stürmisch heute«, sagte Markus Clausen überflüssigerweise. Er räusperte sich erneut. Dann schien er endlich zur Sache kommen zu wollen. »Du bist bestimmt überrascht, dass ich mich nach so langer Zeit bei dir melde?«

Ettje machte eine vage Bewegung mit der Hand.

»Hör zu, ich will mich nicht entschuldigen, aber was damals ...«

»Bitte nicht«, unterbrach sie ihn.

Er verstummte, sah sie unsicher von der Seite an.

»Ich will nicht darüber reden, was damals passiert ist«, fuhr Ettje fort. »Und das ist bestimmt auch nicht der Grund für dieses Treffen, oder?«

Er seufzte. »Nein, allerdings nicht. Aber ...«

»Geht es um Marten?«

Markus Clausen nickte. »Eine sehr traurige Geschichte«, sagte er leise.

»Ach ja? Er hat mir erzählt, dass Sie ihn nicht ausstehen konnten.«

»Wir waren nicht unbedingt gute Freunde, das stimmt. Trotzdem, so ein Ende ...«

»Jemand soll ihm in den Kopf geschossen haben.«

»Ja.«

Zum ersten Mal drehte Ettje sich zu ihm. »Wissen Sie, wer es war?«

Er schüttelte energisch den Kopf. »Nein, keine Ahnung.«

Konnte sie ihm trauen? Sie wusste es nicht.

Ettje blickte erneut Richtung Meer. In der Ferne blinkte jetzt ein Blaulicht. Ein Krankenwagen fuhr in hohem Tempo am Strand entlang. Hatte es einen Unfall gegeben?

»Ich weiß … dass du Marten gut kanntest«, sagte Clausen vorsichtig.

»Woher?« Ettje sah ihn erschrocken an.

»Er hat es mir verraten.«

»Sie haben gesagt, Sie waren keine Freunde gewesen?«

»Waren wir auch nicht. Trotzdem.«

Ettje war verwirrt. Sie überlegte, was das zu bedeuten hatte. »Hat Insa Sie geschickt?«

»Insa? Nein, um Gottes willen, natürlich nicht.«

»Sie hat keine Ahnung, dass ich …?«

Er schüttelte den Kopf. »Nein. Und das sollte sie auch nicht.«

»Weiß noch irgendjemand Bescheid?«

Er zögerte. »Nein. Niemand.«

Wieder warf sie ihm einen Blick zu. Eine Lüge, da war sie sicher.

»Sind Sie gekommen, um mir Vorwürfe zu machen?«

»Was? Nein, Ettje! Ich bin der Letzte, der dir irgendeinen Vorwurf machen wird. Oder der das Recht hätte, dir Vorwürfe zu machen.«

»Ach ja? Insa ist schließlich Ihre Tochter.«

»Ja. Aber bei allem, was Marten angeht, halte ich mich raus.« Er schwieg einen Moment. »Außer …«

»Außer was?«

Er überlegte, schien die richtigen Worte zu suchen.

Schließlich gab er sich einen Ruck. »Ettje, es geht um Folgendes. Marten ... er hat uns, der Familie, etwas gestohlen. Etwas, das uns sehr wichtig ist.« Er sah ihr direkt in die Augen. »Weißt du etwas darüber? Hat er dir irgendwas erzählt?«

»Sie glauben, Marten war ein Dieb?«

Er seufzte. »Ich glaube es nicht, ich weiß es. Er hat es zugegeben.«

Sie starrte ihn ungläubig an. Wieder wirbelte eine Böe ihre Haare durcheinander, doch sie ließ den Wind gewähren. »Keine Ahnung, wovon Sie sprechen«, sagte sie

»Ettje, er hat uns erpresst. Er wollte Geld von uns. Viel Geld.«

»Und was wollen Sie jetzt von mir?«, fragte sie. Langsam verlor sie die Geduld. Er sollte endlich mit der Sprache herausrücken.

»Ich möchte wissen, ob er dir etwas verraten hat. Oder ob er dir eventuell etwas – gegeben hat ...«

Ihr schwindelte plötzlich. Sie musste an den Einbruch denken.

»Waren *Sie* etwa gestern in meinem Zimmer? Und haben meine Sachen durchsucht?«

Markus Clausen blinzelte hinter seiner Brille. Weil sie ihn ertappt hatte? Oder weil er nicht verstand, worum es ging?

Dann schüttelte er den Kopf. »Ettje, bitte, sag mir die Wahrheit. Hat Marten dir vor seinem Tod etwas gegeben? Ein kleines Paket vielleicht.«

»Nein, verdammt, nichts! Er hat mir nichts gesagt und auch nichts gegeben! Worum genau geht es hier eigentlich? Was hat Marten denn so Wertvolles gestohlen?«

Er musterte sie mit seinen müden Augen. Seine Schultern sanken herab. »Das kann ich dir leider nicht sagen.«

»Sie vertrauen mir nicht?«

»Nein, das ist es nicht.«

»Dann sagen Sie mir endlich die Wahrheit.«

»Das geht leider nicht.«

Sie stöhnte. »So ist das also. Sie zitieren mich hierher, nur um mir zu unterstellen, ich würde mit einem Dieb unter einer Decke stecken?«

»Nein, Ettje, ich wollte nur …«

»Oder sogar zu behaupten, ich wäre selbst eine Diebin. Dabei waren Sie es, der bei mir eingebrochen ist, um mich zu bestehlen!«

»Nein!« Sie schaute ihm in die müden Augen, sah Verzweiflung und Angst. Ein Getriebener. Aber trotzdem hatte er ihr Mitleid nicht verdient.

Ettje stand auf. »Tut mir leid, aber ich muss gehen. Mein Kurs wartet. Ich habe hier schon viel zu viel Zeit verschwendet.«

30

»In Ordnung, Herr Viersen, das war's erst einmal«, sagte Krumme, nachdem er sich bei Pat mit einem Nicken vergewissert hatte, dass auch sie keine Fragen mehr hatte. »Sie können gehen. Aber ich muss Sie bitten, St. Peter-Ording nicht zu verlassen.«

»Was ist mit meinen Mitarbeitern? Können die wieder an ihre Arbeit zurückkehren?«, fragte der Geschäftsführer des Poseidon.

»Ja, können sie. Aber Ihre Kollegen sind gebeten, sich ebenfalls zu unserer Verfügung zu halten. Falls es noch Fragen gibt.«

Die beiden Männer standen auf. Aber der Anwalt hatte noch etwas auf dem Herzen. »Ich setzte Sie im Übrigen davon in Kenntnis, dass wir Ihnen die entgangenen Einnahmen für heute Nachmittag vollumfänglich in Rechnung stellen werden«, verkündete er.

»Wie bitte?«

»Herr Viersen ist unschuldig. Die Hälfte der Mitarbeiter aus dem Poseidon für ihr Verhör einzubestellen, war eine überzogene Anordnung und völlig überflüssig.«

Krumme spürte plötzlich ein unangenehmes Kribbeln im Nacken, wie immer, wenn er wütend wurde.

»Um es ganz deutlich zu sagen, Herr Viersen ist und bleibt ein Hauptverdächtiger ...«

»Es gibt keinerlei Beweise«, unterbrach ihn Fischer.

Aber Krumme ließ sich nicht beirren: »Mit seiner Flucht hat er uns einen ausreichenden Anfangsverdacht geliefert.«

»Ich dachte, die Gründe für das ... Fortgehen meines Mandanten hätten wir geklärt?«

»Das ändert nichts an der Sache.« Krumme blickte zu Viersen. »Das Personal kann wieder an die Arbeit zurückkehren, aber halten Sie sich zu unserer Verfügung. Und seien Sie froh, dass Sie keine Anzeige bekommen, weil ich mir beim Versuch, Sie am ›Fortgehen‹ zu hindern, beinahe das Genick auf Ihrem Steg gebrochen habe.«

Der Anwalt wollte erneut protestieren. Doch Viersen überzeugte ihn, dass er keinen weiteren Stress wollte, und schob ihn aus dem Zimmer.

Krumme stöhnte. »Ich hasse Anwälte.«

»Leider hat der Kerl recht, wir haben keine konkreten Beweise gegen Viersen«, sagte Pat. »Sie hatten Streit, ja. Aber niemand kann bezeugen, dass er Marten zu dem anderen Pfahlbau gefolgt ist.«

Krumme sah zu Dennis, der das Verhör von seinem Platz aus mitverfolgt hatte. »Was hältst du von der Sache? Kennst du diesen Viersen?«

»Ein bisschen.«

»Kannst du dir vorstellen, dass er jemanden umbringt?«

Dennis überlegte, zuckte mit den Schultern. »Na ja,

mit ihm anlegen würde ich mich lieber nicht. Macht auch Kampfsport und so. Aber dass er einfach jemanden abknallt, ich weiß nicht …«

»Die Frage stellt sich auch erst mal nicht«, sagte Pat. »Er hat zu Protokoll gegeben, dass er an dem Abend früher gegangen ist, und zwar in Begleitung seiner Freundin, bei der er dann auch übernachtet hat.«

»Und warum ist er dann weggelaufen, als er uns gesehen hat?«, fragte Krumme.

»Weil er ein Idiot ist«, meinte Steffi, ohne von ihrem Computer aufzusehen, an dem sie konzentriert arbeitete. »Und gedacht hat, dass er der Hauptverdächtige ist, nach seinem Streit mit Marten.«

»Was auch nicht falsch ist«, ergänzte Pat.

Einen Moment herrschte nachdenkliches Schweigen. Krumme trommelte ungeduldig mit den Fingern auf dem Tisch. Draußen vor dem Fenster sah er, wie eine Gruppe junger Leute durch den Garten zur Hotelterrasse spazierte. »Dieser Ort platzt vor lauter Touristen und Feriengästen aus allen Nähten. Jeder könnte der Täter sein.«

»Wir brauchen Zeugen!«, erklärte Dennis feierlich.

Krumme verdrehte die Augen. »Zeugen haben wir nicht. Was verrückt ist, wenn man bedenkt, dass der Mord direkt am Strand passiert ist.«

»Allerdings bei heftigem Regen«, sagte Pat. »Da sind die Leute alle zu Hause geblieben.«

»Aber nicht weit entfernt vom Tatort stehen Wohnmobile herum. Da würde ich als Mörder doch nicht mit einer Pistole rumballern.«

»Nachts sind da keine Wohnmobile mehr«, meldete Dennis sich mit erhobenem Zeigefinger. »Oder zumindest nicht so viele. Über Nacht müssen alle runter vom Strand. Naturschutzgebiet.«

Krumme sah ihn verwundert an. »Ich dachte, die Leute zahlen die paar Euro Strafe und bleiben trotzdem?«

»So war das bis vor Kurzem. Aber mittlerweile haben wir die Strafe um hundert Euro erhöht. Jetzt treiben sich dort nachts viel weniger Leute herum.«

Krumme seufzte. »Wie auch immer. Wir haben keine Zeugen. Bleibt die Frage: Was hatte der Mörder für ein Motiv?«

»Seine Brieftasche mit dem Geld steckte noch in der Hose. Ein Raubmord war es demnach nicht«, sagte Pat.

Krumme kratzte sich am Kopf. »Nein. Aber so wie ich Marten Schilling einschätze, hatte er ein Talent dafür, sich Feinde zu machen. Was den Kreis der Verdächtigen auch nicht gerade einengt.«

Wieder hob Dennis die Hand wie in der Schule. »Die Mädchen, mit denen wir vorhin gesprochen haben, mochten ihn.«

Krumme nickte. »Was ich mich frage: Warum hat er sich ausgerechnet da getroffen, unter diesem stillgelegten Café? Mitten in der Nacht. Bei dem miesen Wetter gab es bestimmt angenehmere Treffpunkte.«

»Wenn wir nur sein Handy hätten«, meinte Pat. »Dann wären wir bestimmt schlauer.«

»Wir können Köhler bei Ebbe noch mal mit ein paar Harken durchs Watt schicken«, sagte Krumme.

»Ach, zu dem Punkt gibt es Neuigkeiten«, meldete sich Steffi. »Schilling hatte sein Handy an dem Abend gar nicht dabei.«

»Nein?«

Steffi schüttelte den Kopf. »Eines der Mädchen wollte ihm ihre Nummer aufs Handy schicken. Da hat er ihr gesagt, dass er es verlegt und schon den ganzen Tag gesucht hat.«

»Interessant!« Krumme setzte sich aufrechter hin. »Ein Grund, um noch mal mit den Clausens zu sprechen. Vielleicht haben die eine Idee, wo man nach dem Handy suchen kann.«

Pat sah zu Krumme. »Sollen wir gleich noch mal hinfahren?«

»Nein, wir schicken am besten noch mal Köhler und ...«

Ein Klopfen unterbrach ihn. Die Tür öffnete sich, und herein kam Markus Clausen – mit vom Wind zerzausten Haaren und dicken Ringen unter den Augen. Krumme und seine Kollegen sahen sich überrascht an. Wenn man vom Teufel sprach!

»Herr Clausen, was verschafft uns die Ehre?«, fragte Krumme.

Clausen sah ihn verwundert an. »Jemand von Ihnen hat mir doch aufs Band gesprochen. Weil Sie noch Fragen zu meinem Alibi hätten.«

Pat nickte. »Das war ich«, sagte sie. Bei ihrem ersten Treffen, noch im Krankenhaus, hatte Clausen erklärt, in der Mordnacht zu einem Geschäftstermin in Kiel gewesen zu sein. Pat hatte das nicht verifizieren können. Wie sich jetzt im Gespräch herausstellte, hatte sie den Namen des Hotels falsch verstanden.

»Okay. Ich werde das überprüfen«, sagte sie und trug die neue Info in ihre Unterlagen ein.

»Wie geht's Ihrer Familie?«, erkundigte sich Krumme.

»Was soll ich sagen? Vor allem Insa leidet schrecklich. Sie und Marten wollten sogar heiraten.« Markus Clausen seufzte.

Und jetzt feiert die restliche Familie, dass es dazu nicht kommen wird!, dachte Krumme. Laut sagte er: »Herr Clausen, wir suchen immer noch das Handy von Herrn Schilling. Haben Sie eine Idee, wo es sein könnte? Nicht zufällig doch bei Ihnen zu Hause?«

»Nein, wir haben schon überall gesucht. Genau wie Ihre Kollegen von der Spurensicherung. Ohne Erfolg.«

Krumme nickte nachdenklich.

»Und in seine Hosentasche haben Sie ja selbstverständlich gekuckt, oder?«, fragte Clausen.

»Natürlich!«

»Und Sie haben nichts gefunden?«

»Nur seine Brieftasche«, brummte Krumme.

»Sonst nichts?«

»Nein.«

»Haben Sie auch im Watt gesucht?«

Krumme stöhnte genervt. »Herr Clausen, Sie können uns glauben. Unsere Spurensicherung weiß, was sie tut. Aber außer der vom Salzwasser halb aufgelösten Brieftasche wurde nichts gefunden.«

»Entschuldigen Sie, Herr Kommissar, ich möchte Sie nicht bedrängen. Ich möchte nur helfen. Auch wenn Marten und ich uns nicht sehr nahstanden, will ich, will meine ganze Familie dieses abscheuliche Verbrechen unbedingt aufgeklärt wissen.«

»Schon gut, Sie müssen sich nicht entschuldigen. Eine andere Frage: Meinen Sie, Ihre Tochter ist mittlerweile so weit, dass wir ausführlicher mit ihr sprechen können?«

Clausen überlegte einen Moment. »Wie gesagt, sie ist noch sehr durcheinander ...«

»Morgen früh?«, fragte Krumme.

»Mittwochvormittag ist Insa für gewöhnlich beim Reiten. Ich sag ihr, dass sie es ausfallen lassen soll.«

»Das wäre ganz reizend von ihr«, sagte Krumme mit leichter Ironie.

Ihr Gast schaute fragend in die Runde. »Dann bin ich hier fertig?«

»Noch einen schönen Tag«, wünschte Krumme und stand auf, um Clausen zum Abschied die Hand zu reichen. Clausen zögerte, versuchte offenbar, einen Blick auf Steffis Bildschirm zu werfen.

»Haben Sie noch eine Frage?«, fragte Krumme.

Clausen schüttelte den Kopf. »Nein, Herr Kommissar. Sagen Sie Bescheid, wenn ich Ihnen irgendwie helfen kann.«

»Natürlich.«

»Oder wenn Sie irgendetwas Neues herausfinden.«

»Ich werde Sie auf dem Laufenden halten. Versprochen, Herr Clausen.«

Krumme brachte ihn zur Tür, zog sie hinter ihm zu. »Komischer Typ«, sagte er, als er sich wieder an seinen Platz setzte. »Höflich und freundlich. Aber ich habe den Eindruck, hinter seiner großen Brille verheimlicht er irgendwas.«

»Das Gefühl habe ich bei der ganzen Familie«, erwiderte Pat.

Krumme überlegte, dachte an Johan Clausen, das Oberhaupt der Familie, der auf so ungewöhnliche Weise auf Distanz zur Familie gegangen war. »Ich bin gespannt, was Insa uns erzählt. Ihr Alibi ist wasserdicht, Steffi?«

Steffi nickte, ohne den Blick von ihrem Bildschirm zu nehmen. »Ja, sie war auf einem Mädelsabend bei einem Spanier in Garding. Danach haben sie bei einer der Freundinnen zu Hause in Tating weitergefeiert. Das bestätigen sowohl das Restaurant wie auch die Eltern der Freundin.«

»Okay. Nun, vielleicht hat sie eine Idee, mit wem sich ihr Freund mitten in der Nacht herumgetrieben hat.«

»Vielleicht kann ich dir da weiterhelfen«, sagte Steffi. Sie zeigte auf ihren Bildschirm. »Ich sehe mir gerade die Aufnahmen der Überwachungskameras hier aus dem Hotel von dem betreffenden Abend an.«

»Hier vom Hotel? Aber an dem Tag hat Schilling doch bis spätabends im Poseidon gearbeitet?«

»Aber am frühen Abend scheint er eine Pause gemacht zu haben. Seht mal, wen ich hier entdeckt habe.«

Krumme und Pat beugten sich zu ihr hinüber. Auch Dennis verließ seinen Platz, um Steffi über die Schulter zu schauen.

»Da steht Marten Schilling«, meinte Pat.

»Und er ist nicht allein«, sagte Steffi triumphierend und vergrößerte den Ausschnitt. »Na, kommt dir die Person nicht bekannt vor?«

Krumme riss die Augen auf. »Das kann nicht wahr sein«, stammelte er.

Steffi grinste. »Ich wusste, dass du das sagen wirst.«

31

Nach dem dramatischen Unfall bei der Kitesurfmeisterschaft war Jürgen bei der völlig aufgelösten Niri geblieben und mit ihr zum Krankenhaus gefahren, in das der schwer verletzte Louis gebracht worden war. Max und die anderen waren zur Schutzstation zurückgekehrt. Auf der Fahrt dahin hatten sie kein Wort gesprochen.

Max war kurz darauf in die Salzwiesen gegangen. Allein.

Der Sturm hatte sich etwas beruhigt. Es war noch immer windig, aber kein Vergleich zu den heftigen Böen, die vorhin am Strand geherrscht hatten.

Doch in Max' Kopf war der Sturm noch nicht vorüber. Ständig hörte er den dumpfen Knall, als Louis' Körper gegen die Holzbohlen geschlagen war. Die schrillen Schreie aus dem Publikum. Die Sirenen des Rettungswagens. Und vor allem Niris verzweifeltes Schluchzen. Entsetzt hatte sie beobachtet, wie die Rettungskräfte ins aufgewühlte Wasser gesprungen waren, um den bewusstlosen Louis zu bergen. Max hatte regungslos neben Niri gestanden, ihren hilfesuchenden Blick vor Augen. Aber schließlich waren es Mathilda und Jürgen gewesen, die sich ein Herz gefasst und sie in den Arm genommen hatten. Max hatte nur regungslos danebengestanden.

Aber wie hätte er Niri auch trösten sollen? Ausgerechnet er, der doch verantwortlich für diese Katastrophe war! Denn davon war er zutiefst überzeugt: Wenn er Louis nicht verwünscht hätte, wäre das alles nicht passiert. Dann wäre er gesund und munter – und jetzt vielleicht deutscher Kitesurfmeister. Doch stattdessen lag er mit zertrümmerten Gliedern im Krankenhaus, würde vielleicht nie wieder auf ein Surfbrett steigen können. Würde unter Umständen für den Rest seines Lebens im Rollstuhl sitzen. Max stöhnte verzweifelt auf. Louis mochte ein Arschloch sein, aber das hatte er nicht verdient!

Für einen langen Moment schloss Max die Augen. Er lauschte dem leisen Gurgeln des Wassers in einem Priel. Hörte den Schrei einer Möwe, das ferne Schnattern von Gänsen. Er musste sich beruhigen. Unwillkürlich ging seine Hand zu dem Amulett in seiner Hosentasche. Lag es an den frischen Temperaturen hier draußen, kurz vor dem Wattenmeer? Von der Wärme, die das Amulett noch in St. Peter ausgestrahlt hatte, war jetzt nichts mehr zu spüren. Oder hatte er sich diese seltsame Wärme nur eingebildet? Weil er so aufgewühlt, so wütend auf Louis gewesen war?

Ein Rascheln riss ihn aus seinen Gedanken. Schritte? Näherte sich da jemand? Erschrocken sah er sich um.

Aber da war niemand. Nur in der Ferne, dort wo auf dem Deich Schafe grasten, sah er eine Familie beim Spaziergang. Außerdem einen einsamen Wanderer.

Täuschte er sich, oder sah der Mann – oder war es eine Frau? – zu ihm herüber? Max kniff die Augen zusammen. Die schon tief stehende Sonne blendete. Aber der Unbekannte war viel zu weit weg, als dass er sich für ihn interessieren konnte. Er stand mit den Händen in den Taschen da und schaute über das Watt hinaus auf das Meer und den Heverstrom.

Wieder ein Rascheln in der Nähe. Mit einem Ruck drehte Max sich um. Und sah dieses Mal zwischen sich und dem hoch aufragenden Leuchtturm einen Storch in den Salzwiesen. Stumm stakste er auf seinen langen Beinen durch das sumpfige Gelände. Er schien zu spüren, dass er beobachtet wurde. Neugierig hob er den Kopf und sah zu ihm her. Max rührte sich nicht. Für einen Moment trafen sich ihre Blicke, dann klapperte der große Vogel mit seinem Schnabel und schritt weiter durch die Salzwiesen auf der Suche nach Nahrung.

Max lächelte müde. Was war er nur für ein Angsthase! Beim kleinsten Geräusch machte er sich in die Hose! Er sollte lieber dankbar sein, dass er hier in diesem Naturparadies sein durfte.

Und dennoch – das Gefühl, nicht allein zu sein, blieb. Er blickte zum Leuchtturm. Konnte es sein, dass ihn jemand von dort aus beobachtete?

Er zog das Amulett aus seiner Hosentasche und betrachtete es erneut, fuhr mit den Fingern über die feinen Verzierungen auf der Oberfläche. Ägyptische Hieroglyphen, mitten in Nordfriesland. Wie konnte das nur sein?

Er schloss die Hand, übte einen leichten Druck auf das Amulett aus – und sofort spürte er wieder die sonderbare Energie, die von dem Objekt ausging. Als wenn er einen Dynamo in den Fingern hätte, dessen pulsierende Kraft langsam immer stärker wurde …

Mit einem leisen Aufschrei ließ er das Amulett los.

Tränen liefen ihm über das Gesicht, er schluchzte. Das Ding war dafür verantwortlich, dass Louis fast gestorben wäre. Es war verflucht. Wer wusste, was als Nächstes geschah?

Kurzentschlossen beugte er sich hinunter, griff nach dem Amulett und warf es in hohem Bogen von sich. Er hörte ein leises Platschen, als es in einen in der Sonne glitzernden Priel fiel. Ein Schwarm Stare erhob sich, rauschte davon und ging erst hinter dem Deich wieder zu Boden.

Dann – Stille.

Max zitterte, starrte zu der Stelle, wo das Amulett verschwunden war. Atmete tief ein und aus.

Dann ging ein Ruck durch ihn. Er lief zu dem Priel, sprang in das kalte Wasser, ging auf die Knie. Wie ein Besessener durchwühlte er den schlammigen Grund.

»Bitte! Bitte!« Sein Ruf hallte über die Wiese, schreckte eine Lachmöwe auf, die sich schimpfend in die Lüfte erhob.

Für einen Moment glaubte er, alles sei vergebens. Endlich spürte er das harte Metall des Amuletts unter seinen Fingern. Er holte es aus dem Wasser, wischte es hektisch an seinem Hemd ab und hielt es sich schließlich leise schluchzend mit geschlossenen Augen an die Stirn.

32

Krumme hatte es wieder nicht zur späten Yogastunde geschafft. Stattdessen hatte er die letzten Minuten vor dem Kursraum gewartet. Nach und nach kamen die Damen und Dietmar heraus, gut gelaunt schwatzend und voller Vorfreude auf das Abendessen.

Marianne verließ als eine der Letzten den Raum. »Theo?«, sagte sie verblüfft. »Wie nett, dass du vorbeischaust«, sagte sie dann mit vorwurfsvollem Blick. »Hattest du nicht versprochen, trotz der Arbeit an den Stunden teilzunehmen?«

Krumme lächelte müde, während der aufgeregte Sonny sich mit vollem Gewicht an ihn drückte. »Tut mir leid. Die Soko, war wieder viel los ...«

Marianne winkte freundlich ab. »Schon gut, Theo. Musst dich nicht entschuldigen. Kannst du mir alles beim Essen erzählen.«

Er seufzte. »Ich habe gar keinen Hunger. Ich habe vorhin ein Brot gegessen.«

Jetzt wirkte sie doch ein bisschen sauer. »Toller Urlaub. Da unternehmen wir ja zu Hause in Husum mehr gemeinsam.«

»Sei nicht böse. Was hältst du davon, wenn wir nachher einen Spaziergang machen? Am Strand.«

»Was heißt ›nachher‹?«

Krumme blickte in den noch offenen Kursraum. »Gib mir eine halbe Stunde«, sagte er. »Ich hol dich und Sonny ab. Aber vorher muss ich mit Ettje reden.«

»Mit Ettje? Warum?«

Er seufzte wieder. »Ich erzähle dir alles. In einer halben Stunde.«

Überrascht über seinen Ernst, stellte Marianne keine weiteren Fragen. Krumme ging in den Kursraum, wo Ettje gerade ihr Handtuch und ihre Wasserflasche in ihrer Sporttasche verstaute.

»Ach Theo, wie schade, dass du es wieder nicht geschafft hast.«

»Tut mir leid.«

»Kein Problem. Aber lass dir von Marianne unbedingt zeigen, was wir heute gemacht haben. Wir haben speziell den Rücken trainiert.«

Er nickte und stellte sich dann neben sie. »Ettje, kann ich dich kurz sprechen?«

Sie sah ihn verwundert, fast erschrocken an. »Ist was passiert?«

»Das wüsste ich gern von dir.«

In knappen Worten erzählte er ihr, was sie auf den Bildern der Überwachungskamera des Hotels gesehen hatten: Sie, Ettje, die sich vor dem Hotel mit Marten Schilling trifft – nur wenige Stunden vor dessen gewaltsamen Tod.

Ettje senkte den Blick. »Ich habe doch gesagt, dass ich ihn vom Sehen kannte. Schließlich hat er auch hier gearbeitet.«

Krumme kramte sein Handy aus der Hosentasche, schaltete es an und suchte das Video, das Steffi ihm geschickt hatte. Endlich hatte er es gefunden und zeigte Ettje die Aufnahme. Sie schaute auf das Handy, ohne eine Miene zu verziehen.

»Sieht nicht so aus, als wenn ihr euch nur vom Sehen gekannt habt«, sagte Krumme.

Sie zuckte mit den Schultern. »Wir reden miteinander. Und stehen dabei etwas enger zusammen. War schließlich ziemlich stürmisch an dem Tag.«

Krumme nickte. »Warte. Gleich kommt die entscheidende Stelle.« Und tatsächlich: Auf einmal streichelte Marten Schilling Ettje zärtlich über das Gesicht, drückte sie dann liebevoll an sich und ging schließlich allein weg.

Krumme betrachtete Ettje, sah, wie sich ihre Augen mit Tränen füllten. »Was sagst du dazu?«

»Ettje und dieser Schilling waren ein Paar?« Marianne blieb mitten auf dem Weg zum Strand stehen und sah Krumme ungläubig an. Der Wind hatte sich vollends gelegt, es war ein angenehm warmer Abend, wenn auch leider nicht mit diesem in Flammen stehenden Himmel wie am Vortag.

»Ein echtes Paar wohl nicht, wenn ich Ettje glauben darf«, antwortete Krumme. »Sie hatten aber eine Affäre.«

»Du hast gesagt, der Junge wäre so ein Schwachkopf gewesen?«

Krumme überlegte. »Habe ich das? Auf jeden Fall war er wohl ein ziemlicher Frauenheld.«

»Und auf so einen hat sich unsere nette Ettje eingelassen? Das kann ich nicht glauben.«

Sie mussten weitergehen. Sonny zerrte an der Leine. Er wollte so schnell wie möglich zum Meer.

»Mich wundert es auch«, sagte Krumme. »Ettje war es sehr unangenehm, über das Thema zu reden. Sie meinte, ihr Verhältnis zu Schilling war eher … oberflächlich.«

Marianne sah ihn an.

Krumme hüstelte. »Während ihrer Kurse hat sie zwar jede Menge Kontakt zu Menschen, aber manchmal, am Abend, nach der Arbeit, würde sie sich eben auch ein bisschen einsam fühlen.«

»Das arme Ding.«

Krumme nickte. »Wie auch immer. Vor ein paar Wochen hat sie im Poseidon Marten Schilling kennengelernt. Sie haben ein bisschen geplaudert. Eine hübsche junge Frau und ein attraktiver junger Mann. Schließlich ist es passiert.«

»Du hast erzählt, dass er eigentlich mit der Tochter von dieser reichen Familie in Böhl zusammen war. Sogar dort gewohnt hat.«

Krumme nickte. Sie hatten den Strand erreicht. Sonny wollte sofort auf Entdeckertour gehen. Nur mit Mühe gelang es Krumme, den Hund zu zügeln. Sie entschieden, direkt am Wasser entlang weiter Richtung Norden zu spazieren.

»Und das hat Ettje einfach akzeptiert? Dass er schon eine andere hat? Oder wollte er sie für Ettje verlassen?«

»Nein, sagt sie. Aber das musste er auch nicht. Schilling hat ihr nicht so viel bedeutet, dass sie wirklich mit ihm zusammen sein wollte.«

»Aber auf dem Film haben sie sich geküsst?«

»Nein. Marten hat ihr Gesicht gestreichelt. Sie hat genau genommen nichts gemacht. Schließlich ist er weitergegangen, zur Arbeit. Genau wie Ettje.« Krumme grinste. »Sie musste zu unserem Yogakurs.«

»Das heißt, für den Mord hat sie ein Alibi?«

»Nicht unbedingt. Wir wissen nicht exakt, wann Marten erschossen wurde. Er hat ungefähr um elf das Poseidon verlassen. Ettje hat zu Protokoll gegeben, dass sie früh zu Bett gegangen sei. Allein.«

»Aber du denkst doch nicht ernsthaft, dass ausgerechnet unsere Ettje …?« Sie schwieg, wollte das Ungeheuerliche nicht aussprechen.

»Nein, eigentlich nicht.«

Krumme schwieg nachdenklich. Marianne hatte die Schuhe ausgezogen, ging mit nackten Füßen durch die Wellen, die leise rauschend auf dem breiten Strand aufliefen.

»Was ist mit diesem reichen Mädchen?«, fragte Marianne.

»Insa Clausen. Morgen früh kommt sie zu uns ins Hotel. Mal sehen, was sie erzählt.«

»Dieser Schilling hat sie betrogen. Damit hätte sie ein Motiv für einen Mord. Eifersucht.«

Krumme sah seine Freundin lächelnd an. »Das macht dir Spaß, oder? Kombinieren und Schlussfolgerungen ziehen. Polizeiarbeit.«

»Nein, das macht mir keinen Spaß. Nicht, wenn Menschen betroffen sind, die mir was bedeuten. Du magst Ettje doch auch.«

»Schon, aber das darf bei der Arbeit keine Rolle spielen. Da siehst du mal, wie schwierig mein Job ist.«

»Ich habe nie was anderes behauptet. Deshalb sind wir ja hier am Meer. Damit du dich von deiner anstrengenden Arbeit erholen kannst.«

Sie griff nach seiner freien Hand. Gemeinsam bummelten sie stumm am Meer entlang.

Wieder einmal war Krumme überwältigt von den immer neuen Perspektiven, die ihm diese Landschaft bot. Das Licht der Abendsonne tauchte alles in warme Farben – die Dünen, den Sand, die vielen Spaziergänger, die am Strand unterwegs waren, Pärchen, Familien mit kleinen Kindern und einsame Naturfreunde in Gummistiefeln, die im flachen Wasser nach Muscheln, Schnecken oder anderen Schätzen suchten.

Sonny zog unterdessen immer ungestümer an der Leine.

»Hast du eine Ahnung, wo er hinwill?«, fragte sie.

»Keine Ahnung.«

Mit ausgestrecktem Arm stolperte Krumme hinter seinem Hund her. Nach etwa dreihundert Metern wandte sich Sonny plötzlich in die Dünen – wo nach einiger Zeit in einer Senke ein einsamer Bulli vor ihnen auftauchte.

Und dieses Mal war der Hausherr zu Hause: Neben einem kleinen Campingtisch saß Johan Clausen auf einem Stuhl mit einem Glas Wein in der Hand und blickte Richtung Meer.

»Schau mal, Theo, wie süß ist das denn?«, rief Marianne verzückt, als sie den alten VW sah.

Krumme seufzte. Er hätte sich ja denken können, dass Sonny ausgerechnet hierhin wollte. Ein Besuch bei einem Tatverdächtigen? Keine gute Idee. Aber Sonny ließ sich nicht mehr zurückhalten. Und auch Johan Clausen war schon auf sie aufmerksam geworden und hatte sich aus seinem Stuhl erhoben. In weißer Leinenhose und Leinenhemd, auf dem Kopf einen eleganten Strohhut, kam er ihnen durch den tiefen Sand entgegen.

»Herr Kommissar, was für eine Überraschung!«

»Stören wir?«, fragte Krumme und räusperte sich verlegen.

»Aber keineswegs«, sagte Johan Clausen, während er den ausgelassen herumspringenden Sonny begrüßte. »Willkommen in meinem Reich.«

Krumme stellte ihm Marianne vor. Ihre Augen glänzten, als Clausen sie galant mit einem Handkuss begrüßte. Nur zu gern nahm sie die Einladung des alten Herrn an, sich zu einem Glas Rotwein zu ihm zu setzen. Krumme lehnte dankend ab, drängte darauf, dass sie eigentlich weitermussten, aber Marianne bemerkte seine verstohlenen Zeichen nicht. Stattdessen bestand Johan Clausen darauf, sie zunächst durch sein bescheidenes Heim zu führen – das so bescheiden nicht war. Krumme gab seinen Widerstand auf und folgte den beiden. Wenn er schon mal hier war, konnte er wenigstens auch einen Blick in das Innere des Wagens werfen.

Alles war sehr aufgeräumt und tadellos in Schuss. Johan Clausen hatte ein Auge für Details: An den Fenstern hingen hellgrüne Gardinen, auf dem Tischchen stand eine Vase mit Rosen, das Bett sah bequem aus und war ordentlich zusammengelegt. Es gab ein kleines Weinregal, und als Johan Clausen den winzigen Kühlschrank öffnete, sah Krumme frisches Gemüse, Pralinen und andere Leckereien.

Marianne war begeistert. »Der Wagen muss ein Vermögen wert sein!«, staunte sie.

Johan Clausen winkte lässig ab. »Wahrscheinlich. Aber das ist mir egal. Er ist seit den sechziger Jahren in meinem Besitz, und ich würde ihn um nichts in der Welt verkaufen.«

Was Marianne gut verstehen konnte.

Kurz darauf saßen sie draußen an Johans kleinem Campingtisch. Johann Clausen und Marianne hatten je ein Glas Rotwein in der Hand, Krumme hatte sich für ein Glas Wasser entschieden. Im Autoradio spielte ein dänischer Sender, von dem Krumme wusste, dass Marianne ihn in Husum auch gerne hörte, sanften Lounge-Jazz.

»Was für ein Paradies!«, stellte Marianne fest, nachdem sie den Blick hatte schweifen lassen.

Johan Clausen nickte. Krumme konnte nicht widerstehen, die Idylle ein bisschen zu trüben.

»Kein Problem mit den Behörden?«, fragte er. »Immerhin sind wir hier im Naturschutzgebiet.«

Johan Clausen lächelte. »Ich bin im Vorstand des hiesigen Naturschutzbundes. Und von wo aus kann ich besser aufpassen, dass alles seine Ordnung hat, wenn nicht von hier?«

»Verstehe, wenn man die richtigen Kontakte hat, geht alles.«

Johan Clausen lächelte wie ein hagerer Buddha und ließ sich nicht provozieren. »Apropos, ich hoffe, Sie haben meine Angaben bezüglich Sonntagnacht überprüft?«

Krumme nickte.

»Und?«

Krumme räusperte sich. »Ihre Freunde haben Ihr Alibi bestätigt.«

Clausen nickte zufrieden. »Wie schön. Aber Sie klingen enttäuscht, Herr Kommissar.«

»Nein. Ich mache nur meine Arbeit. Schritt für Schritt. Und ich bin zuversichtlich, dass meine Kollegen und ich den Fall am Ende lösen werden.«

Clausen lächelte. »Davon bin ich überzeugt.«

Krumme bemerkte, dass Marianne ihr kurzes Zwischenspiel verständnislos verfolgt hatte. Zeit, das Thema zu wechseln.

»Wusstest du, Marianne«, sagte er zu ihr, »dass Herr Clausen einer der wohlhabendsten Männer von ganz Nordfriesland ist?«

Marianne sah den alten Herrn überrascht an. »Ach ja?«

Clausen nippte an seinem Wein. »Vielleicht war das mal so, meine Liebe. Aber jetzt bin ich ein alter Mann.

Dieser ganze Stress, die viele Arbeit, der große Hof in Böhl – das war alles zu viel für mich. Für meine letzten Jahre reicht mir das hier. Ich möchte nur Ruhe und Frieden.«

»Wäre das nicht auch was für dich, Theo?«, fragte Marianne mit frechem Lächeln. »Vielleicht erst einmal nur für die Wochenenden. Damit du dich von deiner Arbeit und dem ganzen Stress erholen kannst?«

»Ist Ihre Arbeit so schlimm?«, erkundigte sich Johan Clausen, ehrlich besorgt, wie es schien.

»Sie übertreibt ein bisschen.«

»Von wegen. In der letzten Zeit warst du sehr unglücklich. Der Ärger mit den Kollegen. Die ewigen Machtkämpfe.«

Freimütig erzählte sie Johan Clausen, dass er außerdem Rückenprobleme bekommen habe und dass sie deshalb hier in St. Peter-Ording einen Yogakurs gebucht hätten.

Johan Clausen sah Krumme aufmerksam an. »Wie alt sind Sie, wenn ich fragen darf?«

Er zögerte. Über sein Alter wollte er ausgerechnet hier und jetzt nicht reden.

Johan Clausen lachte. »Nur keine falsche Scham, mein Lieber. Das Alter ist nur eine Zahl.« Er schlug die langen Beine übereinander und wandte sich an Marianne. »Sehen Sie mich an. Ich bin dreiundachtzig. Steht auch so in meinem Pass, aber manchmal kann ich es selbst nicht glauben. Also Herr Kommissar, nur Mut, wie alt sind Sie?«

»In den Fünfzigern«, murmelte Krumme.

»Wohl eher fast in den Sechzigern«, korrigierte Marianne.

Johan Clausen lachte. »Auch gut! Auf jeden Fall sollten Sie langsam an die Zeit nach der Arbeit denken. Lernen Sie schon jetzt, das Leben zu genießen!«

Marianne hob das Glas. »Darauf trinke ich.«

Johan Clausen nahm ebenfalls einen Schluck. Dann fuhr er fort. »Yoga ist da schon mal ein Anfang. Aber ich kann gern auch noch ein Zelt neben dem Bulli aufstellen«, scherzte er und lachte gemeinsam mit Marianne.

Krumme schwieg. Er blickte nachdenklich hinaus auf die Nordsee, die in der Abendsonne glutrot leuchtete, hörte, wie ein Schwarm Wildgänse landeinwärts flog. Spürte die frische Brise, die vom Meer kommend über die Dünen strich und seine von der Sonne leicht verbrannte Stirn angenehm kühlte.

Kein Zweifel, so konnte man es aushalten. Die wilde Nordsee, das Wattenmeer und die grüne Marsch – vor allem deshalb war er doch von Berlin hierhergezogen, oder nicht? Und doch war er jetzt hier, im beschaulichen St. Peter-Ording, und suchte nach einem brutalen Mörder.

Krumme räusperte sich. Er wandte sich an Marianne: »Ich denke, wir müssten uns mal langsam auf den Rückweg machen. Ich wollte heute früh zu Bett gehen. War ein anstrengender Tag.«

Marianne sah ihn verwundert an, wollte etwas sagen, doch Johan Clausen kam ihr zuvor.

»Sie meinen Ihre dramatische Verfolgungsjagd heute am Strand«, sagte er und nickte mit besorgter Miene.

Marianne machte große Augen. Wieder einmal wusste sie von nichts. »Verfolgungsjagd am Strand?«

Als Krumme ihr alles erzählte, schlug sie einmal mehr die Hände vorm Gesicht zusammen. »Was machst du denn immer für Sachen, Theo?«

Johan Clausen nickte. »Ja, heute war einiges los am Strand. Erst Ihr Auftritt und dann auch der schreckliche Unfall von diesem Kite-Surfer.«

Weder Krumme noch Marianne hatten davon gehört. Johan Clausen erzählte ihnen, was heute an der Poseidon-Bar passiert war.

»Der arme Junge«, murmelte Marianne.

»Ja, schlimm«, sagte Johan Clausen. »Ich habe es sogar mitangesehen. Üble Sache.« Er sah zu Krumme. »Und? Was war mit Geert? Haben Sie ihn noch erwischt?«

Krumme sah Johan Clausen einen Moment lang an und nickte dann. »Ja, wir haben mit ihm gesprochen.«

»Und, hat er den Mord gestanden?«

Er hatte im Scherz gesprochen. Doch Krumme war nicht nach Scherzen zumute. »Nein, hat er nicht. Aber Sie werden verstehen, dass ich Ihnen in der Sache nicht mehr sagen kann. Wir ermitteln noch.«

Johan Clausen grinste. »Natürlich. Und grundsätzlich könnte auch ich der Mörder gewesen sein.«

»Und? Sind Sie's?«, fragte Krumme.

Johan schaute sich die Farbe seines Weins im Licht der untergehenden Sonne an, trank dann einen kleinen Schluck. »Ich wäre auch mit dreiundachtzig noch fit genug, um eine Pistole zu halten, ich konnte den Burschen nicht ausstehen. Aber zum Glück habe ich Freunde, die mir ein Alibi geben. Sonst müssten Sie mich eigentlich gleich verhaften, Herr Kommissar.«

Krumme erhob sich. Er lächelte. »Vielleicht tue ich das ja noch mal.«

»Theo«, protestierte Marianne.

Doch Johan Clausen lachte nur. »Wenn Sie mich suchen, Herr Kommissar, wissen Sie ja, wo Sie mich finden.«

»Das war sehr unhöflich von dir, Theo«, sagte Marianne, als sie wieder am Strand waren. »Er lädt uns nett auf einen Wein ein, und du verhörst ihn wie einen Schwerverbrecher.«

»Ach was, wir haben nur ein bisschen geplaudert.«

»Du hast gedroht, ihn zu verhaften.«

»Ich glaube, wir haben uns schon verstanden.«

Er sah zu den Wellen, die draußen im offenen Meer im letzten Licht des Tages von innen heraus zu leuchten schienen.

Marianne hakte sich bei ihm unter. »Ich versteh dich nicht, Theo. So ein charmanter älterer Herr! Du kannst so einen netten Menschen doch nicht ernsthaft verdächtigen.«

»So ein netter Mensch … Wenn du wüsstest, wie oft ich den Spruch schon gehört habe.«

Sie musterte Krumme von der Seite. »Das ist es, was mir an deinem Beruf nicht gefällt. Dass er dich dazu bringt, immer nur das Schlechte in den Menschen zu suchen. Johan Clausen hat recht, es wird Zeit, dass du lernst, das Leben zu genießen.«

Krumme stöhnte. »Gerne. Aber vorher muss ich meinen Mörder finden.«

Nachdem sein Besuch gegangen war, hatte Johan Clausen sich wieder an den Tisch gesetzt. Mit in den Sand ausgestreckten Beinen schaute er nachdenklich in den abendlichen Himmel, wo bereits die ersten Sterne schwach aufleuchteten.

Ein Knistern im Seegras ließ ihn aufmerken.

»Hallo?«, rief er.

Im nächsten Moment trat aus dem Schatten einer Düne ein Mann – nicht mehr jung, mit roten, zu einem Zopf zusammengebundenen Haaren. Er trug eine Weste mit zahlreichen Taschen, dazu eine kurze Cargohose und Gummistiefel.

»Guten Abend, Herr Clausen«, sagte er und senkte zur Begrüßung freundlich den Kopf.

»Sie?« Johan Clausen sah ihn überrascht an.

Ohne zu fragen, setzte der Mann sich auf einen der leeren Stühle zu ihm an den Tisch. Er rieb sich mit der Hand über die müden Augen. »Ich habe gesehen, Sie hatten netten Besuch?«

»Was wollen Sie von mir?«

Der Mann lächelte. »Reden, Herr Clausen, nur ein bisschen reden.«

33

In Böhl saß Markus Clausen mit seiner Mutter in der halbdunklen Küche. Die Einrichtung war – wie die des ganzen Hauses – edel rustikal. Viel Holz, die Platte des Arbeitstisches bestand aus glatt geschliffenen Schiffsplanken. An den Wänden hingen jahrhundertealte Delfter Kacheln wie Kunstwerke in Bilderrahmen. Die Spüle, der Herd, der Kühlschrank und die Armaturen dagegen waren topmodern, mit viel Chrom und ausgestattet mit den neuesten elektronischen Finessen.

Therese hatte bereits das schmutzige Geschirr in die Spülmaschine getan und überall sorgfältig gewischt. Kaum vorstellbar, dass in dieser blitzenden Küche tatsächlich gekocht und gegessen wurde.

Doch Carla und Markus hatten sowieso keinen Hunger und wollten am Ende dieses seltsamen Tages nur etwas trinken. Carla Clausen hatte sich für einen Chardonnay entschieden. Markus trank seit über zwanzig Jahren keinen Alkohol mehr. Er hielt ein Glas Wasser in der Hand.

»Also wissen wir gar nichts«, stellte seine Mutter mit bitterer Miene fest.

Markus nickte. »Keine Ahnung, wo ich noch suchen könnte.«

»Das Mädchen wollte dir nicht weiterhelfen?«

Er schüttelte den Kopf, nippte traurig an seinem Glas.

»Sie weiß von nichts.«

»Bist du da sicher? Ich weiß, du und das Mädchen, ihr habt eure eigene Geschichte. Du würdest ihr niemals etwas Böses ...«

»Das hat damit rein gar nichts zu tun«, unterbrach Markus seine Mutter verärgert. »Ich vertraue ihr einfach.«

»Du kennst sie doch gar nicht. Immerhin hat sie sich ausgerechnet mit Marten eingelassen.«

»Genau wie meine Tochter«, sagte Markus mit finsterer Miene. »Nein, ich bin sicher, Ettje hat mich nicht angelogen. Sie hat keine Ahnung davon, was Marten getan hat.«

»Und von dem Amulett wusste sie auch nichts?«

Markus schüttelte den Kopf. Er sah in das sprudelnde Wasserglas.

»Und bei der Polizei hast du auch nichts erfahren?«

»Nichts.«

Für einen Moment schwiegen beide.

Carla holte tief Luft und atmete mit einem lauten Seufzer aus. »Sieht so aus, als wenn wir die traurige Wahrheit akzeptieren müssen. Zum Glück scheint Marten keine Nachricht hinterlassen zu haben, die uns in Schwierigkeiten bringen könnte.«

»Zum Henker mit Marten!«, sagte Markus. »Als hätte ich nicht genug andere Sorgen. Hast du eine Ahnung, was heute alles schiefgegangen ist?« Er erzählte ihr von dem Wasserschaden, dem gescheiterten Vertrag und den Problemen, mit denen er sich im Haubarg bei Westerhever herumschlagen musste.

»Alles an einem Tag?« Carla stöhnte.

Markus nickte. »Ich habe manchmal das Gefühl, ich fahre in einem Tunnel und finde keinen Ausgang.«

»Na, na«, sagte eine Frauenstimme. »Was sind das denn für trübe Gedanken, mein armer Schatz?«

Markus und seine Mutter drehten sich überrascht um. Elke hatte die Küche durch die nur angelehnte Tür betreten. Sie öffnete den Hängeschrank, nahm ein Glas heraus und schenkte sich ebenfalls etwas Wein ein.

»Tschuldigung, ich wollte euer vertrauliches Gespräch nicht stören.«

Man hörte ihr an, dass dies heute nicht ihr erstes Glas Alkohol war.

»Hast du uns belauscht?«, fragte Carla.

»Nein, ich hatte einfach nur Durst. Und wenn ich eins in dieser Familie gelernt habe, dann, wann man hinhören und wann man weghören muss.«

»Glaubst du, wir haben Geheimnisse vor dir?« Carla sah ihre Schwiegertochter vorwurfsvoll an.

Elke lachte nur bitter. Sie leerte ihr Weinglas in einem Zug, um sich gleich noch einmal nachzuschenken.

Markus klopfte auf den Stuhl neben sich. »Komm, Liebes, setz dich«, sagte er. »Wir haben gerade über diese schreckliche Geschichte mit Marten gesprochen.«

Elke setzte sich. »Ja. Schlimm. Wirklich. Aber nicht für euch, oder?«

Ihre Schwiegermutter schüttelte empört den Kopf. »Aber was redest du denn da?«

»Komm schon, Carla, machen wir uns nichts vor. Ihr habt Marten nie gemocht. Du hast es mir neulich doch selbst wieder gesagt.«

Markus blickte zu seiner Mutter, die sich nichts anmerken ließ. »Aber ich habe dir auch gesagt, dass mich die Sache nichts angeht. Marten war der Freund deiner Tochter.«

»Und deiner Enkeltochter.« Elke trank einen Schluck. »Genau das ist das Problem mit euch. Dass ihr alle Menschen in zwei Gruppen teilt. Es gibt die einen, die dazugehören, und die anderen, die gefälligst außen vor zu bleiben haben. Und Marten gehörte natürlich zur letzteren Gruppe.«

»Elke, bitte ...«, sagte Markus leise mahnend, dem gar nicht gefiel, in welche Richtung sich das Gespräch entwickelte.

»Genauso wie ich«, fügte Elke bitter hinzu.

»Das ist doch Unsinn, Elke«, erwiderte Carla.

»Wirklich? Ständig steckt ihr die Köpfe zusammen und schmiedet irgendwelche Pläne. Das war schon immer so.«

»Elke, wir stecken nicht die Köpfe zusammen. Aber wir haben ein Unternehmen zu führen. Da gibt es nun einmal so einiges zu besprechen.«

»Euch interessieren nur eure Geschäfte. Was Insa gerade durchmacht, interessiert euch einen Dreck.«

»Das ist nicht wahr, Schatz.«

Elke sah ihren Mann an. Sie hatte Ringe unter den Augen, wie immer, wenn sie zu viel getrunken hatte. »Wirklich? Die große Liebe deiner Tochter wurde ermordet. Sie ist am Boden zerstört. Und du hast noch nicht einmal mit ihr gesprochen. Oder sie auch nur in den Arm genommen.«

Markus sah ihr in die müden Augen. Ihm wurde schmerzhaft bewusst, dass sie recht hatte. Er hatte nicht nach Insa gesehen. Er hatte nur an die Probleme gedacht, die sich durch diese elende Affäre ergeben hatten. Und an Ettje.

»Ist Insa in ihrem Zimmer?«, fragte er.

Elke schnaubte verächtlich. »Jetzt ist es zu spät. Ich habe ihr eine Tablette gegeben, damit sie schlafen kann.«

»Die Polizei will morgen früh mit ihr reden. In dem Hotel, wo sie ihre Sonderkommission eingerichtet haben.«

»Warum? Sie haben doch schon mit ihr geredet. Gestern.«

»Da war sie doch noch komplett durch den Wind. Der Kommissar will mit ihr eben noch mal ganz in Ruhe über Marten sprechen.«

Elke schüttelte den Kopf. »Das hättest du ihr früher sagen müssen. Sollte sie morgen früh noch schlafen, werde ich sie jedenfalls nicht wecken.«

Markus biss sich auf die Lippe. Elke musterte ihn abschätzig, erhob sich ächzend wie eine alte Frau. »Ich bin müde, gute Nacht«, sagte sie und wandte sich zum Gehen.

»Ich komme auch gleich«, rief Markus ihr hinterher.

»Lass dir Zeit.« Dann war seine Frau verschwunden.

Carla sah ihn vorwurfsvoll an.

»Was?«, fragte er genervt.

»So geht das nicht, Markus.«

»Sie wird sich schon wieder beruhigen. Auch für Elke ist das eine schwierige Zeit.«

»Umso wichtiger ist es, dass du dich um sie kümmerst. Um sie und um Insa.«

»Verdammt, was soll ich denn machen?«

»Da mische ich mich nicht ein.«

»Ach nein? Von wegen.«

»Die beiden sind deine Familie. Lass dir etwas einfallen. Wenn Elke unglücklich ist und anfängt, zu viele Fragen zu stellen, haben wir ein Problem.«

Er stöhnte. »Langsam reicht es mir. Seit Jahren bin ich es, der sich um alles kümmern soll. Der die Dreckarbeit erledigen muss.«

»Es war auch deine Entscheidung. Wir haben dich nie gezwungen.«

Markus lachte traurig, stand auf. Er trat ans Fenster, schaute hinaus in den Garten. Der Kiesweg wurde dezent von Laternen beleuchtet. Sonst lag alles im Dunkeln.

»Ich habe mir das nicht ausgesucht. Schon gar nicht, dass ich Geheimnisse vor meiner Frau und vor meiner Tochter haben muss. Dass ich sie anlügen muss.«

»Du weißt genau, dass es nicht anders geht.«

»Wirklich nicht?«

Seine Mutter betrachtete ihn mit strenger Miene. Er hasste diesen Blick. Ja, er gab zu, er war nicht der beste Vater und ein noch schlechterer Ehemann. Er tat sich nun einmal schwer, seine Liebe zu zeigen. Wenn er seine Mutter so betrachtete, wusste er genau, von wem er das hatte.

Carla schien zu ahnen, wie es in ihm arbeitete. Sie wollte gerade etwas erwidern, als ihr Handy klingelte.

»Wer ruft denn so spät noch …?« Sie verstummte, als sie den Namen auf dem Display sah, und nahm das Gespräch an. »Ja?«

Eine Weile hörte sie regungslos zu. Dann entspannte sich ihre Miene. Die Andeutung eines Lächelns trat auf ihr Gesicht. Schließlich beendete sie den Anruf und legte das Handy feierlich auf dem Küchentisch ab.

»Was ist?« Er hasste es, wenn seine Mutter es spannend machte.

»Gute Nachrichten«, sagte sie.

»Was? Nun sag schon!«

Carla Clausen atmete zufrieden durch. »Wie es aussieht, ist vielleicht doch noch nicht alles verloren.«

34

Krumme wälzte sich in der weißen Bettwäsche. Er konnte sich noch nicht überwinden, die Augen zu öffnen, genoss stattdessen das Rauschen der nahen Nordsee durch das halboffene Fenster. Unwillkürlich tastete er nach Marianne neben sich. Er fühlte das Kopfkissen, aber keine Marianne.

»Alles Gute zum Geburtstag, mein Liebling!«

Krumme öffnete die Augen. Marianne kniete neben ihm auf dem Bett, in ihrem hellblauen Nighty, das er so mochte. In der Hand hielt sie einen kleinen Blumenstrauß mit Strandhafer, weißen Narzissen und rosa Grasnelken.

Er lächelte. »Stimmt, ja. Hatte ich ganz vergessen.«

Sie gab ihm einen Kuss. »Das sagst du jedes Jahr.« Sie hielt ihm den kleinen Strauß vor das Gesicht. »Habe ich gestern für dich gepflückt.«

»Wie nett. Ich wusste gar nicht ...« Weiter kam er nicht. Sonny war mit Anlauf auf das Bett gesprungen und wollte ihm auch zum Geburtstag gratulieren. Immer wieder zog er seine feuchte Zunge wie einen Waschlappen über sein Gesicht.

Krumme stöhnte. »Ist ja gut, Kumpel, lass gut sein, du weißt, dass ich das nicht mag.«

Aber Sonny gab nicht auf. Erst nachdem Krumme ihn mit sanfter Gewalt wieder vom Bett schob, kehrte er zurück zu seinem Kuschelkissen, eigentlich eher einem Kuschelsack, den sie ihm aus Husum mitgebracht hatten.

Krumme sah auf seine Uhr. »Wie spät ist es?«

»Nicht zu spät, um nicht noch schön frühstücken zu gehen.«

Er richtete sich auf, wollte sie küssen, doch die plötzliche Bewegung war zu viel für seinen Rücken. »Aua«, rief er aus und verzog mit gequälter Miene das Gesicht.

»So schlimm?«, erkundigte sich Marianne besorgt.

»Geht schon«, brummte er, verärgert über seine eigene Gebrechlichkeit. Und jetzt war er schon wieder ein Jahr älter! »Ein bisschen Bewegung, und ich bin wieder topfit.«

Sie strich seine in alle Richtungen abstehenden Haare zärtlich glatt. »Mein Held, ich kann es kaum erwarten.«

Kurz darauf saßen sie im Frühstücksraum. Zu Mariannes Ärger hatte Krumme keine Sportsachen angezogen.

»Ich dachte, wenigstens morgens wolltest du noch an der Yogastunde teilnehmen?«

»Tja, das würde ich ja auch gern. Aber wir haben heute früh eine wichtige Vernehmung, und da muss ich …«

»Heute musst du gar nichts«, unterbrach sie ihn, »heute ist dein Geburtstag.«

»Wenn es nur so einfach wäre.«

»Ist es. Hast du vergessen, was Johan Clausen gestern gesagt hat?«

»Ich hätte gar nicht mit ihm reden dürfen.«

Marianne zuckte mit den Schultern. »Hast du aber, und du solltest seinen Rat beherzigen.«

»Mach ich. Aber erst, wenn wir diesen Fall gelöst haben.«

Sie seufzte. Krumme griff nach ihrer Hand, es tat ihm leid, dass er ihre bestimmt liebevolle Planung für seinen Ehrentag durcheinanderbrachte. Aber was sollte er denn tun?

»Na schön, wie du willst«, sagte Marianne, »aber bitte versprich mir, dass du dir heute Nachmittag zwei Stündchen für mich Zeit nimmst.«

»Zwei Stunden?«

Sie lächelte. »Ist eine Überraschung. Wird dir bestimmt gefallen.«

»Ich versuch zu kommen. Aber ich kann nichts versprechen …«

Marianne verschloss seinen Mund, indem sie ihren Zeigefinger auf seine Lippen legte. »Keine Ausreden, Theo! Sei einfach um drei Uhr hier. Sonst kannst du von mir aus machen, was du willst, aber diesen Termin …«

»Schon gut, hab verstanden, heute Nachmittag bin ich für dich da, versprochen.« Er lächelte, aber Marianne musterte ihn überraschend ernst, ein untrügliches Zeichen dafür, dass sie dieses Mal keine Ausreden akzeptieren würde.

In diesem Moment betrat Pat den Frühstücksraum. Natürlich wusste sie, dass er Geburtstag hatte. Sie gratulierte mit einer kurzen Umarmung und einer kleinen Packung Pralinen aus seinem Lieblingsladen in Husum. Krumme lud sie ein, sich zu ihnen an den Tisch zu setzen. Aber Pat hob abwehrend die Hände. Sie sah zu Marianne.

»Ich muss dir Theo leider schon entführen. Ich weiß, ihr wollt ein bisschen feiern, aber ich möchte ihm etwas zeigen, was vielleicht wichtig sein könnte.«

»Schon klar, macht, was ihr wollt.« Marianne seufzte müde, zeigte dann aber noch einmal mahnend mit dem Finger auf ihn. »Aber nicht vergessen, heute Nachmittag gehörst du mir!«

Kurz darauf waren Krumme und Pat im noch leeren Konferenzzimmer. Krumme betrachtete seinen Arbeitsplatz. Er war erst seit einem Tag in diesem Zimmer, und in seiner Ecke herrschte bereits die gleiche Unordnung wie auf seinem Schreibtisch in Husum.

Das muss sich ändern! Ich muss ordentlicher werden – sein erster Vorsatz für das neue Lebensjahr.

Er setzte sich auf seinen Stuhl und sah Pat erwartungsvoll an. »Also, was wolltest du mir so Wichtiges zeigen?«

Pat setzte sich ihm gegenüber, weckte ihren Computer aus dem Schlaf. »Es ging um den Tatort am Ordinger Strand.« Pat hatte wie immer unabhängig von der Spurensicherung ihre Fotos gemacht. Die rief sie jetzt auf. »Gestern Abend habe ich alles sortiert«, erklärte sie. »Ich habe versucht, die Bilder in mein Diagramm einzubauen. Und dabei ist mir was aufgefallen.«

Pat zeigte auf den Bildschirm. Krumme sah ein Bild des Pfahlbaus am Tatort. Im Vordergrund sah man den für die Dauer des Umbaus gesperrten Steg, der zu dem abbruchreifen Café führte. Dort hing ein Schild mit den Namen aller am Abriss und Neubau beteiligten Firmen. Krumme setzte seine Brille auf, hatte aber trotzdem Mühe, etwas zu entziffern.

»Tut mir leid, aber was ist das?«

Pat nickte. »Ich habe es auch erst nicht bemerkt. Aber gestern Abend ist der Groschen dann gefallen.«

»Alles schön und gut, aber könntest du das vielleicht mal vergrößern?«

Mit einem Mausklick vergrößerte Pat den Ausschnitt. Endlich konnte Krumme die Firmennamen lesen.

Er schüttelte den Kopf. »Ich verstehe nicht, was du meinst.«

Mit ungeduldiger Miene zeigte Pat auf den Namen einer Tischlerei aus Büsum.

»Knudsen?«, las Krumme. »Müsste ich den Namen kennen?«

»Mensch, Theo, wie alt bist du heute geworden? Hundert? Fällt dir denn gar nichts auf?«

Er schüttelte den Kopf.

»Deine Yogalehrerin, diese …«

»Ettje!«

Pat nickte. »Wie heißt die mit Nachnamen?«

»Knudsen. Ettje Knudsen.« Krumme sah seine junge Partnerin skeptisch an. »Zufall.«

»Habe ich zuerst auch gedacht.«

»Der Name ist hier oben so geläufig wie Müller oder Schmidt.«

»Schon klar. Ich habe aber trotzdem mal recherchiert.« Sie klickte mit ihrer Maus herum.

»Und?«

»Der Knudsen von dieser Firma ist Ettjes Großvater!«

»Na schön. Aber was hat das mit unserem Fall zu tun?«

»Vielleicht nichts. Aber ich habe mir gedacht …« Sie zuckte mit den Schultern, hatte sich von ihm wohl mehr Interesse für ihre Entdeckung erhofft.

Krumme blickte auf das Bild im Computer und kratzte sich nachdenklich am Kopf. Hatte Pat recht? Hatte das etwas zu bedeuten?

In diesem Moment kamen Dennis und Steffi in den Raum. Beide waren über seinen Geburtstag informiert und gratulierten ihm. Die junge Kollegin aus Husum nahm Krumme in den Arm, während Dennis es unsicher bei einem Handschlag beließ.

»Wie alt sind Sie denn geworden, Chef?«, fragte der junge Polizeimeister.

»Alt genug, dass ich auf solche Fragen lieber nicht mehr antworte.«

»Ist doch nicht schlimm. Ich finde, für einen alten Mann sehen Sie immer noch ganz okay aus.«

»Danke, Dennis. Das ist … sehr nett.«

»Habt ihr euch auf das Gespräch mit Insa Clausen vorbereitet«, wollte Steffi wissen.

»Ja, ja«, brummte Krumme. Er überlegte. »Aber die Situation hat sich gerade geändert. Könnt ihr beide das Verhör übernehmen?« Er sah abwechselnd Steffi und Dennis an.

»Wie?« Dennis sah enttäuscht aus. »Wir sollen schon wieder nur hier im Büro rumhocken?«

»Und was macht ihr?«, wollte Steffi wissen.

Krumme griff nach seiner Sommerjacke und nickte Pat zu. »Wir fahren nach Büsum zu einem Familienbesuch.«

35

Max aß gedankenverloren sein Frühstücksmüsli, als Mathilda mit Tilmann und Niri in den Gruppenraum kam.

»Moin«, sagte Mathilda freundlich und holte eine Packung Milch aus dem Kühlschrank. Den Tisch hatte Max bereits gedeckt, das Brot geschnitten und Kaffee gekocht. Die Stimmung war nach dem gestrigen Ereignis gedrückt. Die Freunde sprachen über das Wetter, darüber, wer heute welche Aufgaben übernehmen sollte, nur das eine Thema, das allen im Kopf herumging, Louis' schlimmer Unfall, wagte keiner anzusprechen.

Während Tilmann von Mathilda wissen wollte, ob das Rascheln, das er letzte Nacht gehört hatte, von einer Maus stammen könnte, schaute Max immer wieder verstohlen zu Niri hinüber. Die nippte an ihrem Kaffee, nagte an einem Stück Brot und kuckte dabei gedankenverloren aus dem Fenster.

Er seufzte. Wie zerbrechlich sie aussah. Und traurig. Er hätte sie so gern getröstet, aber wie?

»Keinen Hunger?«, fragte er sie mit leiser Stimme.

Sie sah ihn irritiert an, als habe sie seine Frage nicht verstanden. Dann trat ein scheues Lächeln auf ihr Gesicht. Max spürte einen wohligen Schauer. Er wollte gerade etwas sagen, als Jürgen hereinkam.

»Moin, meine Lieben«, sagte er und klatschte laut in die Hände. »Schon alle auf den Beinen? Sehr gut.« Er blickte bekümmert zu Niri. »Und du? Wie geht es dir?«

Anders als die Übrigen erkundigte sich Jürgen direkt, wie sie Louis' Unfall verkraftet und ob sie irgendetwas Neues über ihn erfahren hatte.

Aber sie wusste ebenfalls nichts, wie sie unter Tränen leise gestand.

Jürgen schwieg und betrachtete Niri einen Augenblick lang mit ernster, bekümmerter Miene. Dann wandte er sich an Mathilda. »Willst du mich heute nach Westerheversand begleiten? Ich will Brutvögel kartieren.«

Mathilda sah überrascht von ihrem Müsli auf. »Ich? Eigentlich sollte ich doch heute mit Max die Wattführung übernehmen?«

»Wollten wir heute nicht den Ausstellungsraum streichen?«, fragte Tilmann.

Jürgen nickte. »Doch. Aber ich muss euch heute Abend schon wieder verlassen und in der Station auf Hooge ein Seminar übernehmen. Heute wäre also die letzte Gelegenheit, um Mathilda alles über die Vogelbrut zu erklären.«

»Okay ...« Mathilda wirkte nicht begeistert. Tatsächlich hatte Jürgen bereits allen anderen Mitgliedern der Station eine entsprechende Einweisung gegeben. Nur Mathilda fehlte noch. »Und was ist mit der Wattführung?«, fragte sie.

Jürgen überlegte und sah dann zu Tilmann. »Wie sieht's bei dir aus?«

Max verschluckte sich fast. Bitte nicht! Den ganzen Tag allein mit Tilmann, der bestimmt nur ein Thema haben würde – die Frage, was es am Abend zu essen gab.

Max wollte gerade protestieren, als Jürgen sich an Niri wandte. »Oder vielleicht gehst du besser mit Max.«

»Ich?« Niri war genauso überrascht wie Max. »Ich dachte, ich soll heute den Telefondienst übernehmen?«, sagte sie enttäuscht.

Alle sahen zu ihr, wussten, dass sie sonst wie die anderen nur wenig Lust auf den Telefondienst hatte.

»Nur damit ich weiß, wenn sich was Neues bei Louis ergibt«, erklärte sie und senkte verlegen den Blick.

Jürgen schüttelte den Kopf. »Ich glaube, es ist besser, wenn du ein bisschen an die frische Luft gehst. Tilmann kann das Telefon übernehmen und dich anrufen, falls er was erfährt. Und nebenbei schon mal mit dem Streichen anfangen.«

Tilmann nickte. »Alles klar, mach ich.«

Max atmete erleichtert aus. Er wusste, dass Tilmann kein Fan von Wattführungen war. Zu viele fremde Menschen. Es gab Aufgaben auf Westerhever, die Tilmann lieber mochte.

Niri blickte irritiert zwischen ihm, Max und Jürgen hin und her.

»Also, für mich ist das in Ordnung«, erklärte Max so beiläufig wie möglich. Dabei hätte er am liebsten einen Jubelschrei ausgestoßen. Einen ganzen Tag mit Niri in den Salzwiesen. Allein, nur sie beide. Was konnte es Schöneres geben? Wie es aussah, brachte das Amulett ihm doch Glück!

Aber noch schwieg Niri. Max hielt die Luft an.

»Also, Niri«, sagte Jürgen. »Ich will dich zu nichts zwingen. Du kannst auch was anderes machen. Hauptsache, du grübelst nicht den ganzen Tag wegen der Sache mit Louis.«

Niri wurde rot. »Nein, gut, ich mach die Wattwanderung.«

»Sonderlich begeistert klingst du nicht«, sagte Jürgen. »Noch kannst du mit Tilmann tauschen.«

Max presste die Lippen aufeinander. Wieso hielt Jürgen nicht endlich die Klappe?

Aber er hatte Glück! Niri schüttelte den Kopf. »Nein, nein. Ich gehe mit Max«, sagte sie und sah ihn dabei mit ihren großen, wunderschönen braunen Augen an, in denen Max sein eigenes Spiegelbild erkannte.

Max konnte es kaum glauben. Das versprach, der beste Tag seines Lebens zu werden.

36

Um nach Büsum zu kommen, mussten Krumme und
Pat Nordfriesland und die Eiderstedter Halbinsel verlassen. Die Fahrt ging Richtung Süden am Meer entlang zum Eidersperrwerk, das die Mündung der Eider
und das dahinter liegende Marschland vor den Folgen
von Sturmfluten schützen sollte.

Sie fuhren in einen Straßentunnel und landeten auf
der anderen Seite in Dithmarschen, dem südlich von
Nordfriesland gelegenen Landkreis. Pat saß hinter dem
Steuer ihres Dienstpassats, während Krumme stumm
aus dem Fenster schaute. Die Landschaft unterschied
sich nicht von der auf Eiderstedt. Weite Marschfel-
der, kleine Dörfer und viele Schafe. Im Gegensatz zur
nördlichen Halbinsel gab es hier allerdings überall
riesige Windräder, die wie eine Armee außerirdischer
Riesen ihre Schatten auf die grünen Felder warfen.

Sie fuhren eine Weile bis ins Innere von Dithmarschen und folgten dann dem Strom der Sommertouris-
ten auf der Bundesstraße Richtung Westen nach Büsum. Der Badeort hatte eine gewisse Ähnlichkeit mit
St. Peter-Ording mit seinem quirligen Stadtzentrum,
das jedes Jahr besonders in den Sommermonaten von
Touristen überlaufen war.

Anders als St. Peter verfügte Büsum nicht über einen kilometerbreiten und ebenso langen Strand. Aber dafür hatte Büsum eine andere Attraktion, die Krumme sehr mochte: einen richtigen Hafen mit Fischkuttern, Fähren und allerlei Touristenbooten, die Fahrten zu den Seehundbänken, den Halligen oder sogar nach Helgoland anboten. Krumme war mit Marianne schon oft hier gewesen, vor allem wegen der Fischrestaurants in Hafennähe.

Der Hafen war auch jetzt ihr Ziel, jedoch ein etwas abgelegener Bereich des weitläufigen Geländes, in dem es keine Touristen oder Fischbuden gab und wo auch keine schmucken Krabbenkutter Besucher anlockten. Nur ein paar heruntergekommene Seelenverkäufer dümpelten im Hafenbecken. »Tischlerei Knudsen« hatte auf dem Schild gestanden, das an dem Steg in St. Peter befestigt war. Doch zu Krummes Überraschung führte die Adresse sie zu einer kleinen Werft, spezialisiert auf die Wartung und Reparatur von Booten.

Besonders gut schienen die Geschäfte nicht zu laufen. Das Gebäude, die herumstehenden Maschinen, die Geräte, alles machte einen heruntergekommenen Eindruck. Als Pat und Krumme ausstiegen und über den Hof gingen, konnten sie drei Schiffe aufgebockt am Kai sehen. Der Geruch von Holz und Lack stieg ihnen in die Nase.

Heulende Schleifmaschinen wiesen ihnen den Weg zu einem rostigen Hallentor mit zersplitterten Scheiben. Als Krumme und Pat eintraten, erblickten sie in der Mitte der Halle drei Männer, zwei kräftige, heftig tätowierte junge Burschen und einen älteren Mann mit verschwitzten, struppigen Haaren. Sie waren gerade dabei, die verblasste Farbe vom Rumpf eines alten Motorbootes zu entfernen. Krumme musste mehrmals rufen, bis die Männer aufschauten und bemerkten, dass sie Besuch hatten. Der Alte trat mit misstrauischer Miene auf sie zu.

»Ja?«, fragte er, während er vor allem die große Pat musterte. Auch seine jungen Kollegen betrachteten sie argwöhnisch und mit verschränkten Armen. Die Stimmung entspannte sich nicht, als Krumme sich und Pat vorstellte und erklärte, dass sie von der Kriminalpolizei in Husum kamen und nach Bernd Knudsen suchten.

»Von der Kripo?«, wiederholte der Alte mit zusammengekniffenen Augen.

Krumme schätzte ihn auf etwa siebzig Jahre. Trotz seiner kleinen Statur strahlte er eine Kraft und Zähigkeit aus, die fast schon bedrohlich wirkte.

»Hat Sie meine Enkelin geschickt?«, fragte der Mann.

Krumme zog die Augenbrauen zusammen. Sie hatten offenbar ihren Mann gefunden.

»Macht allein weiter!«, rief der Alte seinen Mitarbeitern zu. Dann gab er Krumme und Pat ein Zeichen, ihm zu folgen, und ging in ein kleines, nur durch Sperrholzwände und Mattglasscheiben vom Rest der Halle abgegrenztes Büro.

Bernd Knudsen setzte sich hinter einen Schreibtisch und goss sich aus einer Flasche ein Glas Wasser ein.

Statt auch ihnen etwas anzubieten, kramte er aus einer zerknitterten Zigarettenpackung eine bereits halb gerauchte Kippe heraus und zündete sie an. Er zeigte auf einen durchgesessenen alten Sessel und einen kleinen Hocker. Krumme wollte sich auf den Hocker setzen, aber Pat bestand darauf, dass er den Sessel nahm.

»Dann hat Ettje es also tatsächlich getan?«, fragte er und stieß den Rauch aus. Als Krumme ihn nur verwirrt ansah, ergänzte er ungeduldig: »Mich angezeigt, weil sie glaubt, ich hätte ihren Freund umgebracht.«

Krumme tauschte einen überraschten Blick mit Pat aus, räusperte sich dann. »Warum sollte Ihre Enkelin das glauben?«

Knudsen musterte ihn. »Vielleicht weil dieser Schilling ein Dreckskerl war und ich ihn nicht ausstehen konnte?«

Krumme zögerte. »Ihre Enkelin scheint Marten Schilling gemocht zu haben.«

Knudsens bitteres Lachen ging in ein heiseres Husten über. »Er hat sich von dieser Clausen-Göre aushalten lassen. Was ihn nicht daran hinderte, sich mit anderen Mädels rumzutreiben. Im Prinzip ist mir das scheißegal. Aber dass er sich erst an meiner Ettje vergreift und sie dann sitzen lässt ...« Knudsen schüttelte wütend den Kopf. »Das habe ich ihm persönlich übel genommen.«

»Haben Sie Kontakt zu ihm aufgenommen? Und ihm gedroht?«

Knudsen sah ihn empört an. »Scheiße, nein! Das heißt, ja! Ich hab mich mit ihm verabredet. Aber nur, um mit ihm ein ernstes Wörtchen zu reden ...« Er zog erneut an seiner Zigarette, drückte den Stummel dann in einem Aschenbecher aus.

Pat hatte ihr Handy in der Hand, bereit, sich Notizen zu machen. »Schildern Sie uns bitte ganz genau, wie Ihr Treffen mit Herrn Schilling verlaufen ist.«

Knudsen goss sich ein neues Glas Wasser ein, das er in einem Zug austrank. »Also, ich habe mich mit dem Kerl verabredet, draußen in St. Peter-Ording, am Strand, bei den Pfahlbauten.«

»Warum gerade da?«

»Weil ich wusste, dass er in der Nähe in der Bar arbeitet. Und weil ich sowieso noch mal zu der Baustelle musste.«

»Das verlassene Café? Was hat das mit Ihrer Werft zu tun?«, wollte Pat wissen.

»Ich arbeite als Bootsbauer *und* als Tischler. Anders kommt man in diesen Zeiten nicht über die Runden.«

»Sie haben sich mit Marten Schilling also an dem Abend draußen in St. Peter-Ording getroffen, um ihm den Kopf zu waschen?«, fasste Krumme zusammen. »Am Strand? Trotz des schlechten Wetters?«

Der alte Mann kramte in der Packung nach einer neuen Zigarette. »Ich wollte das Treffen absagen, als der Regen immer heftiger wurde. Aber ich habe Marten nicht erreicht. Er muss sein Handy ausgeschaltet haben.«

»Also sind Sie trotzdem hingefahren? Wie spät war es da?«

»Wir waren um kurz nach elf verabredet. Aber dann ist es bei mir ein bisschen später geworden. Eine Plane bei einem der Schiffe draußen vor der Halle hatte sich gelöst. Die musste ich befestigen, bevor der Sturm richtig loslegte.«

»Hat Herr Schilling auf Sie gewartet?«

Knudsen schüttelte den Kopf. »Nein, hat er nicht! Als ich endlich beim Treffpunkt war – war schon fast halb zwölf –, da war niemand da. Ich habe gerufen, umsonst.« Er holte tief Luft. »Jetzt weiß ich, dass er wohl die ganze Zeit tot im Wasser gelegen hat. Wenn ich das geahnt hätte ...« Er steckte sich die Zigarette an, inhalierte.

Pat nickte ihm zu. »Was haben Sie danach gemacht?«

»Ich habe meinen Kram geholt und bin wieder weg, zurück nach Büsum.«

Krumme überlegte einen Moment. Schließlich sagte er: »Sie erwähnten, dass Schilling Ihre Enkelin sitzen gelassen hat. Demnach waren sie mal ein richtiges Paar?«

Knudsen schnaubte verächtlich. »Was heißt Paar? Geschwängert hat er sie. So sieht's aus!«

Pat und Krumme sahen sich an.

»Ettje ist schwanger?«, wiederholte Krumme.

»Im dritten Monat! Das haben Sie nicht gedacht, was?«

Krumme schüttelte ungläubig den Kopf, musste daran denken, was Marianne ihm über die Übelkeit ihrer Yogalehrerin gesagt hatte. *Wo bleiben nur meine Instinkte?* Er war sicher, dass seine Freundin im Gegensatz zu ihm etwas geahnt hatte.

Knudsen seufzte, zum ersten Mal eher verzweifelt als wütend. »Meine arme kleine Ettje, in was für einen Schlamassel ist sie da nur geraten?«

»Sie scheinen ein sehr gutes Verhältnis zu Ihrer Enkelin zu haben, Herr Knudsen«, stellte Pat fest.

Knudsen sah sie verständnislos an. »Aber natürlich. Ich bin doch schließlich wie ein Vater für sie ...«

»Wie meinen Sie das?«

»Wie ich's sage. Ich hab die Kleine bei mir aufgezogen, seit meine Tochter und ihr Mann vor zwanzig Jahren bei einem Autounfall ums Leben gekommen sind.«

Einen Moment herrschte betretenes Schweigen. Es war Pat, die die Stille unterbrach.

»Herr Knudsen, könnte es nicht sein, dass Marten Schilling und Ihre Enkelin sich besser verstanden haben, als Sie vermuten? Wir haben eine aktuelle Videoaufzeichnung von den beiden, die sie sehr vertraulich miteinander zeigt.«

»Vertraulich? Das war eben seine Masche. Nein, Ettje hat mir selbst gesagt, dass sie für ihn nur ein Abenteuer war. Ein Abenteuer mit Folgen.«

»Er wollte Insa Clausen also nicht für Ettje verlassen?«, warf Krumme ein.

»Nein! Natürlich nicht. Sie hat ihm die Kohle ja förmlich in den Hintern gesteckt.« Er wischte sich mit dem Handrücken über die Nase. »Als er erfahren hat, dass Ettje schwanger war, wollte er ihr Geld geben, behauptete, er hätte gerade das große Los gezogen.«

Krumme horchte auf. »Das große Los? Was meinte er damit?«

»Weiß ich doch nicht! Der Kerl war ein Spieler, vielleicht hat er irgendwo was gewonnen. Sie kennen doch den Spruch: Der Teufel scheißt immer auf den größten Haufen!«

»Hat Insa Clausen geahnt, dass ihr Freund sie mit Ettje betrogen hat?«, fragte Pat.

»Keine Ahnung. Ist mir auch egal. Ich will mit dieser verfluchten Familie nichts zu tun haben, und Ettje sollte sich lieber auch von denen fernhalten.«

Krumme betrachtete den alten Mann, der jetzt wütend in sein leeres Wasserglas starrte. »Sie scheinen die Clausens nicht ausstehen zu können.«

»Allerdings. Verrecken sollen sie!«

»Woher dieser Hass? Nur weil die Clausens so reich sind?«

Knudsen verzog das Gesicht zu einer verächtlichen Grimasse. »Pah! Deren Kohle interessiert mich nicht im Geringsten. Nein, das hat andere Gründe …«

37

Obwohl Niri zunächst wenig Begeisterung für die Wattwanderung gezeigt hatte, war sie nun mit ganzem Herzen dabei. Tatsächlich hatte Niri von allen Mitgliedern der Station das meiste Talent dafür, Touristengruppen durch die Natur zu führen oder Seminare über das Wattenmeer zu leiten. Max konnte seiner Partnerin stundenlang zusehen, wie sie den Teilnehmern der Exkursion die Erdhaufen der Wattwürmer, die Fluchtreflexe der Krebse oder das ewige Wechselspiel von Ebbe und Flut erklärte. Sie konnte reden, auf eine Weise erzählen, dass man einfach zuhören musste. Am Anfang ihrer gemeinsamen Zeit in Westerhever hatte sie verraten, dass es ihr Plan war, später einmal Schauspielerin zu werden, am liebsten am Theater. Max war überzeugt, dass sie irgendwann einmal ein großer Star sein würde. Und so viel stand fest: Er würde immer in der ersten Reihe sitzen wollen.

Auch heute lauschten alle Teilnehmer der Wanderung gebannt ihren Worten, lachten über ihre kleinen Witze und fühlten sich geehrt, wenn Niri sie einzeln mit Namen ansprach, sich mit natürlichem Charme nach ihrer Herkunft erkundigte und sie freundlich zum Mitmachen animierte.

Niri stand im Mittelpunkt, während Max ihr nur assistierte, die Würmer mit dem Spaten ausgrub und aufpasste, dass die Kinder unbeschadet die vielen Priele im Watt vor Westerheversand durchquerten.

Max stand in Niris Schatten, und dort fühlte er sich sehr wohl. Überraschenderweise gingen die Teilnehmer der Gruppe davon aus, dass er und Niri ein Paar sein mussten, weil sie so gut miteinander harmonierten. Und tatsächlich kam sich Max heute gar nicht so ungeschickt vor, sagte die richtigen Worte zur richtigen Zeit und genoss die Achtung der Gruppe, gerade weil er sich nicht vordrängte.

Die Gruppe, das waren eine Familie aus Remscheid mit zwei Mädchen, sechs- und achtjährig, und ein junges, zurückhaltendes, aber sehr aufmerksames Pärchen aus Dinslaken. Dazu zwei ältere Damen mit derbem Berliner Humor und ein älterer Mann aus Rendsburg mit Bart und halblangen roten, zu einem Zopf zusammengebundenen Haaren und dünnen Beinen, die in einer kurzen Cargohose steckten. Er trug als Einziger hohe Gummistiefel, obwohl es in der Ankündigung geheißen hatte, es wäre besser, mit nackten Füßen ins Watt zu gehen.

Gemeinsam drehten sie eine große Runde über den Westerheversand. Sie entdeckten ein paar alte Planken im Wasser, eventuell Überreste eines gesunkenen Schiffes. Hier war es Max, der der Gruppe von dem großen Schiffswrack erzählte, das vor ein paar Jahren auf der anderen Seite des Heverstroms nach einer Flut im Watt aufgetaucht war. Alle lauschten andächtig, und Max war selbst überrascht, wie flüssig ihm auf einmal die Worte über die Lippen kamen. Lag es an dem Amulett, das er in seiner Tasche spürte? Oder an der Gegenwart Niris, die ihm mit respektvoller Miene zuhörte.

Schließlich gingen sie weiter. Zu seiner Überraschung griff eines der kleinen Mädchen aus Remscheid nach seiner Hand. Max ließ es gewähren, beschützte die Kleine vor einer frechen Sturmmöwe und schenkte ihr und ihrer Schwester jeweils eine Muschel. Als er dafür mutig in einen Priel stieg, bemerkte er wieder, wie Niri ihn voller Anerkennung beobachtete. Ihr Lächeln löste einen angenehmen Schauer in seinem Nacken aus. Konnte es sein, dass ihnen das Schicksal – oder war es sein Amulett? – einen Ausblick in eine gemeinsame Zukunft mit eigenen Kindern schenkte? Max wurde rot. Er bemerkte, dass auch dem Gummistiefelmann ihr kleines Zwischenspiel aufgefallen war, sah sein aufmunterndes Lächeln und kam sich auf einmal sehr erwachsen und reif vor.

Und das Allerbeste: Niri schien kein einziges Mal an Louis zu denken. Zumindest konnte Max im Licht dieses herrlichen Sommertages keine Spur mehr von Trauer oder Melancholie in ihren Augen erkennen.

Mittlerweile hatte die Flut wieder eingesetzt. Das Wasser in den Prielen lief nicht mehr vom Land fort, sondern floss leise gurgelnd auf den Saum der Salzwiesen zu. Zeit, die Wanderung zu beenden.

Normalerweise führten sie die Gruppen zurück aufs Festland. Dort trennten sie sich erst mitten auf den Salzwiesen, wo es in die eine Richtung zum Leuchtturm und für die Teilnehmer in die andere Richtung zum Parkplatz hinter dem Deich ging.

Doch die heutige Wanderung endete auf einer Sandbank neben einer hoch aufragenden Rettungsbarke, gebaut für gestrandete Seefahrer und leichtsinnige Wattwanderer, die in einem kleinen Schutzraum Zuflucht vor der Flut und dem stürmischen Meer suchen konnten.

Zum Abschluss bedankte Niri sich für die Aufmerksamkeit und ermahnte die Teilnehmer, in Zukunft noch mehr auf den Schutz des Wattenmeeres und der Nordsee zu achten. Dabei war sie so nett, auch Max und seine Leistung bei der Wanderung zu erwähnen. Erneut spürte er die freundlichen und anerkennenden Blicke der Gruppe auf sich, eine ungewohnte Erfahrung für ihn. Dankbar und gerührt zugleich blickte er zu Niri und hatte das Gefühl, alle würden von ihm erwarten, dass er endlich nach ihrer Hand griff und damit der ganzen Welt zeigte, dass sie ein Paar waren.

Schließlich ging die Veranstaltung mit einem tosenden Applaus zu Ende. Einzelne Teilnehmer der Gruppe verabschiedeten sich sogar per Handschlag.

»Gut gemacht«, sagte der rothaarige Mann und schenkte ihm erneut ein wohlwollendes Lächeln.

»Hier bitte«, flüsterte eine der beiden Berlinerinnen und drückte ihm mit einem neckischen Augenzwinkern einen Zehn-Euro-Schein Trinkgeld in die Hand. »Lad deine Freundin mal auf ein Eis ein.«

Max lächelte verlegen, nickte aber und sah zu Niri, die in die Hocke gegangen war, um sich von den kleinen Mädchen aus Remscheid mit einer Umarmung zu verabschieden.

Was für ein wundervoller Tag! Was hatte es zu bedeuten, dass alle sie für ein Paar hielten? Offensichtlich machten Niri und er gemeinsam eine gute Figur! Und jetzt waren sie allein in der funkelnden Wunderwelt des Wattenmeeres, um sich herum nur staksende Austernfischer und friedlich schnatternde Enten.

Jetzt galt es …

»Das war nett«, sagte Niri und kam zu ihm. Gemeinsam sahen sie zu, wie sich die Teilnehmer ihrer Gruppe auf den Weg zurück zu ihren Autos und Fahrrädern machten oder an den Strand gingen.

»Ja, hat Spaß gemacht«, erwiderte Max. Seine Stimme klang jetzt plötzlich belegt. Hilfesuchend griff er nach dem Amulett, spürte die beruhigende Kühle des fremdartigen Metalls.

»Du warst auch super«, sagte sie. »Die kleinen Mädchen haben dich geliebt.«

»Meinst du?«

»Klar. Hast du nicht gesehen, wie die dich angehimmelt haben?«

Er nickte. *Jetzt! Sag es ihr endlich, du Holzkopf!*

Max war so aufgeregt, dass er sich nicht traute, sie anzuschauen, und stattdessen immer noch den Teilnehmern der Wattwanderung hinterherblickte. Er streckte die Hand aus, seine Finger waren nur Millimeter von ihren entfernt.

Niri blickte auf ihr Handy. »So ein Mist.«

»Was?«

»Kein Empfang, aber das war ja klar.«

»Kein Empfang?«

»Ja. Oder funktioniert dein Handy hier draußen. Zeig mal!«

»Du willst mein Handy?«

»Ja, nur kurz.« Sie schaute ihn ungeduldig an. »Vielleicht kann ich das Krankenhaus erreichen. Ich muss wissen, wie es Louis geht.«

»Louis?«

»Ja! Was ist denn mit dir? Hast du es mit den Ohren?«

Max spürte, wie eine fast unerträgliche Hitze durch seinen Körper strömte.

»Du willst Louis anrufen? Jetzt?«

»Oder Tilmann. Vielleicht hat der inzwischen was erfahren.«

Mit einem Ruck drehte er sich zu ihr um. »Verdammt! Was willst du denn von diesem Idioten?« Seine Augen funkelten, als er sie wütend anstarrte.

Niri wich verängstigt zurück. »Was ist los mit dir?«

»Merkst du eigentlich gar nicht, wie der Kerl dich verarscht?«

»Hallo? Wie redest du denn? Louis liegt gerade schwer verletzt im Krankenhaus!«

»Na und? Trotzdem interessiert er sich einen Scheiß für dich!«, schimpfte Max, benommen von seinem eigenen Mut, auf diese Weise mit Niri zu sprechen. Aber war es wirklich er selbst, der so sprach? Fast schien es ihm, die Worte würden ohne sein Zutun aus seinem Mund kommen.

Niri schaute ihn ungläubig an, ihre Augenwinkel glänzten. »Mein Gott, Max. Was stimmt denn auf einmal nicht?«

»Ich sage nur die Wahrheit! Du läufst diesem Blödmann seit Tagen wie ein Schaf hinterher und merkst gar nicht, dass du ihm völlig egal bist!«

»Du hast doch keine Ahnung. Ich bin ihm nicht egal.«

Ihre Stimme bebte. Dicke Tränen liefen ihr jetzt über die Wangen. Aber Max spürte nur Wut, kein Mitleid.

»Glaubst du wirklich, du bist die Einzige, der er schöne Augen macht?«

»Du weißt gar nichts. Du weißt überhaupt nichts über mich und Louis. Wir kennen uns schon aus der Schule!«

»Na und? Ich habe gesehen, wie er gestern mit dir geredet hat. Du bist für ihn nur ein Witz!« Max war so aufgewühlt, dass ihm selbst fast die Tränen kamen.

Niri war für einen Moment sprachlos, rang nach Worten.

»Wie ... wie kannst du nur?«, stieß sie schließlich hervor. »Und ich habe gedacht, du wärst hier mein bester Freund! Wie konnte ich mich nur so in dir täuschen?!«

Damit drehte sie sich um und lief über das graue Watt davon, zurück Richtung Leuchtturm, der in weiter Ferne am Horizont zu sehen war.

Du dumme Kuh! Das wirst du bereuen!, fauchte eine Stimme in seinem Kopf. Aber war es wirklich *seine* Stimme?

Und da passierte es.

Niri stolperte, stürzte fast, fand erst im letzten Augenblick das Gleichgewicht wieder. Noch ein paar Schritte – dann konnte sie nicht mehr weitergehen. Ihre Füße steckten im Watt fest. So fest, dass sie es nicht mehr schaffte, auch nur einen von beiden aus dem Schlamm zu ziehen. Im Gegenteil, sie versank immer weiter, bis zu den Knien, konnte sich kaum noch rühren.

Niri schrie erschrocken auf. »Max, Hilfe, ich stecke fest!«

Schlagartig war Max' Zorn verflogen. Er fühlte sich, als wäre er gerade aus einem Traum erwacht.

Schlickwatt!, schoss es ihm durch den Kopf. Aber das konnte doch nicht sein! Sie kannten das Watt hier ganz genau. Sie hatten es regelmäßig kartiert! Hier gab es kein Schlickwatt, hier war es bisher völlig ungefährlich gewesen.

Bis jetzt …

Niri versuchte immer verzweifelter, sich zu befreien, stützte sich mit den Händen ab, ruckte mit den Beinen hin und her. Ohne Erfolg. Der Schlick umschloss sie immer fester. Dabei schmatzte, stöhnte der Boden wie ein lebendiges Tier, das seinen Fang wildentschlossen zu sich in die Tiefe herabziehen wollte.

»Max!«, schrie Niri, »steh da nicht rum, hilf mir endlich!«

Max erwachte aus seiner Starre. »Natürlich! Warte! Hör auf, dich zu bewegen! Bleib ganz ruhig!«

»Schnell, Max, ich sacke immer tiefer!«

Max setzte sich in Bewegung, ging langsam und vorsichtig auf sie zu. Er fühlte mit dem rechten Fuß vor. Das Schlicksandfeld erstreckte sich über einen größeren Bereich, als er zunächst gedacht hatte. Schon begannen auch seine Füße in der grauen Pampe zu versinken. Schnell befreite er sich und trat zurück auf sicheren Grund.

»Was tust du denn? Du musst mir endlich helfen!« Niris panischen Blick zu sehen, zerriss ihm das Herz. Und schon wieder war er schuld, dass sie Todesängste durchstehen musste. Nur er war schuld, er und dieses verfluchte Amulett!

Was sollte er nur tun? Sie hatten in der Station natürlich über dieses Phänomen gesprochen, Max hatte sich aber nie wirklich Gedanken gemacht, schließlich war der Westerheversand bis jetzt immer sicher gewesen.

Niri war es gelungen, das rechte Bein etwas anzuheben. Aber bei der nächsten Bewegung sackte sie dafür nur umso tiefer ein. Wieder stieß sie einen verzweifelten Schrei aus.

Max sah sich um. Das Wasser kam immer näher. Er musste jetzt handeln, sonst würde die feststeckende Niri in der einlaufenden Flut ertrinken. Hastig zog er seine Jacke aus. Er ging auf die Knie, hielt sie am Ärmelbund fest und warf sie dann wie einen Rettungsring in Niris Richtung.

»Halt dich daran fest! Ich zieh dich raus!«

Aber sosehr sich Niri auch bemühte, so fest wie sie feststeckte, reichte sie mit den Händen nicht an die Jacke heran. Wieder liefen ihr Tränen übers Gesicht. »Ich schaffe es nicht.«

»Warte, ich versuch es noch mal.«

Max legte sich flach auf den Bauch, robbte vorsichtig nach vorn über den weichen, schlammigen Boden. Erneut warf er ihr die Jacke zu. Aber wieder fiel sie nicht weit genug. Sosehr sich Niri auch streckte und reckte, sie bekam den Ärmel nicht zu greifen.

»O mein Gott, du musst Hilfe rufen, Max! Allein schaffen wir das nie!«

Max wollte etwas erwidern, als er plötzlich neben sich einen Schatten bemerkte. Überrascht drehte er sich auf die Seite, blinzelte gegen das grelle Licht der Sonne. Er hielt die Hand über die Augen.

Vor ihm stand ein Mann.

Max zuckte erschrocken zurück. Für einen Augenblick glaubte er, die schreckliche Gestalt aus seinem Albtraum stünde vor ihm. Er setzte sich auf.

Aber nein, vor ihm stand kein düsterer Dämon.

Sondern nur der rothaarige Rendsburger mit der Cargohose und den Gummistiefeln.

Mit einer Mischung aus Mitleid und Vorwurf sah er zu ihm herunter. »Sieht aus, als würdest du Hilfe brauchen, mein Junge.«

38

»Marianne macht mir die Hölle heiß, wenn ich zu spät komme. Fahr ruhig ein bisschen schneller«, sagte Krumme mit vollem Mund zu Pat. Er hatte sich im Büsumer Hafen vor ihrer Rückfahrt noch eine Portion Backfisch mit extra viel Remoulade geholt. Keine gute Idee für eine Autofahrt, mittlerweile war ihm der frittierte Fisch schon zweimal auf den Schoß gefallen.

»Entspann dich. Ich fahr so schnell, wie ich hier fahren darf.« Sie blickte auf seine beschmierte Hose. »Und für dich wohl trotzdem zu schnell. Außerdem haben wir noch dicke Zeit, weit über eine Stunde«, sagte sie, wie immer beide Hände an den Lenker gekrallt, den Kopf wegen des niedrigen Autodachs leicht nach vorn gebeugt.

Krumme hatte Pat über die letzten Jahre wirklich zu schätzen gelernt, aber eine souveräne Fahrerin war sie nicht. Bei jedem entgegenkommenden Wagen zuckte sie zusammen und wich gefährlich weit auf die rechte Seite aus. Was bei den engen nordfriesischen Straßen böse enden konnte. Und die Dithmarscher Landstraßen waren auch nicht breiter.

Als sie sich dem Eidersperrwerk näherten, musste Krumme an ihr Gespräch mit Bernd Knudsen denken.

»Hast ja recht«, sagte er, »fahr schön vorsichtig durch den Tunnel.«

»Krasse Geschichte, oder?«, fragte Pat.

Krumme nickte. Der alte Mann hatte ihnen erzählt, wie seine Tochter Dörte und ihr Ehemann vor rund zwanzig Jahren umgekommen waren. Es war genau hier passiert, im Tunnel des Sperrwerks, während er, Knudsen, zusammen mit seiner Frau Helga in St. Peter auf ihr Baby, die kleine Ettje, aufgepasst hatte. Das Fahrzeug war bei einem Überholmanöver mit einem entgegenkommenden Fahrzeug kollidiert.

Der Fahrer des Unglückswagens war Markus Clausen gewesen. Während er selbst bei dem Unfall praktisch unverletzt geblieben war, konnten Dörte und ihr Mann nur tot geborgen werden. Knudsens Frau war über den Verlust ihrer Tochter nie hinweggekommen. Ein Jahr später war sie an einem Herzinfarkt gestorben. »Der Unfall hat ihr das Herz gebrochen!« Davon war der alte Schiffbauer und Tischler überzeugt. Danach hatte er Ettje komplett alleine aufziehen müssen.

Für Knudsen stand fest, dass Markus Clausen seine Tochter und auch seine Frau auf dem Gewissen hatte, selbst wenn das Gericht nach langen Untersuchungen zu dem Schluss gekommen war, dass Clausen keine Schuld traf. Aber das würde der alte Knudsen niemals akzeptieren.

Inzwischen fuhren sie durch den gar nicht so langen Tunnel, sahen die vielen Touristen, die gut gelaunt mit ihren Kindern hierhergekommen waren, um das

Bauwerk zu besichtigen. Doch Krumme konnte nur an die schreckliche Nacht vor zwanzig Jahren denken. Was für eine Tragödie!

Wenn man Knudsen glauben durfte, nicht die Einzige, die auf den beiden alteingesessenen Familien wie ein dunkler Schatten lag. Ettjes Großvater war überzeugt: Die Clausens hatten sich seit über hundert Jahren immer wieder auf Kosten anderer bereichert. Hatten belogen und betrogen. Und waren auf diese Weise schließlich zu Nordfrieslands größten Immobilienbesitzern geworden. Die Knudsens dagegen waren immer vom Pech verfolgt gewesen, hatten sich zunächst mit Fischfang und später als Schiffbauer und Tischler nur mit Mühe über Wasser halten können. Kein Wunder, dass er es nicht ertragen konnte, dass der im Hause Clausen wohnende Marten sich ausgerechnet an seine Ettje herangemacht hatte!

Krummes Handy klingelte. Es dauerte, bis er es aus seiner Gesäßtasche gefriemelt hatte. Es war Steffi. Krumme stellte auf Lautsprecher.

»Was gibt's?«, erkundigte er sich.

»Seid ihr noch in Büsum?«

»Nein, schon auf dem Weg zurück. Haben gerade das Eidersperrwerk passiert. Wie war das Gespräch mit Insa Clausen?«

»Nicht so gut.«

»Warum? Was ist passiert?«

»Die ist hier aufgetaucht und total ausgeflippt. Wollte wissen, warum wir noch keinen Verdächtigen verhaftet haben und wir ihr auch sonst von keiner heißen Spur erzählen wollten. Hat uns vorgeworfen, wir würden nur faul herumsitzen und nichts tun.«

Krumme schüttelte den Kopf, seufzte. »Hat sie sonst was Interessantes zur Sache sagen können?«

»Nein, das ist es ja eben. Sie war total sauer, dass ihr beide nicht da wart.« Steffi versuchte, Insa Clausens Tonfall zu imitieren: »Mein Freund wird brutal umgebracht, und ich soll hier nur mit irgendwelchen Hilfspolizisten plaudern? Never!«

»Hilfspolizisten?«, wiederholte Krumme empört.

»Dennis hat ihr wohl mal einen Strafzettel verpasst. Das hat sie ihm nicht vergessen. Schließlich ist sie einfach abgehauen!«

Krumme und Pat tauschten einen verärgerten Blick. Was dazu führte, dass die für eine Sekunde abgelenkte Pat prompt einen Tick zu weit auf die andere Straßenseite geriet und von einem entgegenkommenden Audi angehupt wurde.

Nur mit Mühe konnte Krumme seinen Backfisch festhalten. Er fluchte leise.

»Alles in Ordnung bei euch?«, erkundigte sich Steffi.

»Ja, ja … Wir übernehmen das.«

»Wie … Was meinst du?«

Krumme wischte sich die Hände an einer Serviette ab und seufzte. »Wir fahren zu Insa Clausen. Liegt auf dem Weg. Ich glaube, wir müssen mal ein ernstes Wort mit der jungen Dame reden.«

39

Der Gummistiefelmann hatte über sein Handy kurzerhand ein Team des DLRG mit einer Spezialausrüstung für Schlickrettung angefordert. Zwei junge Männer und eine Frau, die Max und Niri von einer Party von FÖJlern in St. Peter sogar kannten.

»Was ist denn bei euch los? Wir dachten, wenn sich hier jemand auskennt, dann ihr?«, wunderte sich die Teamführerin, während ihre Kollegen die Ausrüstung in Stellung brachten.

Max war am Boden zerstört. Er ärgerte sich, dass er nicht selber sofort die Retter gerufen hatte. Stattdessen hatte er versucht, den Helden zu spielen. »Keine Ahnung«, sagte er und schüttelte den Kopf, »ich weiß es nicht. Vor ein paar Tagen haben wir die Gegend noch neu kartiert. Da haben wir kein Schlickwatt gefunden.«

Die Teamleiterin betrachtete ihn zweifelnd. »So was entsteht doch nicht über Nacht. Aber egal, fangen wir an.«

Noch nie hatte Max sich so erbärmlich gefühlt wie in diesem Moment. »Wir haben alles probiert, um sie da rauszuholen, wirklich. Sie steckt einfach zu fest. Und um sie rauszubuddeln, kommen wir nicht ...«

»Schon gut«, unterbrach ihn die DLRG-Kollegin, »lass uns mal machen.«

Tatsächlich wurde es Zeit. Das Wasser stieg immer höher und hatte die verzweifelte Niri schon erreicht. Zur Tatenlosigkeit verdammt, schauten Max und sein neuer rothaariger Freund zu, wie sich das DLRG-Team mit einem Schlickschlitten langsam zu Niri vorarbeitete und sie dann aus dem Schlick freischaufelte, der sie mit unerbittlicher Härte inzwischen bis zur Hüfte umschloss.

Niri hatte zu weinen aufgehört und mit großer Erleichterung auf die Ankunft des Rettungsteams reagiert. Mittlerweile waren nicht nur Wattwanderer und Touristen, sondern auch Jürgen und Mathilda zu ihnen gestoßen. Alle standen in einigem Abstand auf einer Sandbank und verfolgten den Rettungseinsatz.

Jürgen konnte kaum glauben, was hier geschehen war. Während Mathilda versuchte, ihrer Freundin Mut zuzusprechen, warf Jürgen Max vorwurfsvolle Blicke zu, als würde er ganz allein ihm die Schuld für diese Situation geben.

Und er hatte ja recht. Dieser Albtraum war einzig und allein seine Schuld – aber nicht so, wie Jürgen dachte. Nur Max wusste, warum sich hier plötzlich ein Schlickloch aufgetan hatte, an einer Stelle, wo es bisher noch nie Probleme gegeben hatte.

Sein Wutanfall war der Auslöser gewesen. Nur deshalb war Niri in eine solche Gefahr gekommen. Dieses verfluchte Amulett! Was für ein Monster hatte es aus ihm gemacht? Und was für ein Glück, dass nicht noch Schlimmeres passiert war.

Es war ihre Schuld!, rief auf einmal diese Stimme in seinem Kopf. *Warum musste sie auch wieder von diesem Louis anfangen? Wenn sie bei mir geblieben wäre, statt beleidigt davonzulaufen, wäre nichts passiert!*

Max nickte mechanisch, schaute mit leerem Blick in die Ferne. Glaubte er das wirklich? Nein, verdammt! Er schüttelte sich benommen, wollte diese jämmerlichen Gedanken verscheuchen. Nichts rechtfertigte, dass Niri solche Angst hatte! Dass sie in Lebensgefahr geriet!

»Nein, nicht Niri, bitte nicht …«

»Alles in Ordnung, meine Junge?«

Max sah sich um. Der Rendsburger war zu ihm getreten und betrachtete ihn verwundert. Max stutzte. Hatte er die Worte etwa laut ausgesprochen? Was war nur los mit ihm?

»Alles gut, danke«, erwiderte Max und blickte wieder zu dem DLRG-Team, »ich mache mir nur Sorgen.«

Die Bergung ging zügig voran. Man sah, dass die Retter solche Aktionen schon häufig durchgeführt hatten. Endlich hatten sie es, selbst im Schlick liegend, geschafft, die nasse Erde um Niri zu lockern. Unter dem Applaus der Anwesenden konnte das DLRG-Team sie zurück auf festen Grund ziehen. Über und über mit Schlamm beschmiert, sackte Niri erleichtert in Mathildas Arme. Max wollte ihr ebenfalls seine Hilfe anbieten, aber die erschöpft zitternde Niri beachtete ihn gar nicht.

Das DLRG-Team packte seine Ausrüstung zusammen und zog ab. Auch die Menge der Schaulustigen löste sich langsam auf.

»Abmarsch!«, rief Jürgen den Mitgliedern der Station zu. Max sah, wie Niri, von Mathilda gestützt, davonging, ohne auch nur einen Blick an ihn zu verschwenden.

»Kommst du?«, fragte Jürgen, schon auf dem Sprung.

Max riss sich aus seinen trüben Gedanken. »Gleich, ich hole nur unsere Sachen.«

Jürgen nickte, wartete aber nicht auf ihn, sondern folgte den beiden Mädchen.

Max blieb allein zurück im Watt. Nur der Mann mit den Gummistiefeln stand immer noch bei ihm.

»Danke für Ihre Hilfe«, sagte Max und hob seine Tasche auf. Seltsamerweise machte der Mann keine Anstalten zu gehen, sondern stand da und betrachtete ihn mit einem nachdenklichen Lächeln.

»Ist noch was?« Max hatte schlechte Laune. Was wollte der Kerl von ihm? Er hatte keine Lust auf Konversation.

Doch statt sich abzuwenden, trat der Mann näher. »Ich glaube, ich habe mich noch gar nicht richtig vorgestellt, oder?« Er deutete eine Verbeugung an. »Hans Lemke. Aus Rendsburg.«

»Ja, ich weiß, so stand es in Ihrer Anmeldung.«

»Tut mir sehr leid, wie das heute gelaufen ist.«

»Ist ja noch mal gut gegangen.«

»Trotzdem, dass hier plötzlich ein Schlickfeld war, ist schon erstaunlich.«

»Ja, so ist das Wattenmeer. Immer in Bewegung und voller Überraschungen.«

Der Mann nickte nur, ließ ihn nicht aus den Augen und kratzte sich an der sonnenverbrannten Nase. Was für ein Spinner.

»Hören Sie, Herr Lemke«, sagte Max. »Ich würde dann jetzt auch gerne zurück zu meinen Leuten gehen.«

»Natürlich.« Lemke räusperte sich. »Es ist nur so, Max – ich darf doch Max sagen? Ich beobachte dich schon eine ganze Weile. Und ich glaube, du hast etwas bei dir, das nicht dir gehört.«

Max erstarrte. Unwillkürlich ging seine Hand zu der Hosentasche, in der das Amulett steckte. »Keine Ahnung, was Sie meinen.«

Lemke atmete müde aus. »Etwas, das nicht dir gehört«, wiederholte er. »Etwas, von dessen Bedeutung du dir keine Vorstellung machst.«

Max betrachtete den Mann genauer. Drohte er ihm? Gefährlich sah er nicht aus. Aber was wollte er von ihm?

»Tut mir leid«, sagte Max, »ich würde gerne länger mit Ihnen plaudern. Aber ich muss zu meinen Freunden.« Damit wandte er sich ab und folgte Jürgen, Niri und Mathilda.

Als er sich noch einmal umdrehte, sah er, dass Lemke noch immer da stand und ihm mit ernster Miene hinterhersah.

40

Als sie vor dem Clausen-Hof parkten, wurde Krumme von einer gewissen Nervosität befallen. Was, wenn die geheimnisvolle Übelkeit wieder einsetzte?

Langsam näherte er sich dem Haus. Aber dieses Mal machte sein Magen keinen Ärger. Krumme atmete erleichtert auf.

Therese informierte sie an der Tür, dass Insa bei den Stallungen auf der Rückseite des Haubargs war. Sie wollte ihnen den Weg zeigen, aber Krumme winkte ab, sie kämen schon allein zurecht. Erleichtert, dass er an der frischen Luft bleiben konnte, ging er mit Pat über einen Kiesweg hinter das Haus, wo sich bei den Stallungen auch ein großer Reitplatz befand. Aber geritten wurde heute nicht. Neben einem großen Pferd stehend, unterhielt sich Insa Clausen mit ihrer Mutter Elke, ihrer Großmutter und einem gut aussehenden Mann Mitte dreißig, der, wie Insa, eine Weste und eine enge Reithose trug.

Schon aus der Entfernung konnten Krumme und Pat hören, dass die Stimmung schlecht war.

»Ich habe es satt, so satt!«, schimpfte Insa mit vor Aufregung rotem Kopf. »So habe ich auf dem Turnier in Friedrichstadt nicht den Hauch einer Chance. Ich dachte, du bist Profi und hast Erfahrung mit Pferden?«

»Woher kann ich ahnen, dass der Schmied gepfuscht hat?«, erwiderte der Mann, um Haltung bemüht.

»Du bist mein Trainer«, rief Insa aufgebracht. »Wieso hast du nicht gemerkt, dass Caspars vorderer Huf vernagelt ist? Wie unfähig kann man sein!«

»Insa, bitte!« Carla Clausen warf ihrer Enkelin einen strengen Blick zu. Der alten Dame schien ihr Ton überhaupt nicht zu gefallen.

»Ich habe die Hufe kontrolliert«, erwiderte der Reitlehrer. »Irgendwie scheint sich ein Eisen gelöst zu haben, keine Ahnung, wieso ...«

Krumme räusperte sich lautstark. »Entschuldigen Sie die Störung ...«

Alle drehten sich überrascht um.

»Herr Kommissar«, sagte Carla Clausen und kam auf sie zu. »Was führt Sie zu uns?«

»Wir würden gern mit Ihrer Tochter sprechen.«

»Jetzt auf einmal?« Insa schaute Krumme vorwurfsvoll an. Anders als bei ihrem letzten Treffen sah sie gar nicht gut aus. Dunkle Ringe unter den Augen, die Haut bleich, die Haare zerzaust. Der Tod ihres Freundes schien sie sehr mitgenommen zu haben. »Haben Sie endlich was herausgefunden?«, fragte sie mit ungeduldig zuckenden Augen.

»Wir sind dabei«, sagte Krumme. »Aber es würde unsere Arbeit erleichtern, wenn Sie ein wenig kooperativer wären.«

Elke Clausen schaute ihn empört an. »Ich muss

doch bitten. Meine Tochter war heute Morgen bei Ihnen. Aber Sie waren ja unterwegs!«

»Aber zwei andere Mitglieder der Sonderkommission hätten sich gerne mit Ihrer Tochter unterhalten.«

»Ja, dieser nervige Verkehrspolizist«, schimpfte Insa. »Der hat doch keine Ahnung. Mit dem finden Sie Martens Mörder nie!«

Carla Clausen wandte sich an den Reitlehrer. »Wenn Sie uns entschuldigen, Herr Stangenberg, wir reden nachher weiter.«

Der junge Mann verneigte sich kurz und marschierte dann davon, offensichtlich erleichtert, der unangenehmen Situation zu entkommen.

»Komm, Elke«, wandte Carla Clausen sich jetzt auch an ihre Schwiegertochter. »Lassen wir die drei allein reden.« Die alte Dame warf Krumme zum Abschied einen kühlen Blick zu und schob Elke Clausen dann mit sanftem Druck fort.

Ausgerechnet jetzt meldete sich Krummes Bauch wieder. *Verdammt!*, dachte er. Von diesem Ort schien wirklich etwas auszugehen, das ihm auf den Magen schlug. Oder waren es eher die Menschen hier?

Insa stellte sich mit verschränkten Armen vor sie. »Also, dann los«, sagte sie zu ihm. »Aber eigentlich habe ich Ihrer Kollegin da doch schon alles gesagt.«

Pat schüttelte den Kopf. »Bisher haben wir nur über das Alibi gesprochen.« Krumme bewunderte seine Kollegin dafür, dass sie so ruhig und freundlich blieb.

»Na schön, was wollen Sie noch wissen?«

»Insa«, fing Pat an, »wir suchen noch immer nach Martens Telefon. Hast du vielleicht eine Idee, wo es sich befinden könnte?«

»Deswegen sind Sie gekommen?« Insa sah sie ungläubig an. »Das haben mich die Leute von der Spurensicherung doch auch schon gefragt. Nein, ich habe keine Ahnung.«

»Aber ist doch komisch. Marten hat ständig Fotos gemacht, für Insta, Tiktok und was weiß ich. Und ausgerechnet an dem Tag, an dem er umgebracht wird, hat er sein Handy nicht dabei.«

»Mag sein. Trotzdem, ich habe es nicht gesehen. Wie oft soll ich das denn noch sagen?«

Krumme war froh, dass Pat übernommen hatte. Er betrachtete das jüngste Mitglied des Clausen-Clans. Sie war ein kleines Biest, keine Frage. Angeblich hatte sie Marten Schilling aufrichtig geliebt. Aber von Trauer war bei ihr nichts zu spüren. Oder verbarg sie sie nur hinter ihrem aggressiven Gehabe?

»Können Sie Martens Handy nicht einfach irgendwie orten?«, wollte Insa wissen.

Krumme nickte. »Das haben wir versucht, aber das Telefon scheint schon länger ausgeschaltet zu sein.«

Insa zuckte mit den Schultern. »Dann weiß ich auch nicht.«

Krumme holte tief Luft. »Auf den Fotos, die Ihr Freund gepostet hat – da sind oft auch junge Frauen zu sehen.«

»Ja, und?«

»War das kein Problem für dich?«, fragte wieder Pat.

Insa verzog das Gesicht. »Wir haben darüber gesprochen, Marten und ich. Als Barkeeper gehören solche Fotos nun mal dazu. Das war wie Werbung. Teil seiner Arbeit.«

»Und das hat dich nicht gestört?«

»Nein. Weil ich wusste, dass er mich liebt.« Nun lief doch eine Träne über ihr Gesicht. Auf einmal sah sie wie ein einsames, kleines Mädchen aus. Das sie ja auch war.

Krumme tauschte einen Blick mit Pat.

Was Insa nicht entging. Sofort wurde ihre Miene wieder misstrauisch. »Warum wollen Sie das so genau wissen?«

Krumme ächzte leise. Wieder dieses Ziehen in der Kehle. »Nun, wir ermitteln in alle Richtungen. Und wir fragen uns, ob unter seinen weiblichen Bekannten nicht doch jemand dabei war, mit der er …«

»Sie meinen, Marten hat mich betrogen?«, fiel ihm Insa ins Wort. »Unsinn! Marten hat mich geliebt. Wir wollten heiraten.«

Krumme nickte. Er hielt sich die Hand vor den Mund. Was war nur mit ihm los? Er musste so schnell wie möglich von hier weg.

»Noch eine letzte Frage. Hatte Marten eventuell noch andere … Einnahmequellen?«, fragte er.

»Einnahmequellen? Er war Barkeeper.«

»Wir haben gehört, er hat gern gewettet«, warf Pat ein.

Insa sah sie entsetzt an. »Sind Sie verrückt geworden? Erst unterstellen Sie Marten, dass er mich betrogen hat, und nun soll er auch noch ein Spieler gewesen sein? Jetzt ist aber genug, bitte gehen Sie. Sofort!«

Pat wollte noch eine Frage stellen, aber Krumme machte ihr ein Zeichen, das Gespräch sofort zu beenden.

Sie verabschiedeten sich und gingen zügig zum Tor.

»Wieder der Magen?«, erkundigte sich Pat.

Krumme nickte. Nur weg hier!

Er war so in Eile, dass er an der Hausecke aus Versehen mit Wucht in Therese rannte, die sich dort gerade mit dem Reitlehrer unterhielt.

»Passen Sie doch auf!«, schimpfte der Mann, während sich die Haushälterin mit vor Wut funkelnden Augen den schmerzenden Arm hielt.

»Tschuldigung«, ächzte Krumme, winkte nur und lief weiter Richtung Straße.

Endlich waren sie beim Auto. Pat öffnete die Zentralverriegelung. Mit einem erleichterten Seufzer ließ Krumme sich erschöpft auf den Beifahrersitz fallen.

Pat stieg ebenfalls ein und sah ihn vorwurfsvoll an. »Geht's wieder?«

Er nickte, lächelte verlegen.

Pat startete den Wagen. »Okay, aber dieses Mal war's ganz bestimmt der Backfisch.«

41

»Die Polizei ist im Haus?« Markus Clausen sah seine Mutter besorgt an.

Carla saß hinter ihrem Schreibtisch, die gefalteten Hände vor sich. Sie nickte. »Dieser Kommissar aus Husum mit seiner zu groß geratenen Kollegin. Sie reden mit Insa bei den Pferden.«

Markus trat ans Wohnzimmerfenster, konnte aus dieser Perspektive aber nichts erkennen. »Ich hab ihr ja gesagt, sie hätte freundlicher zu diesen Polizisten im Hotel sein sollen.«

»Tja, jetzt reden sie eben hier. Auch gut.«

Markus drehte sich um. »Nichts ist gut. Mir gefällt es nicht, wenn die Polizei hier herumschnüffelt.«

»Mach dir keine Sorgen. Von Insa werden sie jedenfalls nichts erfahren.«

Markus ging mit nachdenklicher Miene zu der hohen Anrichte, nahm die Wasserkaraffe zur Hand, schenkte sich ein Glas ein und leerte es in einem Zug. Er stellte das Glas mit einem leisen Seufzer ab, bemerkte, dass seine Mutter ihn beobachtete.

»Was?«

»Du siehst schlecht aus, Markus.«

»Ich fühl mich auch schlecht. Der Vormittag war

schon mal eine Katastrophe. Und ich habe das Gefühl, der Nachmittag wird nicht besser.«

»Der Haubarg in Westerhever? Oder die Wohnung in St. Peter-Dorf?«

»Beides. Und an der Ostwand des Hofs habe ich einen Riss entdeckt. Überall ist im Moment der Wurm drin. Und ich finde einfach keine Handwerker.«

Markus setzte sich aufs Sofa. Für einen Moment schloss er die Augen.

»Denk daran, was Johan gesagt hat«, sagte seine Mutter. »Es gibt noch Hoffnung, dass sich alles wieder einrenkt. Der Stein soll wieder aufgetaucht sein.«

Markus atmete tief durch. »Ja. Aber wo er jetzt ist, konnte er auch nicht sagen. Und ich weiß nicht, wie viel Zeit wir noch haben.«

Die Terrassentür wurde aufgeschoben, Insa stapfte schlecht gelaunt ins Wohnzimmer.

»Sind sie schon wieder weg?«, fragte Carla.

Sie nickte. »Solche Vollidioten!«

»Was wollten sie denn wissen?«

Insa ließ sich auf das Sofa fallen. »Die suchen Martens Handy. Außerdem denken sie, er hätte mich betrogen.«

Carla und Markus sahen sich alarmiert an.

»Das haben sie so gesagt?«, fragte Carla Clausen.

Insa stöhnte. »So oder so ähnlich. Was weiß ich! Das ist doch deren Masche. Die wollen einen so durcheinanderbringen, bis man kaum noch weiß, was man sagt.«

Markus betrachtete seine Tochter, wie sie mit leerem Blick stumm aus dem Fenster blickte.

»Alles in Ordnung, Kleines?«

Sie nickte gedankenverloren. Dann erhob sie sich mit einem Ruck.

»Soll ich Stangenberg sagen, dass du weitertrainieren möchtest?«, wollte Markus wissen.

»Nein, nicht jetzt. Ich muss noch was … arbeiten«, sagte Insa.

»Arbeiten?«

»Ich habe zu tun!«, unterbrach sie ihn. »Muss ich denn immer alles erklären?«

»Nein, Liebes, natürlich nicht. Wenn du etwas brauchst, sag Bescheid …«

Doch Insa hatte bereits den Raum verlassen.

»Deine Tochter«, stellte Carla Clausen trocken fest.

»Sie ist eben durcheinander«, sagte Markus. »Sonst ist sie ganz anders.«

Carla schüttelte den Kopf. »Ist sie nicht. Und das weißt du.«

42

In Köln hatte Max mit seinen Eltern in einem Miets-
haus mitten in der Stadt gewohnt. Naturerlebnisse waren ihm lange Zeit fremd geblieben. Das hatte sich in
Westerhever gründlich geändert. Nicht nur, dass er
und seine Freunde praktisch ständig auf den Salzwiesen, im Watt oder in der Marsch unterwegs waren,
auch am Leuchtturm verbrachten sie so viel Zeit wie
möglich draußen im Freien. Sie frühstückten, wenn es
das Wetter zuließ, an dem Holztisch im Garten oder
legten sich mit einem Buch auf die Wiese vor dem
Haus. Außerdem gab es da noch den kleinen Gemüse-
garten, in dem sie Kräuter und Salat anbauten. Besonders Max liebte die Arbeit im Beet. Hier hatte er seine
Ruhe, brauchte keine Angst zu haben, viel reden zu
müssen. Hier konnte er allein sein.

Und genau das wollte er nach dem Zwischenfall im
Watt. Er hatte geduscht, sich den Schlamm abgewa-
schen und war dann direkt in den Garten geflüchtet.
Er hatte keine Ahnung, worüber die anderen sprachen, ob Niri ihm die Schuld an ihrem Unfall gab. Er
wollte es auch gar nicht wissen.

Während Max Unkraut aus der Erde zog, ging sein
Blick für einen Moment nach oben zum Himmel, wo

ein riesiger Schwarm Stare aufgetaucht war. Rauschend formten sich die unzähligen Vögel zu einer gewaltigen Kugel, fast direkt über ihm. Sie verharrten dort, als hätten selbst sie bemerkt, dass hier unten etwas ganz und gar nicht stimmte.

Dann löste sich der Vogelschwarm von einer Sekunde auf die nächste auf, und der Himmel war so makellos blau wie zuvor.

Max schüttelte irritiert den Kopf, vergewisserte sich einmal mehr, dass das Amulett immer noch in seiner Tasche war.

Es waren seltsame Zeiten. Was sollte er nur mit diesem unheimlichen Ding tun?

»Hallo, Max«, hörte er auf einmal eine bekannte Stimme hinter sich.

Max erhob sich, drehte sich um. Vor ihm stand der rothaarige Kerl aus Rendsburg. »Sie schon wieder?«

Hans Lemke lächelte freundlich. Oder mitleidig? »Hier, die gehört doch dir, oder? Habe ich im Watt gefunden.«

Er hielt ihm seine Schirmmütze mit dem Wappen des 1. FC Köln hin. Max fasste sich verwirrt an den Kopf. Tatsächlich, die hatte er verloren, und es war ihm gar nicht aufgefallen.

Lemke zeigte auf die vermooste Holzbank in der Nähe. »Wollen wir uns kurz setzen?«, fragte er, wartete aber nicht auf eine Antwort, sondern nahm einfach Platz. »Ah, herrlich! So eine Wattwanderung macht Spaß, ist aber auch ganz schön anstrengend.«

»Heute war es kein Spaß«, brummte Max. Er zögerte einen Moment, setzte sich dann aber doch neben den Mann. Was wollte dieser Lemke von ihm? Max hatte seit seiner Rückkehr zum Leuchtturm nicht mehr daran gedacht, was Lemke zu ihm gesagt hatte. Jetzt erinnerte er sich wieder: »Sie beobachten mich?«

Lemke sah ihn an. »Nun, sagen wir so, ich habe dich gesucht und gefunden.«

Max verstand kein Wort. »Sind Sie von der Polizei?«

»Aber nein, nicht doch.« Lemke lachte. »Ich bin ein harmloser Finanzbeamter. Eine Arbeit, die mich allerdings nicht ausfüllt. Aber sie gibt mir genügend Zeit, um mich auch um meine eigentliche Leidenschaft zu kümmern.«

»Nämlich?«

Lemke lächelte stolz. »Die Geschichte der Seefahrt.«

»Die Geschichte der Seefahrt?«

»Genauer – die Seefahrt auf der Nordsee. Mein Spezialgebiet sind historische Schiffskatastrophen und Schiffswracks. Ich habe sogar Bücher darüber geschrieben.« Er wiegte leicht den Oberkörper. »Na gut, nur zwei. Aber in Fachkreisen haben sie durchaus für Aufsehen gesorgt.«

Max sah ihn gelangweilt an. »Und was hat das mit mir zu tun?«

Lemke lehnte sich zurück und schlug die Beine übereinander. »Möchtest du eine spannende Geschichte hören? Dauert auch nicht lange.«

Max konnte Tilmann und Mathilda im Haus lachen hören. Offensichtlich wurde er nicht vermisst. Er nickte. »Na schön, warum nicht.«

»Also, das ist die Geschichte der *Edda*«, begann Lemke. »Den Namen ›Edda‹ hast du sicher schon gehört. Die isländische Sage. Nun, diese *Edda* hier ist ein altes Segelschiff. Kaum einer kennt ihre Geschichte, dabei ist sie wirklich sensationell. Aber vielleicht sollte ich anders anfangen.«

Er griff in seine Tasche und holte eine Zigarettenpackung heraus. »Auch eine?«

»Nein!« Max verlor langsam die Geduld. Konnte der Kerl nicht endlich anfangen?

Aber Lemke blieb ruhig, zündete sich eine Zigarette an und blies genüsslich Rauch in die Luft. »Ich mache es kurz. So um 1800, nachdem Napoleon Ägypten erobert hatte, war man in Europa geradezu besessen von allem, was mit dem Land der Pyramiden zu tun hatte. Französische und britische Forscher und Entdecker fuhren an den Nil, führten Grabungen durch und brachten die Schätze, die sie fanden, nach Paris und London, wo sie dem staunenden Volk präsentiert wurden. Besonders in den adeligen Kreisen waren sie die Attraktion! In Preußen herrschte damals König Friedrich Wilhelm III. Er schaute eifersüchtig auf den Glanz und den Ruhm, mit dem sich Frankreich und England schmückten. So etwas wollte er unbedingt auch haben! Er schickte einen Gesandten nach Ägypten und beauftragte ihn, ebenfalls einen Schatz zu beschaffen. Er sollte den Grundstock für eine prächtige ägyptische Sammlung in Berlin bilden. Der Gesandte des Königs hatte Glück. Es gelang ihm, eine bemerkenswerte Sammlung an Artefakten aller Art zusammenzukaufen. Altäre, Götterfiguren, Gefäße, Goldschmuck und sogar Mumien und vor allem ein riesiger, steinerner Sarkophag gehörten dazu. Insgesamt rund hundert Kisten. Die Kisten wurden verladen und nach Triest gebracht und dort zum großen Teil auf ein dänisches Schiff geladen.«

»Die *Edda*«, sagte Max, der, ohne es zu wollen, in den Bann der Geschichte geraten war.

»Genau, eine Galeasse, ein zweimastiger Frachtsegler. Er machte sich auf die Reise. Immer an der Küste entlang. Um Italien herum, an der französischen und spanischen Küste vorbei bis Gibraltar. Dann Richtung Norden durch den Golf von Biskaya bis zum Ärmelkanal. Eine lange Reise. Drei Monate war die *Edda* unterwegs. Ziel war Hamburg. Von dort sollte der Schatz dann nach Berlin gebracht werden.

Alles war mehr oder weniger gut gegangen, bis die *Edda* in der Nordsee in einen schweren Sturm geriet, einen schlimmen Orkan, einem der heftigsten des ganzen 19. Jahrhunderts. Die *Edda* hatte keine Chance. Wahrscheinlich war es der Sarkophag, der in dem schweren Wellengang verrutschte und ein Loch in die Bordwand schlug. Das Schiff sank in Sekunden, die gesamte Mannschaft ertrank in dieser dunklen Nacht.«

»Und der Schatz?«

Lemke nahm einen Zug von der Zigarette. »Einige Holzkisten wurden an der Nordseeküste und an der

Elbmündung angespült. Die Küstenbewohner fanden darin nicht nur kostbare Artefakte, sondern auch Mumien. Sie reagierten entsetzt. Man befürchtete die Übertragung von Krankheiten. In Ägypten herrschte gerade die Pest. Die Mumien wurden vermutlich an Ort und Stelle verscharrt. Andere Teile des Schatzes tauchten immer wieder auf Märkten und Auktionen auf und wurden für viel Geld verkauft. Aber der allergrößte Teil des Schatzes, wahrscheinlich neunzig der hundert Kisten, blieb verschollen. Bis heute.«

»Krass«, sagte Max mit belegter Stimme.

Lemke nickte und fuhr fort. »Zusammen mit Freunden habe ich viele Jahre lang versucht herauszufinden, wo genau die *Edda* in der Nordsee untergegangen ist. Was nicht einfach ist. Kurz vor der Elbmündung sagen die einen. In der Bucht vor der Eider andere. Das Problem fängt damit an, dass es kaum gültige Seekarten aus der Zeit gibt, auf denen zu erkennen ist, wie sich der Boden, die Priele und das Watt verändert haben. Wie du ja weißt – und heute wieder neu erfahren hast –, ist hier an der Nordsee alles in Bewegung. Eine Sturmflut kann alles verändern. Wo eben noch eine Sandbank war, ist auf einmal tiefes Wasser. Vor einigen Jahren ist es Freunden und mir gelungen, Sponsoren für unsere Suche zu finden. Es gab Hinweise für meine Theorie, dass die *Edda* sehr viel weiter nördlich gesunken ist als bisher angenommen. Dann haben wir die Spur nach einer Sturmflut wieder verloren, und die Sponsoren wollten uns kein Geld für eine neue Suche geben. Wir haben das Unternehmen abgebrochen.«

»Und dann?«

Er seufzte, bevor er fortfuhr. »Ich wollte die Hoffnung noch nicht aufgeben. Habe allein weiter recherchiert. Eine letzte, sehr konkrete Spur nach St. Peter hat sich aber leider als Sackgasse herausgestellt. Alle Mühe war umsonst, ich habe meine Suche eingestellt und bin nach Hause gefahren. Aber vorher bin ich bei allen Juwelieren und Schmuckgeschäften hier im Norden herumgezogen, habe meine Visitenkarte verteilt und alle gebeten, mich unbedingt anzurufen, falls irgendwann ein ägyptisches Artefakt auftauchen sollte.« Er sah Max direkt an. »Gestern habe ich tatsächlich einen Anruf erhalten.«

Max wich seinem Blick aus und schwieg.

»Herr Kopernik aus Husum«, sagte Lemke und kramte ein Handy aus seiner Weste. Er tippte eine Weile auf dem Display herum, dann hielt er Max das Bild eines vertrauten Gegenstandes hin. »Er hat mir ein Foto von einem Artefakt geschickt, das ihm ein junger Mann auf den Tisch gelegt hat. Ein junger Mann mit Sonnenbrille und Kapuzenpulli. Darunter ein T-Shirt mit der Aufschrift *Schutzstation Wattenmeer*. Da der junge Mann behauptet hatte, das Artefakt am Strand in St. Peter gefunden zu haben, habe ich zunächst – so diskret wie möglich – dort bei der Wattenmeerstation nachgefragt und bin dann hierhergeschickt worden.«

Max spürte, wie er rot anlief.

Aber Lemke lächelte freundlich und zeigte wieder auf das Foto.

»Ich habe Kopien der Listen und Originalzeichnungen aller Objekte, die zu dem Schatz gehörten. Es hat nicht lange gedauert, bis ich herausgefunden habe, worum es sich handelt.«

»Und das wäre?«, fragte Max.

Erneut tippte Lemke auf dem Display seines Handys herum und zeigte Max schließlich eine alte, detaillierte Zeichnung *seines* Amuletts.

»Erkennst du es?«, fragte Lemke.

»Ein Amulett«, sagte Max.

Lemke schüttelte den Kopf. »Das hat Herr Kopernik auch gedacht. Aber es ist kein Amulett. Es handelt sich um eine Art Siegel, der Hinweis auf einen ägyptischen Pharao. Sein Name war Herutep.«

»Und die Zeichen? Was bedeuten die?«

»Die Hieroglyphen? Sie erzählen von seinen Taten und seinen Erfolgen als Kriegsherr. Er soll ziemlich grausam gewesen sein. Jeder, der sich gegen ihn gestellt hat, der nicht gerade zu seiner Familie gehörte, musste um sein Leben fürchten. Seine Gegner soll er bei lebendigem Leib verbrannt haben.«

Max sah zum sattgrünen Rasen, wo gerade zwei Enten gelandet waren. Laut quakend watschelten sie durch den Garten. In der Ferne konnte Max die Schafe auf dem Deich sehen. Er konnte das Meer riechen und leise rauschen hören. Das hier war Nordfriesland, Westerhever, ein Naturparadies. Und da kam dieser Verrückte und erzählte ihm was von rachsüchtigen Pharaonen und gruseligen Mumien. Das war doch alles kompletter Schwachsinn.

Wäre da nicht das geheimnisvolle Amulett in seiner Hosentasche.

»Max, hast du mir zugehört?«

Er sah verwirrt zu Lemke. »Was?«

»Ich habe dich gefragt, ob du mir was zu dem Siegel sagen kannst?«

Max schüttelte den Kopf. »Wieso Siegel? Ich versteh nicht …«

Lemke sah ihn ernst an. Dann wandte er sich wieder seinem Handy zu. Mit einer Fingerbewegung vergrößerte er den Ausschnitt der Zeichnung, die er Max eben gezeigt hatte. Nun sah man eine Art Kiste aus Stein, vermutlich einen Sarkophag. Das Amulett – oder das Siegel – steckte im oberen Bereich des Sarkophags in einer entsprechenden Aussparung.

»Der Sarkophag des Herutep«, erklärte Lemke. »Dieses … Ding, das du gefunden hast, gehört eigentlich auf diesen Sarkophag, hat so das Grab des Pharao versiegelt und verschlossen.«

Max starrte wie hypnotisiert auf das Foto der alten Zeichnung. Er spürte, wie eine Gänsehaut über seinen Rücken kroch.

»Und jetzt?«, fragte er mit belegter Stimme.

Lemke drückte seine Zigarette aus und räusperte sich.

»Max, mein halbes Leben bin ich auf der Suche nach dem Schatz der *Edda*. Einem Schatz von ungeheurem Wert für die Wissenschaft. Dazu gehören Objekte und Artefakte, deren manchmal auch unheilvolle Bedeutung und Kräfte wir nur erahnen können. Und dieses

Siegel ist der Schlüssel dazu, eine Möglichkeit, diesen Schatz wiederzufinden.«

»Verstehe. Sie wollen den Schatz finden und ihn sich unter den Nagel reißen.«

»Nein, Max.« Lemke schüttelte den Kopf. »Ich möchte das Amulett, oder wie immer du es nennst, haben, um endlich eine lange Suche zu beenden. Und um die Dinge wieder ins Gleichgewicht zu bringen.«

43

Als Krumme mit Pat im Beach-Park-Hotel ankam, war es bereits Viertel vor drei. Um drei war er mit Marianne verabredet. Es blieb ihm also noch ein wenig Zeit, im Konferenzzimmer vorbeizuschauen.

Als Krumme das Zimmer betrat, saßen Steffi und Dennis auffällig steif an ihren Arbeitsplätzen. Krumme sah sofort den Grund. Polizeihauptkommissarin Claudia Koch und Polizeikommissar Junker von der Wache St. Peter-Ording standen am Fenster in ein vertrauliches Gespräch vertieft.

»Das ist ja eine Überraschung«, sagte Krumme und begrüßte die beiden per Handschlag. »Wie schön, Sie zu sehen. Ich hoffe, die Kollegen haben Ihnen etwas angeboten?«

»Wir wollten mal sehen, was Sie hier so im Hotel treiben«, sagte Koch. »Heute Morgen hat mich Horst, Ihr verehrter Chef, angerufen. Claudia, hat er gesagt, kuck doch mal, ob der Krumme und die jungen Leute auch wirklich arbeiten und nicht nur Urlaub im schönen St. Peter machen.«

»Wie nett«, erwiderte Krumme mit schmalem Lächeln. »Freut mich zu hören, dass man uns im fernen Husum nicht vergisst.« Er zeigte zu Steffi und Dennis.

»Und wie Sie sehen, sind wir voll konzentriert bei der Sache.«

»Zuerst konnten wir leider gar nichts sehen. Als wir kamen, war die Tür verschlossen.«

»Weil wir uns noch mal den Tatort angesehen haben«, sagte Dennis schnell.

»Gute Idee, Dennis«, erwiderte seine Chefin. »Dabei dürfte dir aufgefallen sein, dass wir gerade Flut haben und es dort nichts zu sehen gibt.«

»Trotzdem haben wir noch mal das Gelände sondiert.«

»Und im Poseidon mit den Angestellten gesprochen«, ergänzte Steffi, deren Miene zeigte, dass es ihr gar nicht gefiel, hier auf der Anklagebank zu sitzen.

»Und einen Hugo habt ihr euch bestimmt auch noch gegönnt, oder?« Junker grinste.

»Nein, nur einen Cappuccino und ein Wasser. Die Rechnung kann ich dir gern zeigen.«

Krummes Miene verfinsterte sich. »Gibt es hier irgendwo ein Problem?«

»Nein, natürlich nicht«, antwortete Koch. »Gegen ein Eis zwischendurch oder eine Cola hat niemand was einzuwenden, solange die Arbeit nicht leidet.« Sie ertappte Dennis dabei, wie er einer jungen Frau im Bikini nachsah, die draußen auf dem Hotelparkplatz zu ihrem Auto ging. Koch schlug mit der Hand auf den Konferenztisch. Sofort senkte ihr junger Kollege verlegen den Blick. »Das ist in einem solchen Hotel vielleicht nicht immer einfach, aber Sie haben damit bestimmt keine Schwierigkeiten, nicht wahr, Herr Krumme?«

»Danke für die Fürsorge, aber wir kommen klar.«

»Und – wie laufen die Ermittlungen? Horst fragt, ob es schon einen Hauptverdächtigen gibt?«

Krumme blickte nervös auf seine Uhr. Er musste zu Marianne. »Ja und nein. Wir stecken noch mitten in den Ermittlungen. Gerade kommen wir aus …«

»Also nein«, fasste die Polizeihauptkommissarin ungeduldig zusammen.

»Wenn wir was Konkretes haben, sind Sie die Erste, die es erfährt«, versprach Krumme mit säuerlicher Miene.

»Wie auch immer. Wir wollten nur unsere Hilfe anbieten. Ich habe den Eindruck, dass Sie die gut gebrauchen können. Unser junger Kollege hier ist nicht der einzige fähige Polizist im Ort.«

Sie zeigte auf Dennis, der überrascht lächelte. Ihm war offensichtlich Kochs ironischer Unterton entgangen.

»Wir haben in der Wache auch Strom und Internet, falls Sie Bedenken haben sollten«, ergänzte die Kommissarin.

»Vielen Dank für das Angebot. Mal sehen, wie sich die Lage entwickelt. Der Vorteil hier ist, dass wir sehr dicht am Tatort sind und …«

»Theo? Was treibst du denn noch hier?«, unterbrach ihn in diesem Moment eine Frauenstimme. Marianne stand in der offenen Tür, die Hände in die Hüfte gestemmt. »Wir sind verabredet.«

Junker und Koch drehten sich verwirrt zu ihr um und sahen dann zu Krumme.

Der lächelte gequält Marianne zu. »Einen Moment, wir sind hier gleich fertig.«

Koch ging auf Krummes Freundin zu. »Darf ich mich vorstellen? Polizeihauptkommissarin Koch. Und Sie sind?«

Marianne nickte zu Krumme. »Theos Lebensgefährtin. Mit der er seit fünfzehn Minuten verabredet ist.«

Koch schnitt eine Grimasse. »Ich glaube, wir sind noch bei der Arbeit, oder Krumme?«

Er hüstelte. »Tja, eigentlich …«

Marianne ließ ihn nicht zu Wort kommen. »Kann ich mir nicht vorstellen. Schließlich ist er der Stargast einer kleinen Feier«, sagte sie zu Koch.

»Oh, wie nett, Krumme«, sagte seine Kollegin mit unverhohlenem Spott. »Nun, da müssen die Mordermittlungen natürlich warten.«

»So ist es nicht …«, begann Krumme, aber Koch ließ ihn nicht ausreden.

»Dann nutzen Sie die Zeit hier in St. Peter also wirklich für einen kleinen Sommerurlaub?«

»Es ist genau umgekehrt, Frau Kommissarin«, mischte sich Marianne wieder ein. »Eigentlich *war* Theo hier gerade im Urlaub, als er sich bereit erklärt hat, in seiner freien Zeit einzuspringen und seine langjährige Erfahrung in diesen Mordfall einzubringen. Aber nun sollte er sich wenigstens zwei Stunden Zeit für seine Geburtstagsfeier nehmen.«

Koch sah Krumme mit ehrlicher Überraschung an. »Ach, Sie haben Geburtstag? Davon hat Horst mir gar nichts gesagt.«

»Tja ... was ...«, stotterte Krumme.

Marianne ergriff Krummes Arm und zog ihn mit sich fort. »Sie wissen ja, wie beschäftigt Horst immer ist. Aber er hat versichert, dass Theo sich diese Zeit nehmen soll. Zum Glück hat er ja ganz wunderbare Kollegen und Kolleginnen, die selbst wissen, was zu tun ist, auch wenn der Chef mal aus dem Haus ist.«

»Auf jeden Fall«, sagte Pat und lächelte.

Als Krumme kurz darauf mit Marianne durch den langen Flur zum Hotelausgang ging, konnte er sich ein bewunderndes Lächeln nicht verkneifen.

»Ich wusste gar nicht, dass du Krüger so gut kennst?«, sagte er.

»Wen?«

»Meinen Chef, Horst.«

»Tue ich doch gar nicht.«

Krumme blieb stehen. »Dann hast du die Koch angelogen?«

Marianne verdrehte die Augen. »Irgendeiner musste dir ja helfen. Was für eine unangenehme Person.«

»Jetzt siehst du mal, wie der Druck von allen Seiten kommt. Krüger ruft ständig an, und selbst diese Koch verlangt, Ergebnisse zu sehen.«

»Ach, die ist doch nur neidisch, dass du die Leitung der Soko bekommen hast.«

Er seufzte. »Und wenn ich den Mörder nicht finde?«

Marianne hakte sich bei ihm ein und schob ihn mit sanftem Druck weiter Richtung Ausgang. »Schnickschnack. Du findest ihn.«

Er bewegte den Kopf hin und her, um seine Verspannung im Nacken zu lösen. »Ich bin mir da nicht so sicher.«

»Mach dich nicht verrückt. Nur Schafe lassen sich vor sich hertreiben.«

»Apropos, wo gehen wir eigentlich hin? Ich dachte, wir trinken hier irgendwo einen Kaffee?«

Marianne schüttelte den Kopf und lächelte geheimnisvoll. »Nicht irgendwo und auch nicht nur einen Kaffee.«

Sie traten hinaus ins helle Tageslicht. Krumme blinzelte und hielt sich die Hand vor Augen – als ihm auf einmal Sonny entgegensprang.

»Hallo, mein Freund, habe mich schon gefragt, wo du steckst.« Krumme lachte.

Dann sah er, dass Sonny nicht allein vor der Tür gewartet hatte. Neben ihrem Auto stand ein Ehepaar in seinem Alter, sie im schicken Kostüm und mit Handtasche, er in einem Anzug, der über seinem dicken Bauch deutlich spannte. Daneben ein riesiger, unrasierter, erdbeerblonder Mann in einer blauen Latzhose und schweren Arbeitsschuhen. Polizeihauptkommissar Holger Mannsen und seine Frau Petra, dazu der Knecht Harke. Die drei kamen aus dem kleinen Dorf Kleebüll, nördlich von Husum, und waren Krummes beste Freunde, seit er sich entschieden hatte, aus Berlin nach Nordfriesland zu ziehen.

»Alles Gute zum Geburtstag, mein Junge«, sagte Mannsen und kam mit ausgebreiteten Armen auf ihn zu.

44

Ettje saß auf dem kleinen Balkon ihres Zimmers, vor sich ein großes Glas Schorle. Sie hatte die Beine auf einen zweiten Stuhl hochgelegt und versuchte, sich auf das Buch zu konzentrieren, das sie heute in St. Peter-Bad gekauft hatte. Aber ihre Gedanken schweiften immer wieder ab. Nicht nur, weil ihr im Moment nicht nach einer Liebesgeschichte war, sondern auch weil sie die ganze Zeit an das bevorstehende Treffen mit ihrem Großvater denken musste.

Er hatte sie mittags angerufen und ihr verärgert berichtet, dass die Polizei am Vormittag bei ihm in Büsum gewesen war. Der Anruf hatte sie sehr erschreckt. Hatte die Polizei ihren Großvater in Verdacht, etwas mit dem Mord an Marten zu tun zu haben? Sie kannte sein Temperament, wusste, dass er alles für sie tun würde, und sie wusste, wie wütend er auf Marten gewesen war.

Am Telefon hatte ihr Großvater mit ihr geschimpft, hatte behauptet, sie hätte die Polizei auf ihn gehetzt, obwohl er ihr doch schon am Tag nach dem Mord alles erklärt hatte. Sie hatte ihm versichert, dass sie nicht mit der Polizei über ihn gesprochen hatte, und schließlich hatte er sich wieder beruhigt.

Aber dann hatte er ihr verraten, dass er den Polizisten alles über sie erzählt hatte. Nicht nur die Sache vom Tod ihrer Eltern. Sondern auch, dass sie von Marten schwanger war. Ettje fühlte sich seither wie nackt, bloßgestellt in aller Öffentlichkeit. Sie konnte es überhaupt nicht ertragen, wenn fremde Menschen auch nur die kleinste ihrer Schwächen kannten, und jetzt das.

Aber sie war ja selbst schuld. Hätte sie ihrem Großvater nur nicht von der Schwangerschaft erzählt. War doch klar, dass er ausrastete und das nicht für sich behalten konnte!

Nun wusste Theo also alles über sie. Dass sie sich in einem schwachen Moment der Einsamkeit auf Marten eingelassen hatte. Und dass sie jetzt ein Kind von ihm bekam. Ob Theo Marianne von der Sache erzählen würde? Bestimmt. Ettje nippte an ihrer Rhabarberschorle. Sie fragte sich, was die beiden jetzt von ihr dachten. Sie mussten sie für ein naives, dummes Ding halten.

Und war sie das etwa nicht? Hätte sie als die selbstbewusste, eigenständige Frau, die sie sein wollte, auf jemanden wie Marten hereinfallen dürfen?

Sie blickte auf, sah zum Meer. Sie dachte daran, wie sie sich kennengelernt hatten. Ihr war von Anfang an bewusst gewesen, dass es nicht die große Liebe war. Trotzdem, Marten war freundlich und zuvorkommend gewesen, nett und sogar witzig, gar nicht der Frauenheld, für den alle ihn hielten. Sie hatte sich geschmeichelt gefühlt, dass sich ein so gut aussehender

Mann für sie interessierte. Dass er bei den Clausens wohnte und quasi der Schwiegersohn von Markus Clausen war, des Mannes, der für den Tod ihrer Eltern verantwortlich war, das war ihr erst später klar geworden. Selbstverständlich hatte sie ihn zurückgewiesen. Aber Marten hatte nicht lockergelassen, hatte seinen Charme spielen lassen, und dann war es eben passiert. Ein Fehler, klar, ein Ausrutscher, auf den sie gewiss nicht stolz war.

Nun war sie schwanger. Und Marten tot. Hatte das eine etwas mit dem anderen zu tun? War sie womöglich mitverantwortlich für seinen Tod? Die Frage quälte sie seither, Tag und Nacht.

Und natürlich die Tatsache, dass sie schwanger war. Marten hatte auf die Nachricht ganz anders reagiert, als sie erwartet hatte. Sie hatte geglaubt, dass er sie zu einer Abtreibung drängen würde. Aber das Gegenteil war der Fall. Er hatte ihr dazu geraten, das Kind zu bekommen, hatte versprochen, sich um das Kind zu kümmern. Er hatte sogar davon geredet, seine Freundin zu verlassen und das Kind gemeinsam mit ihr großzuziehen.

Doch Ettje war sofort klar gewesen, dass sie mit Marten keine feste Beziehung eingehen konnte. Als sie ihm das freundlich, aber bestimmt deutlich machte, hatte Marten zunächst geschluckt, dann aber nicht lange protestiert. Für sie die Bestätigung, dass sie sich richtig entschieden hatte.

Als sie ihn das letzte Mal im Hotel getroffen hatte, hatte er seinen Entschluss bekräftigt, dass er Ettje und das Baby finanziell unterstützen wolle. Offensichtlich hatte er eine größere Summe in Aussicht gehabt, wollte ihr aber nicht verraten, worum es dabei ging. Ettje wusste nicht, was sie davon halten sollte. Einerseits war sie gerührt von seiner Fürsorge gewesen. Andererseits hatte er sich an dem Abend irgendwie sonderbar verhalten, völlig überdreht, als wenn er Drogen genommen hätte. Konnte sie da wirklich viel auf seine Worte geben?

Und jetzt stand sie vor der großen Frage: Wollte sie das Baby wirklich haben? Sie liebte Kinder sehr und träumte von einer Familie. In Hamburg hatte sie viele gute Freunde und Freundinnen, die für sie wie eine Familie waren und sie sicher unterstützen würden. Aber ein Kind ohne Vater – war das eine gute Idee?

Ihr Blick verlor sich in die Ferne. Zum Glück war ihr Yogakurs heute Abend zu Ende, dann hatte sie wieder Zeit und Ruhe, um über alles nachzudenken und sich zu überlegen, wie ihre Zukunft aussehen sollte.

Es klopfte an der Tür ihres Zimmers.

Ettje schaute auf die Uhr und schüttelte lächelnd den Kopf. Eine halbe Stunde zu früh. Ihr ungeduldiger Großvater konnte es mal wieder nicht abwarten. Schon hämmerte er erneut an die Tür.

Ettje legte ihr Buch zur Seite und stand auf. »Ich komme ja schon!« Sie schaute zu ihrem kleinen Hund, der auf dem warmen Holz ihres Balkons eingeschlafen war und sich auch durch das Klopfen nicht stören ließ. Sie lächelte, als Wachhund war Mickey wirklich nicht zu gebrauchen.

Ettje stieg vorsichtig über ihn hinweg, ging durch den kleinen Flur und öffnete die Tür. »Hallo, Opa …«

Doch dort stand nicht ihr Großvater, sondern Insa Clausen. Ettje hatte sie schon einmal hier im Hotel gesehen. Aber da hatte sie gelächelt und sehr hübsch ausgesehen. Jetzt wirkte sie völlig aufgelöst, die Haare hingen ihr wirr um den Kopf, und ihre Augen glühten vor Wut.

»Hallo, was …« Weiter kam Ettje nicht.

»Du Schlampe!«, fauchte Insa und versetzte ihr eine heftige Ohrfeige.

45

Was für eine Überraschung! Krumme war begeistert. Wieder einmal staunte er, wie verschwiegen Marianne sein konnte. Nie hätte er geahnt, dass seine drei besten Freunde ihn an seinem Geburtstag besuchen würden.

Krumme hatte eigentlich versucht, die Sache mit dem Yogakurs geheim zu halten, nur Pat und Krüger hatten davon gewusst. Und Marianne selbstverständlich. Nun stellte sich heraus, dass seine Freunde schon seit Wochen geplant hatten, ihn hier in St. Peter-Ording zu überfallen. Jetzt fuhren sie in Mannsens Audi A4 – zu fünft und Sonny musste natürlich auch mit. Krumme saß als Geburtstagskind vorn neben seinem Kumpel Mannsen, während sich die beiden Damen hinten rechts und links neben dem großen Harke auf die Rückbank quetschten. Sonny lag im Laderaum des Kombis. Ziemlich eng, aber sie hatten es ja nicht weit. Ziel war die bekannte Schankwirtschaft Wilhelm Andresen in Katingsiel, südlich von St. Peter, ganz in der Nähe des Eidersperrwerks. Einer von Krummes Lieblingsorten auf Eiderstedt. Er mochte das quirlige Strandleben in St. Peter-Ording. Aber in diesem alten, denkmalgeschützten Reetdachhaus, das sich inmitten hoher Bäume eng hinter einem grünen Deich vor dem stürmischen Nordwind versteckte, hatte er sich vom ersten Augenblick an wie zu Hause gefühlt.

Marianne hatte ihnen einen Platz draußen auf der Terrasse reserviert. Die Schankwirtschaft war auch unter der Woche gut besucht, aber hier hatten sie ihre Ruhe, wenn man sich von ein paar frechen Spatzen und einigen umherstreifenden Katzen nicht stören ließ.

»Zauberhaft«, sagte Petra, die neben dem wie immer schweigsamen Harke die leichte Sommerbrise genoss, die von der Eider herüberwehte. »Und hier verbringt ihr also euren Urlaub?«

Sie wusste sehr gut, dass es so einfach nicht war. Krumme hatte Mannsen auf der Fahrt von dem Fall und den Problemen berichtet, eine konkrete Spur zu finden. Mannsen war als Polizeihauptkommissar und Leiter der Wache in Bredstedt Partner und Ansprechpartner bei Krummes erstem Fall in Nordfriesland gewesen, damals vor fast zehn Jahren, als Krumme noch als einsamer Wolf in Berlin gelebt hatte. Daraus hatte sich eine tiefe Freundschaft entwickelt. Mannsen hatte ihm bei der Entscheidung geholfen, in den Norden zu ziehen und zur Kripo in Husum zu wechseln. Und es waren auch die Mannsens gewesen, die ihn später mit Marianne zusammengebracht hatten.

»Scheint ja ein ziemliches Früchtchen gewesen zu sein, dieser Marten«, stellte Mannsen fest, nachdem Krumme seinen Bericht beendet hatte.

»Der Junge hatte so wenig Freunde und so viele Feinde, dass er einem fast leidtun kann«, sagte Krumme.

Er erzählte von seinem Abenteuer mit dem Wirt des Poseidon und der seltsamen Familie Clausen.

Natürlich hatte Mannsen schon von dem Immobilienclan gehört. »Denen gehören auch bei uns ganze Feriendörfer.« Neugierig wollte er Details über Krummes Besuch auf dem Clausen-Hof und von Johan Clausens Bulli in den Dünen hören.

»Dieser Johan Clausen ist ein sehr reizender Mensch«, unterbrach Marianne. »Aber jetzt hört endlich auf, über die Arbeit zu reden. Dann hätten wir ja auch gleich in eurem Büro im Hotel bleiben können. Jetzt wollen wir Kuchen essen!«

Da hatte sie natürlich recht. Marianne und Petra hatten sich für eine Trümmertorte mit Stachelbeeren entschieden, Mannsen nahm ein Stück Erdbeersahnekuchen und Krumme, genau wie Harke, Friesentorte.

Während sie sich über die Kuchen hermachten, berichtete Marianne vom Yogakurs und wie viel Gutes sie da schon gelernt hatten. Ab jetzt sollten Yogaübungen auch zu Hause in Husum zu ihrem täglichen Ritual gehören.

»Im Ernst?«, fragte Mannsen und schaute zu Krumme, der aber nur diskret den Kopf schüttelte.

Harke hatte die ganze Zeit kaum ein Wort gesprochen. Krumme klopfte ihm auf die Schulter. »Du bist heute so still, mein Freund. Geht's dir gut? Was treiben Nis und Reiko so?«

Harke war ein gutmütiger Hüne und Einzelgänger, immer freundlich, aber *een beten anners*, wie die Leute im Dorf sagten. Die Mannsens hatten den Knecht quasi in ihre Familie aufgenommen. Über die Jahre hatte Harke ihm, Krumme, schon so manches Mal geholfen, hatte ihm einmal in einer stürmischen Nacht in Kleebüll sogar das Leben gerettet. Reiko war Harkes Dobermann, der mit ihm in einer vollgemüllten Baracke am Dorfrand wohnte. Ein weiterer Mitbewohner war Nis, ein Kobold, den außer Harke allerdings nie jemand gesehen hatte.

»Nis und Reiko geht es sehr gut«, beantwortete Harke seine Frage mit großem Ernst.

»Wollten sie nicht auch mitkommen?«

»Wibke passt auf die beiden auf«, informierte ihn Mannsen mit einem Augenzwinkern. Wibke war die Tochter der Mannsens, die, wie Krumme wusste, ebenfalls in Kleebüll wohnte.

Harke nickte. »Außerdem fährt Reiko nicht so gerne Auto.«

»Und Nis? Wäre ein Tag am Meer nichts für ihn gewesen?«, fragte Krumme freundlich spottend.

Harke schaute ihn mit seinen wasserblauen Augen an. »Nein, Nis mag keine Wellen.«

»Ach nein?« Krumme staunte. »Und ich dachte, Kobolde lieben das Meer. Oder waren das Klabautermänner?« Er und Mannsen grinsten.

Marianne hatte genug von ihren Späßchen. »Jetzt mach dich nicht über den Jungen lustig. Sonst verrate ich, wie du dich gestern vor allen Leuten blamiert hast.«

Krumme hörte sofort auf, Witze über Harkes unsichtbaren Freund zu machen. Aber natürlich wollten die anderen trotzdem wissen, was ihm Peinliches passiert war. Alles Zaudern half nichts, Krumme musste zugeben, dass er sich mitten im Wohnzimmer der Clausens übergeben hatte.

»Du hast vor diesen Leuten in den Blumentopf gekotzt?« Mannsen konnte es nicht glauben, hielt sich den dicken Bauch vor Lachen.

Krumme nickte verlegen. »Heute Mittag wäre es fast schon wieder passiert. Ich dachte, ich könnte es kontrollieren. Aber plötzlich musste ich das verdammte Grundstück so schnell wie möglich verlassen. Bin gelaufen wie ein Irrer. Hab die Haushälterin über den Haufen gerannt und mir beinahe Prügel vom Reitlehrer eingefangen.« Er stöhnte leise. »Keine Ahnung, was mit mir nicht stimmt.«

»Jüst as bi di, Harke«, warf Petra ein. »Kannst du dich noch an unseren Ausflug zu den Hünengräbern in Schwesing erinnern?«

Harke senkte verlegen den Kopf und schwieg. Petra übernahm das Erzählen.

»War letzten Sommer«, fing sie an, »wir haben einen Sonntagsausflug nach Husum gemacht und dann eben zu den Hünengräbern. Mit Harke ...«

Der hob die Hand: »Reiko war ok darbi!«

»Genau, Reiko war auch dabei. Und es war verrückt, alles war gut, bis wir das Grundstück mit dem Hünengrab betreten haben. Von einem Moment zum anderen war ihm total elend, und er musste sich direkt vor die Steine erbrechen. Und kaum saßen wir wieder im Auto, ging es ihm wieder besser.«

»Kommt mir bekannt vor«, sagte Krumme und

legte Harke mitfühlend die Hand auf die Schulter. »Hast du eine Ahnung, was da los war?«

Alle schauten neugierig zu Harke. Der kratzte sich knisternd an seinem unrasierten Kinn. »Da slapen Wikingerkönige. Se wüllen nich, dat man ehr waakt«, brummte der Knecht und stopfte den letzten Bissen Friesentorte in seinen großen Mund.

»Was sagt er?«, fragte Krumme.

Mannsen grinste. »Da liegen Wikingerkönige. Die wollen nicht geweckt werden.«

»Ha, da hast du es!«, sagte Marianne. »Bestimmt befindet sich unter dem Clausen-Hof ein uralter friesischer Friedhof.«

Sie und Petra lachten, aber Krumme war ins Grübeln geraten. So dumm fand er die Erklärung gar nicht. Vielleicht sollte er die Familie beim nächsten Mal fragen.

Nachdem sie ihren Kuchen aufgegessen hatten, gab Mannsen für alle eine Runde Eierlikör aus – die Spezialität der Schankwirtschaft. Krumme zögerte, wollte wie Mannsen, der ja nachher fahren musste, verzichten, schließlich war er doch im Dienst.

»Blödsinn«, sagte sein Freund aus Kleebüll und klopfte ihm mit einem Augenzwinkern auf die Schulter: »Eierlikör ist nicht nur lecker, sondern schärft auch die Sinne!«

Gemeinsam stießen sie auf seinen Geburtstag an.

Krummes Handy klingelte. Er holte es hervor, schaute auf das Display: Es war Pat.

»Tut mir leid, aber da muss ich ran«, sagte er. Er stand auf und trat ein bisschen abseits in den Schatten einer Eiche. Er hatte seiner Kollegin gesagt, sie solle sich nur melden, wenn es wichtig war. Also nahm er das Gespräch an.

»Tschuldigung, dass ich eure kleine Feier störe«, sagte Pat. Sie war schlecht zu verstehen, es rauschte und knackte in der Leitung.

»Schon gut, Pat, was gibt's?«

Pat antwortete, ihre Worte gingen im Rauschen und Knacken aber völlig unter.

»Pat, hallo?« Krumme änderte die Position, aber die Verbindung blieb schlecht.

»Theo? Kannst du mich jetzt verstehen?«

»Ja, jetzt geht's. Was ...?«

»Herr Knudsen ist gerade hier ...« Wieder nur Rauschen. Krumme stöhnte entnervt.

Dann war Pats Stimme wieder zu hören. »Hallo ...? Theo ...? ... du noch da ...?«

»Ja, was ist denn los?«

»Theo ...? Hallo ...? ... ich ...«

Krumme verdrehte die Augen. »Pat! Hallo?«

»... Ettje ...«

Wieder nur Knacken und Rauschen. Krumme fluchte. Das Handynetz auf Eiderstedt war zum Weinen.

»... Theo ...?«, war Pats Stimme erneut zu hören. »... hast du verstanden?«

»Nein, verdammt!«, rief er so laut, dass sich die Gäste auf der Terrasse nach ihm umdrehten. »Sag noch mal, was ist mit Ettje?«

Endlich war Pat besser zu verstehen. »... ihr Großvater, er sagt, sie ist entführt worden ...!«

46

Eine knappe halbe Stunde später war Krumme wieder zurück im Hotel. Natürlich waren die Freunde sofort einverstanden gewesen, die kleine Feier abzubrechen. Mannsen war schließlich Kollege und wusste, wie so etwas lief.

»Also, was ist passiert?«, rief Krumme, als er das Konferenzzimmer des Hotels betrat.

Neben Pat saß Bernd Knudsen. Er wirkte erschöpft und niedergeschlagen. Pat nickte ihm freundlich zu.

»Wir waren verabredet«, begann er mit stockender Stimme, »wollten uns aussprechen. Ich war wütend, weil ich dachte, dass sie mich bei Ihnen angeschwärzt hätte. Na ja, wie auch immer, ich musste heute ohnehin wieder zur Baustelle am Strand, da hab ich ihr gesagt, ich komme zu ihr ins Hotel. Damit wir uns endlich aussprechen.« Knudsen sah Krumme verzweifelt an. »Aber sie war nicht da!«

»Und? Weiter?«, fragte Krumme ungeduldig.

»Die Tür stand offen und war nur angelehnt. Ihr Buch lag auf dem Boden, auch ein Stuhl war umgekippt.«

»Und?«

Knudsen zuckte mit den Schultern. »Und was? Reicht das nicht? Ich habe überall gesucht, und sie war nicht da. Wir waren verabredet. Ihr muss irgendwas passiert sein.«

Krumme wandte sich an Pat. »Habt ihr versucht, sie anzurufen?«

Pat öffnete den Mund, aber Knudsen kam ihr zuvor. »Natürlich habe ich das als Erstes versucht!«

»Und Sie haben sie nicht erreicht?«

»Nein, verdammt! Weil ihr Handy zum Aufladen auf dem Nachttisch lag! Sie hat es in ihrem Zimmer gelassen.«

Knudsen war außer sich vor Sorge. Dennis goss an einem kleinen Tisch an der Wand Mineralwasser in einen Becher und reichte ihn Knudsen. Der alte Mann nickte dankbar.

»Vielleicht ist sie nur joggen gegangen? Oder macht Besorgungen?«, überlegte Krumme.

Steffi schüttelte den Kopf. »Wir haben überall gesucht. Nichts. Außerdem stand ihre Sporttasche auf dem Bett, gepackt für die Yogastunde. Und ihr Auto steht auch auf dem Parkplatz.«

»Und ihr Hund? Was ist mit Mickey?«

Pat schüttelte den Kopf. »Keine Spur.«

Krumme setzte sich endlich an den Konferenztisch. Er spürte, wie alle Blicke auf ihn gerichtet waren. Er blickte auf seine Uhr. Viertel vor fünf. Er wandte sich an Knudsen. »In einer Viertelstunde würde die Yogastunde beginnen. Vielleicht warten wir noch so lange und …«

Knudsen ließ ihn nicht aussprechen. »Haben Sie mir nicht zugehört? Ettje würde mich niemals so einfach versetzen – ohne irgendeine Nachricht zu hinterlassen. Sie muss entführt worden sein!«

Krumme tauschte einen besorgten Blick mit Pat. Dann sah er zu Dennis. »Also schön«, sagte er schließlich. »Dann haben wir keine Wahl. Wir müssen deine Kollegen zu Hilfe holen.«

Steffi meldete sich zu Wort: »Wir haben der Wache schon Bescheid gegeben und ihnen ein Bild von Ettje und ihrem Hund gemailt.«

Krumme nickte.

»Theo, hallo, dürfen wir stören?« Marianne stand an der Tür, zusammen mit einem korpulenten Mann – Dietmar aus ihrem Yogakurs. Beide wirkten sehr aufgeregt.

»Was ist los?«, fragte Krumme.

Marianne schob den Tischlermeister in den Raum. »Los, Dietmar, erzähle ihm, was du gesehen hast.«

»Ich habe Ettje gesehen.«

»Wann?«

»Vorhin. Nach meinem Mittagschlaf. Mache ich immer, bevor ich zum Kurs gehe. Und dann noch einen schönen Spaziergang, um wieder richtig wach zu werden ...«

»Dietmar, bitte!«

Der Tischlermeister schaute nervös in die Runde, räusperte sich. »Also, ich wollte gerade los, da habe ich sie gesehen. Sie fuhr vom Parkplatz, und ihre Stirn war ganz blutig.«

Pat sah ihn mit großen Augen an. »Im Auto? Aber ihr Wagen steht auf dem Parkplatz.«

»Sie ist nicht selber gefahren. Sie saß auf dem Beifahrersitz. Gefahren ist ein anderes Mädchen.«

Krumme schaute ihn alarmiert an. »Was für ein Mädchen?«

»Keine Ahnung, habe ich noch nie gesehen.«

Marianne mischte sich ein. »Dietmar, das Auto. Sag ihnen, was für ein Auto das war.«

Dietmar nickte. »Ach ja. Ein weißes Cabrio. Ein Mercedes.«

Pat und Krumme sahen sich an.

»Insa Clausen!«, sagten beide im selben Moment.

Keine Viertelstunde später hielt der Dienstpassat auf dem Grundstück der Clausens. Krumme hatte sich entschlossen, Dennis mitzunehmen. Ein bisschen Verstärkung konnte nicht schaden, und sei es nur, um gegebenenfalls Bernd Knudsen in Schach zu halten, der darauf bestanden hatte, ebenfalls mitzukommen.

Pat ging voraus, gefolgt von Dennis. Krumme hielt sich mit Knudsen im Hintergrund. Auf ihr Klingeln wurde die Tür von Therese geöffnet.

»Sie wünschen?«, fragte sie, doch in diesem Moment tauchten bereits hinter ihr Markus und Carla Clausen auf.

»Was hat das zu bedeuten?«, fragte die alte Dame, als sie das Großaufgebot sah.

»Hallo, Carla«, knurrte Knudsen und schob sich nach vorn, bevor Krumme oder Pat etwas sagen konnten. »Wo ist Insa?«

»Insa?«, fragte Markus Clausen. »Was ist mit ihr?«

»Sie hat Ettje entführt!«

Carla Clausen sah Knudsen abschätzig an. »Was redest du denn da?«

Statt Knudsen antwortete Krumme. Er versuchte in aller Ruhe zu erklären, warum der Verdacht einer Entführung bestand, und wollte wissen, ob Insa zu Hause war.

Carla Clausen musterte ihn, als wäre er nicht ganz bei Verstand. »Insa eine Entführerin? Was für ein Unsinn!«

»Von wegen!«, fuhr Knudsen sie an. »Sie hat Ettje blutig geschlagen. Dafür gibt es Zeugen!«

Pat nickte Dennis zu, der sich neben den alten Mann stellte und ihn mit sanftem Druck von Carla Clausen fortschob.

In diesem Moment kam ein 2er-BMW-Cabrio die Auffahrt heraufgefahren. Am Steuer saß Elke Clausen, auf dem Rücksitz war ihr Golfbag zu erkennen. Sie parkte im Carport und kam zu ihnen an die Tür.

»Was ist denn hier los?«, fragte sie erstaunt.

Ihre Schwiegermutter berichtete ihr in knappen Worten, was die Polizei und Bernd Knudsen Insa vorwarfen.

Elke Clausen schüttelte ungläubig den Kopf. »So ein Blödsinn, warum sollte sie das machen?«

»Weil Marten Insa mit meiner Ettje betrogen hat!«, rief Knudsen aus.

»Was? Ausgerechnet mit Ettje, diesem unscheinbaren Ding?«, spottete Elke Clausen.

»Unscheinbar? Sie ist schwanger von dem Dreckskerl!«, rief Knudsen aufgebracht.

Die Clausens schienen alle wie vor den Kopf gestoßen. Elke Clausen schwankte. »Niemals«, hauchte sie, während sich ihr Mann und ihre Schwiegermutter schweigend ansahen.

Krumme hatte das Gefühl, dass ihm die Situation gerade ein wenig entglitt. Außerdem musste er schon wieder leise aufstoßen. Zeit, die Angelegenheit voranzutreiben. »Herr Clausen, wo ist Ihre Tochter jetzt?«

»Ich weiß es nicht«, sagte Insas Vater, immer noch benommen von der Neuigkeit, die er gerade gehört hatte. »Hier ist sie nicht. Sie ist mit dem Auto unterwegs.«

Krumme nickte. In dem großen Carport standen zwei Volvos und Elkes BMW, aber kein Mercedes.

»Der lügt doch!«, schimpfte Knudsen, während er versuchte, sich von Dennis loszureißen. »Ich warne euch, wenn das Biest meiner Ettje etwas antut, dann werde ich euch …«

»Herr Knudsen«, unterbrach ihn Krumme. »Es reicht! Halten Sie sich zurück. Noch ein Wort und mein Kollege begleitet Sie zurück zum Wagen.«

»Aber es stimmt, Bernd«, sagte Markus Clausen. »Insa ist wirklich nicht im Haus. Ich habe auch keine Ahnung, wo sie steckt.« Er trat ein bisschen zur Seite und lud Krumme und Pat ein hereinzukommen. »Schauen Sie ruhig selbst nach.«

Krumme zögerte, den Hof zu betreten. Pat schien seine Gedanken zu lesen und flitzte alleine hinein, um sich drinnen umzusehen. Kurze Zeit später kam sie kopfschüttelnd zurück. »Keiner da.«

Gemeinsam gingen sie alle nach hinten zu den Ställen, aber auch hier war keine Spur von Insa oder sogar Ettje zu finden.

»Siehst du?«, wandte sich Carla Clausen an Knudsen. »Wir haben nicht gelogen. Kein Grund, unhöflich zu werden.«

Der alte Mann wollte wütend etwas erwidern, aber Dennis wies ihn an zu schweigen und zog ihn ein Stück zur Seite.

»Ihre Tochter hat doch bestimmt ein Handy?«, fragte Krumme Insas Mutter. »Kann ich bitte die Nummer haben?«, sagte er und holte sein eigenes Handy heraus.

Elke Clausen wirkte von der einfachen Aufforderung völlig überfordert. Sie sah Krumme mit großen Augen an, zögerte.

»Nun gib ihm schon die verdammte Nummer!«, fuhr Markus Clausen seine Frau an.

Erschrocken griff sie in ihre Tasche, holte ihr Handy heraus und ließ es vor Aufregung fast fallen.

Krumme überlegte. »Vielleicht ist es am besten, wenn Sie Ihre Tochter anrufen.«

Sie nickte und brauchte einen Moment, bis sie die Nummer gefunden hatte.

»Stellen Sie bitte auf laut.«

Gemeinsam hörten sie das Freizeichen – und schließlich die Ansage, dass der gewünschte Teilnehmer gerade nicht zu erreichen war.

Krumme wechselte einen enttäuschten Blick mit Pat.

»Was jetzt?«, wollte Knudsen wissen. Von seiner Aggressivität war nichts mehr zu spüren. In seiner Stimme schwang nur noch Sorge für seine Enkeltochter.

»Hat Ihre Tochter eine Waffe?«, fragte Krumme an Markus Clausen gewandt.

»Nein, natürlich nicht«, sagte er sofort.

Seine Frau widersprach: »Insa hat ein Jagdmesser.«

Ihr Mann verdrehte die Augen. »Und wenn schon! Herr Kommissar, bitte glauben Sie mir, Insa würde Ettje niemals etwas antun, ich meine, dazu wäre sie doch gar nicht in der Lage.«

Krumme seufzte. Er wusste längst nicht mehr, was er glauben sollte und was nicht. Er wählte in seinem eigenen Handy die Nummer von Steffi. »Hör zu, ich schick dir gleich eine Handynummer. Kannst du dich um die Genehmigung für eine Ortung kümmern? Ja, wir müssen unbedingt rauskriegen, wo sich die Besitzerin aufhält ... O ja, es ist sehr dringend. Gefahr im Verzug.«

47

Es dauerte einen Moment, bis Steffi ihnen das Ergebnis der Ortung mitteilen konnte. Krumme und Pat warteten mit Knudsen, Dennis und den Clausens auf der Auffahrt neben den Wagen. Krumme schaute unglücklich auf die Uhr. Sein Magen grummelte, er konnte es kaum erwarten, dass sie hier wegkamen.

»Ich warte vorne an der Straße«, sagte er zu Pat und verließ das Grundstück. Und es war verrückt, kaum stand er auf dem Bürgersteig, ging es ihm sofort besser. Erleichtert atmete er durch.

Er schaute sich um. Die Straße war fast menschenleer. Aber ganz in der Nähe sah er einen Mann, ungefähr in Krummes Alter, mit roten, zum Zopf zusammengebundenen Haaren, der über den Friesenwall, der zur Straße hin das Grundstück der Clausens begrenzte, das Treiben vor dem Haubarg beobachtete. Krumme hatte das Gefühl, den Mann schon einmal gesehen zu haben. Aber wo? Dann fiel es ihm wieder ein. Gestern Abend in Ording, am Strand, kurz bevor er mit Marianne zu Johan Clausens Bulli in die Dünen gegangen war. War es Zufall, dass er sich jetzt ausgerechnet hier in Böhl vor dem Clausen-Hof herumtrieb?

Mit seinen Gummistiefeln, der kurzen Hose und der Weste sah er aus wie ein Angler auf dem Trockenen.

»Entschuldigung«, sagte Krumme, »dürfte ich Sie fragen, was Sie hier tun?«

Der Mann schaute überrascht auf, lächelte verlegen. »Ich kuck nur, was die Polizei hier macht«, sagte er.

»Kennen Sie die Familie?«

»Wer kennt Familie Clausen nicht?«, antwortete er ausweichend.

»Hauptkommissar Krumme, Kripo Husum«, stellte Krumme sich vor, »und Sie sind?«

Der Mann sah ihn verwirrt an, holte dann aus einer seiner vielen Westentaschen eine Visitenkarte hervor und reichte sie Krumme.

»Hans Lemke, Historiker aus Rendsburg«, las Krumme. »Und was führt Sie von Rendsburg ausgerechnet hierher?«

Der Mann zögerte einen Moment, bevor er antwortete. »Ich wollte die Clausens etwas fragen. Rein beruflich.«

»Beruflich?«

»Hat was mit einem … Geschichtsprojekt zu tun.«

Krumme musterte den Mann misstrauisch, hatte den Eindruck, dass er nicht ehrlich zu ihm war. Da rief ihn Pat von der Auffahrt. »Theo! Steffi hat die Daten! Komm, wir müssen los.«

Sofort machte sich Krumme auf den Weg zurück zum Wagen, drehte sich aber noch mal zu Lemke um: »Sie kommen zu einem sehr ungünstigen Zeitpunkt.

Ich glaube nicht, dass Familie Clausen zurzeit Besuche empfängt.«

»Wer war das denn?«, fragte Pat, als sie ins Auto einstiegen.

Krumme winkte ab. »Nur irgendein Spinner. Sag mir lieber, wo die Mädchen sind.«

Pat berichtete, dass das Handy in der Nähe des Deichs vor St. Peter-Dorf geortet worden war. Krumme schaute auf das Navi und erinnerte sich, dass sich dort ein weiteres Pfahlbaurestaurant befand. Es stand nicht wie die anderen an einem belebten Strand, sondern etwas abseits, hinter den Salzwiesen.

Sie fuhren durch den Ort Richtung Deich. Die Clausens folgten ihnen in ihrem Volvo. Sie hatten darauf bestanden mitzukommen. Pat hatte inzwischen auch die Kollegen Koch und Junker informiert, die direkt vor Ort zu ihnen stoßen wollten.

Sie passierten den Ortskern von St. Peter-Dorf und erreichten schließlich die Straße, die über den Deich hinunter zu den Salzwiesen führte. Schon von der Deichkrone aus konnten sie in der Ferne das einsame Restaurant erkennen, am Ende einer langen Straße, die nahe beim Deich an einem großen Parkplatz begann.

Krumme griff nach einem Fernglas und warf einen Blick hindurch: »Ich kann Insas Cabrio sehen.«

Knudsen beugte sich vor: »Und Ettje?«

Krumme schüttelte den Kopf. »Keine Spur. Ist überhaupt sehr wenig los. Nur ein paar Radfahrer und Spaziergänger.«

Unten am Deich bat Krumme Pat anzuhalten. Eine

Tafel warb für das Restaurant, das sich in etwa zweihundert Metern Entfernung am Ende der Straße befand. Daneben der Hinweis: *Heute Ruhetag!*

»Warum halten wir?«, fragte Pat.

»Was ist, wenn Insa sieht, wie wir uns auf der langen Straße nähern?«

»Sollen wir ein SEK anfordern?«

»Nein«, meldete sich Knudsen aufgeregt von hinten. »Wir können nicht warten. Wer weiß, was dieses Biest mit Ettje anstellt?«

Krumme überlegte einen Moment. Zu lange für Knudsen. Der alte Mann öffnete die Tür, wollte aussteigen.

»Hiergeblieben!«, schimpfte Krumme. »Keine Alleingänge!« Dennis gelang es, Knudsen wieder zurück ins Auto zu zerren.

»Hallo, Herr Kollege, wie ich sehe, haben Sie alles im Griff«, meldete sich Polizeihauptkommissarin Koch mit spöttischem Lächeln neben Krummes Tür. »Wie sind denn Ihre Pläne?«

»Wir fahren mit unserem Zivilwagen erst einmal allein nach vorn zum Restaurant. Ich will nicht, dass das Mädchen sich bedroht fühlt und durchdreht.«

»Und wir?«

»Sie passen auf die Clausens auf und kommen sofort nach, wenn wir das Zeichen geben.«

»Wie Sie meinen.«

Koch ging zurück, um den Clausens in ihrem Volvo den Plan zu erklären, während Krumme Pat aufforderte, langsam zu dem Restaurant zu fahren.

»Ob sie im Restaurant sind?«, fragte Pat.

»Das ist geschlossen.«

»Gerade deshalb.«

»Wir werden sehen.«

Was sie schließlich im warmen Licht der tief stehenden Sonne sahen, waren der leere Mercedes, ein verwaister Spielplatz und ein paar leere Bänke, aber keine Spur von Insa und Ettje.

Pat stieg aus dem Wagen, während Krumme sich noch mal an Dennis wandte: »Du bleibst mit Herrn Knudsen hier im Wagen.« Dennis schaute enttäuscht, hätte sie wohl gern bei dem Einsatz begleitet. Genau wie Knudsen.

»Ich will mit«, protestierte Ettjes Großvater.

»Auf gar keinen Fall«, zischte Krumme. »Sie bleiben hier. Wir schauen uns erst einmal um.«

Nirgends war ein Mensch zu sehen. Krumme zeigte Pat an, dass sie zuerst das Restaurant untersuchen sollten. Langsam stiegen sie die Treppe hinauf, vorsichtig Stufe für Stufe, um keine Geräusche zu verursachen. Die Eingangstür des Restaurants war, wie erwartet, verschlossen. Auf einmal hörten sie ein leises Murmeln. Wieder nickte Krumme und ging voran, spähte vorsichtig um die Ecke auf die Panoramaterrasse.

Sofort zuckte er zurück. Auf einer Bank hatte er – geblendet von der Sonne – zwei Gestalten gesehen, mit dem Rücken zu ihnen. Die eine saß aufrecht. Von der anderen waren nur die Beine zu sehen gewesen, die über das Ende der Bank hinausragten.

Krumme griff nach seiner Waffe. Auch Pat zog ihre Pistole, wartete auf sein Zeichen. Drei – zwei – eins … Dann sprangen sie um die Ecke des Gebäudes.

»Hände hoch! Keine Bewegung!«, rief Krumme – und erstarrte. Auf der Bank saß Ettje. Neben ihr lag eine verweinte Insa Clausen, die den Kopf in Ettjes Schoß gebettet hatte. Ihnen zu Füßen hatte der Hund Mickey sich eingerollt. Bei Krummes Geschrei richteten sich alle drei ruckartig auf.

»Was ist denn hier los?«, stammelte Krumme.

Insa klammerte sich an Ettje. Beide starrten die auf sie gerichteten Waffen an. Krumme sah die Schwellung auf Ettjes Stirn. Aber Dietmar hatte übertrieben, so schlimm schien die Verletzung nicht zu sein. Er seufzte. Hier gab es keine Entführung, sie schienen in die Aussprache zweier Freundinnen geplatzt zu sein.

Krumme steckte die Waffe weg und sah sich um. »Ettje – kannst du mir das erklären?«

»Was soll sein? Wir reden nur.«

»Wir dachten, du bist in Gefahr?«

Ettje schüttelte den Kopf. »Mach dir keine Sorgen, Theo, alles in Ordnung.«

Unten fuhren der Wagen der Polizei und der Clausen-Volvo auf den Parkplatz. Hatten sie mit dem Fernglas alles beobachtet und selbst entschieden, dass sie kommen konnten? Aber das war jetzt auch egal, dachte Krumme.

Elke Clausen und ihr Mann Markus waren die Ersten, die die Sonnenterrasse erreichten, dicht hinter ihnen folgte Dennis mit Knudsen. Der alte Mann sah wie alle, dass Ettje nicht in Gefahr war, und blieb verblüfft stehen.

Insas Mutter dagegen lief völlig aufgelöst zu ihrer Tochter. »Mein Schatz, alles in Ordnung?«

Doch zu ihrer großen Überraschung wollte ihre Tochter sie nicht bei sich haben. »Lass mich! Hau ab!«, schrie sie und rückte noch näher an Ettje heran.

Elke erstarrte, als hätte sie einen Schlag ins Gesicht bekommen. Markus Clausen zog seine Frau sanft fort und versuchte, seine Tochter zu beruhigen. »Aber meine Süße, was ist denn los …?«

»Ich bin nicht deine Süße!«, rief Insa wütend. Tränen liefen ihr übers Gesicht.

Krumme wies Koch und Junker, die jetzt mit Carla Clausen auf die Sonnenterrasse kamen, an, die Eltern auf Distanz zu halten. Nur er und Pat blieben in der Nähe der beiden jungen Frauen.

»Ettje, ich bin verwirrt. Was ist hier los? Wir dachten, du bist entführt worden.«

»Entführt? Aber wie kommst du darauf? Insa und ich, wir mussten uns nur mal in Ruhe unterhalten.«

»Aber das Chaos in deinem Zimmer. Dein geschwollenes Gesicht …«

»Du hast Ettje geschlagen!«, wetterte Knudsen von hinten.

Insa sah Ettje unglücklich an. »Das tut mir ja auch leid. Aber ich war einfach so wütend!«

»Du bist gesehen worden«, sagte Krumme zu Ettje, »wie du blutend von Insa im Wagen fortgebracht worden bist.«

Ettje zuckte mit den Schultern. »Ich bin freiwillig hier rausgefahren. Insa war so verzweifelt. Ich musste ihr ein paar Dinge erklären, das von Marten und mir, alles ganz in Ruhe.«

Krumme schüttelte den Kopf. »Ich verstehe das nicht«, sagte er jetzt zu Insa. »Bei unserem Gespräch bei Ihnen zu Hause haben Sie behauptet, Marten Schilling wäre Ihnen immer treu gewesen. War das gelogen?«

Insa sah hilfesuchend zu Ettje. Die nickte ihr mitfühlend zu. »Erzähl es ihnen.«

Insa wischte sich die Tränen ab und holte Luft.

»Es war wegen dem, was Sie gesagt haben«, sagte sie und warf Krumme einen kurzen Blick zu. »Ob Marten nicht vielleicht doch eine andere Freundin hatte und so. Seine Fotos bei Insta und so, die kannte ich ja alle. Aber ich habe mich gefragt, ob es vielleicht noch andere Fotos gibt. Ich hab deshalb noch mal nach seinem Handy gesucht, hab's aber nicht gefunden. Dann ist mir eingefallen, dass viele meiner Freundinnen ihre Fotos in der Cloud speichern. Ich selber mache das nicht. Aber, na ja, konnte sein, dass Marten das gemacht hat.«

»Aber wie soll das gehen ohne Martens Handy?«, fragte Pat.

Insa sah sie an, nickte. »Martens neues Handy war bei mir auf dem Rechner angemeldet. Ich hatte es ihm geschenkt. Ich habe nachgekuckt und tatsächlich ... auf einmal waren da die Fotos ...« Wieder liefen Tränen über ihr Gesicht.

»Was für Fotos?«, fragte Krumme.

»Von ihm und – Ettje. Die waren ganz anders als die mit den anderen Mädchen, die er in der Bar kennengelernt hatte. *Er* war anders. Er sah so glücklich aus. Und dann gab's da dieses Foto, eine Ultraschallaufnahme. Und plötzlich habe ich gewusst, dass Ettje schwanger von ihm ist.«

Sie schluckte, wischte sich mit dem Handrücken übers Gesicht. Ettje streichelte ihr über den Arm. »Schon klar, dass du da geschockt warst. Glaub mir, ich war es auch«, stellte Ettje mit sanfter Stimme fest. Krumme beobachtete sie, war beeindruckt, wie souverän sie mit der labilen Insa umging. Ob das an ihrer langen Erfahrung als Yogalehrerin lag?

Insa holte zitternd Luft, bevor sie fortfuhr. »Und dann habe ich noch ein Foto gesehen. Das hat alles verändert. Es beweist, dass Marten doch nur ein Arschloch war. Dass er nicht nur mich, sondern auch Ettje betrogen hat.«

»Was für ein Foto?«, wollte Krumme wissen.

Insa schaute auf den Boden, musste sich überwinden, vor ihrer ganzen Familie, Knudsen und der Polizei die Wahrheit zu erzählen. Doch dann sah sie auf, blickte mit vor Wut funkelnden Augen zu ihrer Mutter. »Ein Foto von dir. Du auf deinem Bett, in deinen widerlichen Dessous. Und im Spiegel kann man Marten mit dem Handy sehen. Halbnackt wie du.«

Insa verstummte. In der einsetzenden Stille hörte man nur ein Stöhnen von Carla Clausen, als wäre sie einer Ohnmacht nah. Alle starrten Elke Clausen an, die totenbleich dastand und am ganzen Körper zitterte.

»Elke …« Ihr Mann rang nach Luft. »Sag, dass das nicht wahr ist.«

»Er hat mich … betrogen«, stammelte Elke Clausen. »Ich wusste nicht, dass Marten … Ich habe geschlafen, aber …« Dann erkannte sie, dass alles Lügen sinnlos war. Sie schlug sich die Hände vors Gesicht und begann, hemmungslos zu weinen.

48

»Bin ich jetzt verhaftet?«

Elke Clausen sah mit gequälter Miene zu Pat und Krumme, die im Hotel ihr gegenüber an dem langen Konferenztisch Platz genommen hatten. Steffi und Dennis waren im Nebenzimmer damit beschäftigt, Martens Fotos aus der Cloud zu sichten.

»Noch nicht, Frau Clausen«, sagte Krumme und trommelte mit den Fingern auf den Tisch. »Erst haben wir noch einige Fragen an Sie.«

»Aber Sie wissen doch schon alles.« Elke Clausen schlug die Hände vors Gesicht, schluchzte verzweifelt. »Ich habe mit dem Freund meiner Tochter geschlafen. Ich habe Insa belogen und meinen Mann betrogen. Das ist unverzeihlich. Wie soll ich meiner Familie je wieder unter die Augen treten …«

Pat beugte sich vor und reichte Elke Clausen eine Packung Papiertaschentücher, die diese dankbar nickend annahm.

Krumme räusperte sich. »Frau Clausen, lassen Sie uns über Marten Schilling reden. Wie lange ging Ihre Affäre schon?«

»Affäre! Wir haben zweimal miteinander geschlafen. Das war alles.«

»Von wem ging die Sache aus, von Marten Schilling oder Ihnen?«

Elke Clausen sah Krumme traurig an. »Gehören dazu nicht immer zwei?« Sie lachte bitter. »Können Sie sich vorstellen, wie es ist, mit einem Mann zusammenzuleben, der einen wie Luft behandelt? Markus interessiert sich schon seit Jahren nicht mehr für mich. Und Carla hat mich noch nie gemocht. Die Clausens halten sich für was Besseres. Wenn ich ins Zimmer komme, hören sie auf zu reden und werfen sich vielsagende Blicke zu. Natürlich weihen sie mich nicht ein in ihre Geheimnisse.«

»Geheimnisse?«, warf Pat ein. »Was für Geheimnisse?«

Elke Clausen zuckte die Schultern. »Was weiß ich. Ihre Geschäfte eben. Ich habe oft genug meine Hilfe angeboten, aber die wurde abgelehnt. Ich habe nie richtig zur Familie gehört.« Sie seufzte niedergeschlagen. »Aber das ist jetzt ja alles egal.«

Pat hakte nach: »Hatten Sie nie Angst, dass Ihre ... Affäre mit Marten Schilling herauskommen würde? Ich meine, Sie wohnen alle im selben Haus.«

»Natürlich hatte ich Angst«, schluchzte Elke. »Aber wir haben aufgepasst und ... es ist ja auch kaum etwas passiert ...«

»Aber dieses Foto ...?«

»Marten hat mich reingelegt! Er hat plötzlich das Handy rausgeholt und das Foto gemacht. Ich wollte, dass er es sofort löscht, aber er hat mich nur ausgelacht.«

»Hat er Sie erpresst?«, fragte Krumme.

Elke Clausen schüttelte energisch den Kopf. »Nein! Und ich dachte wirklich, er liebt mich ... ein bisschen wenigstens.«

»Und dass er mit Ihrer Tochter praktisch verlobt war, wie passte das ins Bild?«, fragte Pat.

Elke stöhnte auf. »Die Sache war ja nicht geplant ... es ist einfach passiert ... ich wollte doch nicht ...«

Sie brach ab, vergrub wieder ihr Gesicht in den Händen.

Krummes Finger trommelten erneut auf dem Tisch. »Marten Schilling hat das Foto also gegen Ihren Willen gemacht. Sie haben ihn aufgefordert, es zu löschen, aber er hat sich geweigert. Richtig?«, fragte er.

»Ja ...«

Pat machte ein besorgtes Gesicht. »Die Vorstellung, dass er das Bild Ihrer Familie zeigen könnte, muss ein Albtraum für Sie gewesen sein.«

»Natürlich, aber ...«

Krumme ließ sie nicht ausreden. »Sie mussten unter allen Umständen vermeiden, dass er das Foto gegen Sie verwendet.«

Elke starrte ihn mit finsterer Miene an. »Nein! Er konnte es gar nicht gegen mich verwenden.«

»Weil Sie ihn vorher getötet haben.«

Elke Clausen riss die Augen auf. »Nein! Weil ich ihm vorher das Handy weggenommen habe!«

Krumme und Pat tauschten einen Blick.

»Sie haben das Handy entwendet?«, fragte Krumme.

Elke nickte. »Ich habe es heimlich aus seiner Jacke genommen.«

»Und wo ist es jetzt?«

»Im Müll. Ich habe es mit einem Hammer kurz und klein geschlagen und weggeworfen.«

»Hat Herr Schilling davon gewusst?«

Sie schüttelte den Kopf. »Er hat geglaubt, er hat es verlegt.«

Krumme sah in seine Unterlagen. »Sie haben ausgesagt, Sie wären in der Mordnacht zu Hause gewesen.«

Elke Clausen nickte.

»Bleiben Sie bei dieser Aussage?«

»Ja, natürlich.«

Krumme wandte sich an Pat. »Das Protokoll von dem Verhör mit dem Besitzer des Poseidon, diesem Viersen – kann ich das mal haben?«

Pat öffnete mit ein paar Mausklicks ein Dokument an ihrem Rechner und drehte ihm den Bildschirm zu. Krumme setzte seine Brille auf und brauchte einen Moment, bis er die richtige Stelle gefunden hatte.

»Hier: ›Mich haben Martens ständige Frauengeschichten gestört‹«, las Krumme aus dem Protokoll vor. »›Ständig hat er während der Arbeitszeit mit jungen Mädchen geflirtet. An dem fraglichen Abend hat er sich mindestens eine halbe Stunde lang mit einer älteren Frau unterhalten ...‹« Krumme legte das Protokoll zur Seite und sah Elke erwartungsvoll an.

»Und?«, fragte sie und wich seinem Blick aus.

»Die ›ältere Frau‹ – waren Sie das, Frau Clausen?«

»Nein!«

Krumme nickte bedächtig. »Dann haben Sie be-

347

stimmt nichts dagegen, wenn wir Herrn Viersen zu einer Gegenüberstellung herbitten?«

Elke Clausen presste die Lippen aufeinander. Dann holte sie tief Luft. »Also schön, ich gebe es zu. Ja, ich war an dem Abend im Poseidon.«

»Weswegen waren Sie dort?«, fragte Pat.

»Ich wollte mit Marten reden. Über uns, über das Foto …« Sie wischte sich eine Träne aus dem Augenwinkel. »Vielleicht wollte ich auch einfach nur hören, dass er alles nicht so gemeint hatte. Dass … es ihm leidtat.«

»Und tat es das?«

Elke Clausen schloss die Augen, schüttelte resigniert den Kopf. »Er hat mich nur ausgelacht. Hat behauptet, ich hätte ihn verführt, und es wäre nie so weit gekommen, wenn er nicht betrunken gewesen wäre.«

»Das war sicher sehr schmerzhaft für Sie?«

Sie sah vor sich auf den Tisch und schwieg.

»Was haben Sie dann gemacht?«

Elke Clausen schwieg noch immer.

Krumme half ihr auf die Sprünge. »Ich würde vermuten, nach dieser erneuten, schlimmen Demütigung haben Sie wütend das Restaurant verlassen. Sie haben unten auf Marten gewartet, bis er mit der Arbeit fertig war, und sind ihm dann zu dem stillgelegten Café gefolgt, wo er eine Verabredung mit Bernd Knudsen hatte. Zu der es aber nie gekommen ist, weil Sie Marten Schilling vorher erschossen haben.«

Elke Clausen sah Krumme entsetzt an. »Nein, nein, das stimmt nicht! Ja, ich war bei Marten, ja, ich habe mich mit ihm gestritten. Aber dann bin ich nach Hause gefahren. Ich habe ihn nicht ermordet, das müssen Sie mir glauben. Ich ...«

Pat unterbrach sie. »Wie sind Sie nach Hause gefahren?«

Elke Clausen stutzte. »Mit dem Taxi. Ich bin am Strand zurück nach St. Peter-Bad gegangen. Da gibt es einen Taxistand ... Warten Sie ...« Elke Clausen öffnete ihre Handtasche, zog eine Geldbörse hervor. »Ich glaube, ich habe sogar die Quittung noch ...«

Pat warf Krumme einen Blick zu.

»Hier ist sie!« Die Erleichterung war ihr anzusehen, als sie Krumme die Taxiquittung reichte. Der gab sie weiter an Pat. Es bedurfte nur eines kurzen Anrufs, und sie hatten die Bestätigung, dass Elke zur Tatzeit niemals bei dem Pfahlbau gewesen sein konnte. Sie hatte das Taxi um 23 Uhr in St. Peter-Bad genommen und war um 23.15 Uhr in Böhl abgesetzt worden.

Damit war klar: Elke Clausen war eine Lügnerin und Ehebrecherin, eine Frau, die auf der Suche nach Zuneigung und Anerkennung auf tragische Weise falsche Entscheidungen getroffen hatte. Aber sie war nicht die Mörderin von Marten Schilling.

Draußen war es bereits dunkel. Dennis war nach Hause gegangen, und auch Pat und Steffi hatten sich auf ihre Zimmer im Personaltrakt zurückgezogen. Doch Krumme war noch zu aufgewühlt, um schlafen zu gehen. Er saß allein in der Hotelbar und nippte traurig an einem Bier und zermarterte sich den Kopf, wo er morgen mit seinem Team bei den Ermittlungen neu ansetzen konnte. Im Moment hatte er nicht die geringste Ahnung.

»Was treibt denn mein Geburtstagskind immer noch hier unten?« Marianne setzte sich neben ihn auf einen Hocker. »So einsam darfst du deinen Tag doch nicht beenden. Warum kommst du nicht endlich hoch ins Bett?«

Krumme seufzte. Dann berichtete er, wie sie Ettje retten wollten, aber nur ein Familiendrama aufgedeckt hatten. Er erzählte auch in groben Zügen, wie das Verhör mit Elke Clausen verlaufen war. Pat hatte sie danach nach Hause zum Clausen-Hof fahren wollen, aber Elke Clausen hatte sich entschieden, sich erst einmal in einer kleinen Pension in St. Peter-Dorf vor ihrer Familie zu verstecken.

»Na, die gute Nachricht ist doch«, sagte Marianne und bestellte sich einen Rotwein, »dass es Ettje gut geht. Ich habe vorhin mit ihr geredet. Die Arme! Was für ein Schreck. Die Schwellung an ihrer Stirn wird bestimmt noch eine Weile zu sehen sein.« Marianne strich Krumme liebevoll über die Wange. »Und du? Bist du traurig, weil du noch keinen Mörder fangen durftest?«

»Morgen geht's weiter. Neuer Tag, neues Glück.«

»War bei diesen Handyfotos nichts Aufschlussreiches dabei?«

Er schüttelte den Kopf und trank sein Bier aus. »Nein, leider nicht. Höchstens ein Foto mit Therese, der Haushälterin. Wurde zwei Tage vor dem Mord aufgenommen. Man erkennt nicht viel. Es ist draußen mit Gegenlicht aufgenommen worden. Man sieht eigentlich nur ihr erschrockenes Gesicht. Wir werden sie morgen fragen, wie das Bild auf Martens Handy kommt.«

»Ah, hier steckt ihr«, meldete sich auf einmal eine tiefe Stimme hinter ihnen.

Krumme wandte sich um und sah, wie sein Freund Mannsen seinen dicken Bauch in die fast leere Bar schob.

»Was ist das denn für eine traurige Geburtstagsparty? Ich dachte, du lässt es am Schluss noch mal richtig krachen?«

»Holger? Was machst du denn noch hier?« Krumme warf Marianne einen fragenden Blick zu.

»Hab ich noch gar nicht erzählt, oder?«, sagte Marianne. »Die drei haben beschlossen, noch eine Nacht hierzubleiben.«

Mannsen stemmte sich schnaufend auf einen Barhocker. »Petra wollte noch mal an den Strand. Wir haben uns zwei Zimmer in einer kleinen Pension genommen. Gleich um die Ecke«, sagte er und bestellte zwei Bier – eins für sich und eins für Krumme.

»Was ist mit Harke?«

»Der liegt erschöpft im Bett. Hat heute einen langen Spaziergang mit Petra gemacht.« Mannsen grinste.

»Und du?«, fragte Krumme.

Sein Freund sah ihn mit sehr zufriedener Miene an. »Ich musste die ganze Zeit an deinen Mordfall und dein Abenteuer heute auf dem Clausen-Hof denken.

Und dass du mit deinen Ermittlungen irgendwie nicht zu Potte kommst.«

Krumme horchte auf. »Ja und?«

»Tja, ich hab ein paar Anrufe gemacht und etwas sehr Interessantes herausgefunden.« Er nahm sein Bier, um mit Krumme anzustoßen, legte ihm aber zuerst einen gefalteten Zettel auf den Tresen. »Hier mein Lieber, für dich, alles Gute zum Geburtstag!«

49

Max hatte sich seinen Schlafsack geschnappt und es sich auf der hölzernen Aussichtsplattform bequem gemacht. Eine sommerlich-frische Brise strich über das Land und fuhr ihm sanft in die zerzausten Haare. Über ihm erstreckte sich die Unendlichkeit des nächtlichen Sternenhimmels. Ein unglaublicher Anblick, für den manche Menschen eine weite Reise unternahmen, und er, Max, konnte ihn am Leuchtturm von Westerhever praktisch jede Nacht genießen.

Er hörte ein leises Knirschen, dann kletterte ein dunkler Schatten über die kleine Leiter zu ihm auf die Plattform. Mathilda, ihren zusammengerollten Schlafsack im Arm, in der Hand eine Flasche Rotwein.

»Hallo Max, hast du noch Platz für mich?«

Er lächelte verlegen. Er hatte nicht damit gerechnet, dass er heute noch Besuch kriegen würde.

Mathilda rollte ihren Schlafsack aus und strich ihn gewissenhaft glatt. Dann zog sie ihre Jacke aus und legte sie zusammen, um sie als Kissen zu benutzen. Diese Sorgfalt für kleine Dinge war etwas, das Max an Mathilda mochte, vielleicht weil sie ihm selbst so fehlte. Am Ende legte sie sich hin und sah zum Nachthimmel auf. Für eine Weile schwiegen beide.

»Wunderschön«, sagte Mathilda schließlich.

»Ja«, sagte Max mit belegter Stimme. Er räusperte sich verlegen.

Mathilda wies in den Westen, wo am fernen Horizont deutlich ein heller Lichtschein im nächtlichen Dunst über dem Meer zu erkennen war. »Kuck mal. Schon gesehen?«

Er nickte. »Klar, das Licht des Helgoländer Leuchtturms.«

»Das ist immer wie ein kleines Wunder. Durch die Erdkrümmung kann man den Turm nicht sehen, aber sein Licht, wie es auf die Wolken scheint.«

Er lächelte ihr zu, sah, wie sie die Brille mit dem Zeigefinger auf der Nase hochschob. »Ja, verrückt.«

Wieder blickten sie stumm in den Sternenhimmel, lauschten dem Sommerwind und dem fernen Schreien einiger Möwen über dem Meer.

Ihm fiel auf, dass er zum ersten Mal nur mit Mathilda hier auf der Plattform war. Sonst hatte er sich nachts entweder allein die Sterne angeschaut, oder sie hatten gemeinsam mit der ganzen Truppe hier gehockt und über alles Mögliche gequatscht.

»Tut mir leid mit deinem Geburtstag«, sagte er.

»Wieso?«

»Na ja, der Ausflug nach St. Peter, das sollte doch deine Feier werden. Und dann haben alle nur noch über den Unfall geredet. Und in der Pizzeria waren wir auch nicht.«

Sie lächelte. »Schon gut. Sind eben gerade turbulente Tage.«

Er nickte, da hatte sie wohl recht.

»Das hat dich ziemlich fertiggemacht heute, oder?«, fragte Mathilda unvermittelt.

»Was meinst du?«

»Na, Niri so in Gefahr zu sehen.«

»O ja, allerdings.«

»Aber war ja nicht deine Schuld.«

Er seufzte leise, wollte dazu lieber nichts sagen.

»Niri ist auch nicht mehr böse auf dich«, verriet Mathilda.

»Ach nein?«

»Hat sich natürlich total erschreckt. Doch jetzt ist alles wieder gut.«

»Im Ernst?«

»Sie hat sogar schon wieder mit Louis telefoniert. Du musst dich nicht mehr vor ihr verstecken.«

Er spürte einen kleinen Stich. Aber komisch, nach heute Nachmittag tat es nicht mehr so weh, an Niri und Louis zu denken.

»Ich habe mich nicht versteckt«, sagte er.

»Ich weiß. Ich mach nur Spaß.«

Wirklich? Er blickte verwirrt zu ihr, sah ihr freches Lächeln.

»Hat sie dich geschickt? Sollst du nach mir sehen?«

»Das hättest du wohl gern. Aber nein. Niri liegt schon lange im Bett und schläft.«

Max nickte, sah dann wieder nachdenklich in den Himmel. In der Ferne war Quaken zu hören. Dazu das leise Gurgeln des Wassers in einem Priel.

Wie friedlich alles war. Er dachte an seinen letzten

Besuch auf der Plattform, an den Schatten, den er zu sehen geglaubt hatte, an die düsteren Visionen, die ihn heimgesucht hatten. Jetzt erschien ihm alles nur wie ein dummer Traum. Und seltsam, mit jeder Minute konnte er sich weniger an ihn erinnern. Es fühlte sich wie Aufwachen an, als würde er nach langer Krankheit mit neuem, klarem Kopf in einen frischen Morgen treten.

»Was war das eigentlich für ein Mann, mit dem du heute so lange geredet hast?«, durchbrach Mathilda die Stille. »Draußen am Beet. Ich habe ihn durch das Fenster gesehen«, fügte sie hinzu, als sie sein ertapptes Gesicht sah.

»Ach, nur so ein komischer Typ.«

»Der war auch draußen im Watt dabei, oder?«

Max nickte. »Wollte noch ein bisschen reden.«

»Worüber?«

»Nichts Besonderes.«

Sie lachte freundlich. »Geht's ein bisschen genauer?«

Max zögerte. Was sollte er Mathilda erzählen? Er konnte ihr unmöglich die Sache mit dem Amulett verraten. Er dachte fieberhaft nach. Schließlich atmete er tief durch. »Zum Beispiel hat er mir klargemacht, dass Loslassen manchmal das einzig Richtige ist, wenn du dich nicht komplett verlieren willst.«

Mathilda drehte sich überrascht zu ihm. »Was für weise Worte!«

Fand Max auch. Das Verrückte: Es waren seine eigenen, so hatte Lemke das gar nicht gesagt. Er lächelte stolz.

Mathilda griff nach der Weinflasche. »Ich finde, darauf sollten wir anstoßen.«

Er grinste: »Gute Idee!«

50

Am nächsten Morgen hing eine graue Decke tief über St. Peter-Ording. Regen war nicht vorhergesagt, aber es sollte noch Stunden dauern, bis die Sonne eine Lücke in den dichten Wolken finden sollte. Auch der Wind hatte aufgefrischt.

Es war Punkt sieben Uhr. Krumme schaute sich fröstelnd zu seinen Begleitern um: Neben ihm standen Dennis, Polizeikommissar Hans Junker, Polizeihauptkommissarin Claudia Koch sowie Inge Japsers, eine schlanke, etwa sechzig Jahre alte Frau in einem edlen Ledermantel, die den ersten Zug von Sylt genommen hatte, um rechtzeitig zum Einsatz hier in St. Peter zu sein.

Außerdem hatte auch Krummes alter Freund Holger Mannsen es sich nicht nehmen lassen, sie zu begleiten. Schließlich stammte von ihm der entscheidende Hinweis.

Vor ihnen lag der sogenannte »Reisemobilhafen«, ein weitläufiges Areal mit über siebzig Stellplätzen für Wohnmobile, und fast alle waren besetzt. Er lag ein Stück von der Küste entfernt und war eine kleine Stadt für sich mit Spielplätzen und einem Komplex mit sanitären Anlagen.

Sollten sie tatsächlich hier ihren Mörder finden? Krumme hatte mit seinen Kollegen die halbe Nacht daran gearbeitet, damit nichts schiefging.

Es wurde langsam Zeit. Der Wohnmobilpark erwachte nach und nach zum Leben. Hier und da waren bereits quengelnde Kinder zu hören, leise Radios und das Klappern von Geschirr.

Koch wandte sich an Krumme. »Also, abgemacht, Sie, Frau Jaspers und Dennis bleiben hier. Wir regeln das«, wies sie ihn an. Das Gleiche galt für Mannsen. Sie hatten überlegt, sich Hilfe vom SEK zu holen, aber das hatte die forsche Polizeichefin abgelehnt.

»Entspannen Sie sich, Krumme. Das hier ist unser Revier, hier kennen wir uns aus. Und einen Mann zu verhaften, kann ja wohl nicht so schwer sein. Also bleiben Sie hier und genießen die Aussicht.«

Krumme hatte genickt und einen Blick mit seinem grinsenden Freund getauscht. Ihnen beiden war klar, dass die Kollegin im Falle eines Erfolgs auch einen Teil der Ehre abhaben wollte, aber warum nicht? Sie hatte ja recht, St. Peter-Ording war ihr Revier.

Koch nickte in die Runde, dann ging sie zusammen mit dem Kollegen Junker zu einem Wohnmobil, das an einer abgelegenen Stelle am Rand der großen Anlage stand, einem recht schmutzigen, offensichtlich schon lange nicht mehr bewegten Alkovenmobil, bei dem sich die Schlafkoje über der Fahrerkabine befand. Alle Gardinen waren zugezogen.

Krummes Handy brummte leise. Er holte es hervor, schaute auf das Display und nahm ab.

»Ja, Pat?«

»Therese ist nicht im Clausen-Hof«, sagte sie.

»Was?«

»Carla Clausen sagt, sie übernachtet heute bei einer Freundin.«

Koch klopfte in diesem Moment an die Wohnmobiltür, während Junker ihr mit der Hand an der Waffe Deckung gab.

»Okay, ich melde mich gleich«, flüsterte Krumme und steckte das Handy ein. Er sah zum Wohnmobil, wo sich aber noch gar nichts tat. Oder bewegte sich da eine Gardine?

Nachdem Koch erneut geklopft hatte, wurde schließlich die Tür geöffnet. Eine Frau im Bademantel streckte den Kopf nach draußen.

Therese.

Krumme und Mannsen blickten fragend zu Inge Jaspers.

Sie nickte aufgeregt. »Das ist die Frau, kein Zweifel!«

Krumme atmete durch, sah wieder zur Tür. Was redeten die da nur so lange?

»Chef, da!«, stieß Dennis hervor, und jetzt sah er es auch. Auf der Rückseite des Wohnmobils hatte sich ein Fenster geöffnet. Im nächsten Moment zwängte sich ein Mann in Boxershorts und T-Shirt durch die Öffnung, fiel auf den Boden.

»Und das ist ihr Freund«, flüsterte Frau Jaspers, »ganz sicher.«

Auch Krumme hatte ihn erkannt. Stangenberg, der

Reitlehrer. Ohne zu zögern, sprintete er los. In der Hand eine Pistole.

Krumme setzte sich ebenfalls in Bewegung. »Achtung!«, rief er Koch und Junker zu. »Er haut ab!«

Dennis war schneller. Sofort nahm er die Verfolgung auf. Stangenberg lief auf nackten Füßen über Kieswege und verdorrte Rasenflächen, stieß auf seiner Flucht einen Campingstuhl und einen Stapel mit Bierkästen um. Dennis stolperte, aber er blieb auf den Beinen und ließ sich nicht abschütteln. Im Gegenteil, der Abstand zwischen den beiden Männern wurde immer kleiner.

Stangenberg hatte das Haus mit den Sanitäranlagen erreicht, wo eine junge Frau in weitem Pullover und Leggins gerade mit einem Kinderwagen zu den Toiletten wollte. Der Reitlehrer ergriff die junge Frau und riss sie herum. Mit einem lauten Aufschrei ließ sie den Kinderwagen los. Der begann zu rollen, drohte umzukippen, aber Dennis warf sich vor den Buggy, hielt ihn auf den Rädern – und zielte gleichzeitig mit seiner Waffe auf Stangenberg, der der Mutter von hinten die Pistole an die Schläfe presste.

»Haut ab! Haut alle ab, oder ich knall sie ab!«, schrie er völlig außer Atem.

Endlich hatte auch Krumme schnaufend das Toilettenhaus erreicht.

»Chef!«, rief Dennis ihm zu, »ich hab ihn! Hab ihn genau im Visier!«

»Immer mit der Ruhe«, zischte Krumme dem jungen Polizeimeister zu. Laut rief er: »Herr Stangenberg! Geben Sie auf. Das Spiel ist aus.«

Mittlerweile waren auch Junker und Koch bei ihnen. Beide hatten ihre Waffe auf Stangenberg gerichtet.

»Der Kollege hat recht«, rief Koch. »Sie haben keine Chance! Weg mit der Pistole!«

Unterdessen hatte das Baby im Kinderwagen angefangen zu weinen, erst leise wimmernd, dann immer lauter. Die Mutter sah voller Verzweiflung zum Kinderwagen. Tränen liefen ihr über die Wangen.

Mit panischem Blick zuckte Stangenberg mit der Waffe zwischen Dennis, Koch und Junker hin und her.

»Herr Stangenberg, das hat doch keinen Sinn. Werfen Sie die Waffe weg und lassen Sie die Frau zu ihrem Kind!«, rief Krumme.

Für einen Moment schloss Stangenberg die Augen, presste die Lippen aufeinander – dann stieß er die Frau von sich und warf seine Pistole fluchend auf den Boden.

Die Mutter eilte zu ihrem weinenden Kind, während Junker dem Mann sofort Handschellen anlegte.

»Schade«, sagte Dennis, jetzt mit beiden Händen an der Waffe und seinen Kollegen absichernd, »ich hätte den Kerl zu gerne erledigt.«

Krumme sah ihn lächelnd an. »Gut gemacht, Django«, sagte er und drückte Dennis' Waffe nach unten, »aber wenn du das nächste Mal in den Kampf ziehst, musst du erst deine Pistole entsichern.«

51

Es war bereits nach zwölf, als sich Pat und Krumme nach einigen sehr intensiven Verhören wieder auf den Weg zum Clausen-Hof machten. Auf der Rückbank des Passats saß mit einer Ledertasche auf den Knien ein aufgeregter Hans Lemke, Finanzbeamter und Historiker aus Rendsburg.

Nach den überraschenden, ja sensationellen Aussagen von Stangenberg und Therese war Krumme erst einmal sprachlos gewesen. Dann hatte er sich an die Visitenkarte des seltsamen Mannes erinnert, den er am Tag zuvor in der Nähe des Clausen-Hofs angetroffen hatte. Schließlich hatte Krumme ihn angerufen und über eine halbe Stunde mit ihm gesprochen. Was er dabei erfahren hatte, hatte Krumme vollends aus der Fassung gebracht. Am Ende hatte er ihn gebeten, sie zu ihrem Termin beim Clausen-Hof zu begleiten. Natürlich war Lemke sofort ins Hotel gekommen.

»Sie können sich gar nicht vorstellen, was mir das bedeutet, Herr Kommissar«, sagte der rothaarige Mann mit der sonnenverbrannten Nase und dem Zopf. »Das ist ohne Zweifel der wichtigste Tag in meinem Leben als Historiker.«

Krumme nickte nachdenklich. »Kann ich gut verstehen, Herr Lemke. Aber bitte halten Sie sich erst einmal zurück. Lassen Sie uns sprechen.«

Als sie kurz darauf an der Tür des Haubargs klingelten, warf Pat Krumme einen besorgten Blick zu. »Bist du dir sicher, dass du das deinem Magen noch einmal antun willst?«

Er nickte. »Marianne hat mir zur Sicherheit eine Tablette gegeben. Wird schon gehen.«

Zu ihrer Überraschung wurde ihnen die Tür von Johan Clausen geöffnet. Der alte Herr deutete eine Verbeugung an und bat sie einzutreten. »Ich habe Sie schon erwartet.«

»Was machen Sie denn hier?«, fragte Krumme.

Johan Clausen zuckte mit den Schultern. »Das ist immer noch meine Familie. Und jetzt braucht sie meine Hilfe. Was nicht zuletzt Ihre Schuld ist, Herr Kommissar.«

»Tut mir leid, das zu hören.« Krumme drehte sich um und stellte Clausen ihren Begleiter vor.

»Wenn ich richtig informiert bin, kennen Sie sich ja bereits.«

Johan Clausen runzelte die Stirn. »Ja, Herr Lemke hat uns in den vergangenen Jahren immer mal wieder besucht. Aber jetzt sieht man sich ja fast jeden Tag, was, Herr Lemke?«

Johan Clausen führte sie auf die Terrasse. Der Himmel war noch immer wolkenverhangen, aber es war trocken und warm. Er bat sie, Platz zu nehmen, erkundigte sich nach den Getränkewünschen und machte sich dann selbst auf den Weg in die Küche. »Wie Sie wissen, haben wir ja leider kein Personal mehr.«

Krumme ließ seinen Blick über den weitläufigen Garten schweifen. Eine gewaltige Buche rauschte im Wind. Krumme atmete tief durch.

»Alles gut?«, erkundigte sich Pat leise.

Er nickte. Ob es an der frischen Seeluft oder an Mariannes Tablette lag, aber im Moment ging's ihm ausgezeichnet.

Johan Clausen kam aus der Küche zurück – mit einer Flasche Wasser und einem Tablett mit Gläsern. Ihm folgten Carla und Markus Clausen. Ihre Begrüßung fiel eher kühl und distanziert aus, was angesichts der Ereignisse nicht verwunderlich war.

»Ich sehe, Sie haben noch jemanden mitgebracht?«, sagte Carla Clausen und zeigte auf Lemke.

Krumme räusperte sich. »Wir haben heute einige Dinge zu besprechen. Ich denke, Herr Lemke kann dazu später einen wichtigen Teil beitragen.«

Carla Clausen musterte den Hobbyhistoriker abschätzig und nickte nur. Sie sah mitgenommen aus. Dunkle Schatten unter ihren Augen bewiesen, dass sie in den letzten Nächten kaum Schlaf gefunden hatte.

»Wie geht es Insa?«, erkundigte sich Pat, als sich alle an den Tisch gesetzt hatten.

»Nicht gut«, erwiderte Johan Clausen. »Sie kann noch immer nicht fassen, was passiert ist.«

Carla Clausen wandte sich an Krumme. »Und so geht es uns allen. Ich hoffe, Sie konnten die genauen Hintergründe inzwischen aufklären.«

»In der Tat, das konnten wir«, sagte Krumme. Er sah in die Runde. »Nun, wie Sie wissen, haben wir Ihre Frau – und Schwiegertochter – gestern verhört, wobei sich die Anschuldigung Ihrer Tochter – beziehungsweise Enkeltochter –, was ihr Verhältnis zu Marten Schilling anging, bestätigt hat.«

Die Clausens nickten bedrückt. »Ich habe gestern noch mit Elke telefoniert«, verriet Markus Clausen mit starrer, trauriger Miene. »Nur kurz.«

»Dabei hat sich ebenfalls herausgestellt«, fuhr Krumme fort, »dass sie mit dem Mord selbst nichts zu tun hat.«

Die Clausens nickten. Auch das wussten sie bereits.

»Wir haben daraufhin …«, Krumme räusperte sich, »einen neuen Ansatz verfolgt. Wir erhielten den Hinweis, dass die Polizei auf Sylt nach einem Pärchen fahndet, das sich vor anderthalb Jahren bei einer wohlhabenden Familie in Kampen eingeschlichen hat – er als Gärtner, sie als Hauswirtschafterin.«

Hatten die Clausens bislang betreten vor sich hingestarrt, waren ihre Blicke jetzt gespannt auf Krumme gerichtet.

»In der Zeit ihrer Anstellung haben sie das Anwesen ausgekundschaftet und schließlich wertvollen Schmuck gestohlen. Auch den Safe haben sie leer geräumt. Anschließend sind sie geflohen. Bisher hatte die Fahndung nach den beiden keinen Erfolg gehabt.«

Carla blinzelte. »Und dieses Pärchen, das sind Herr Stangenberg und Therese?«

Krumme nickte. »Sie heißen eigentlich Andreas

und Pia Pfeiffer und wurden heute Morgen von dem geschädigten Ehepaar aus Sylt zweifelsfrei identifiziert.«

Carla schüttelte den Kopf. »Da haben wir wohl noch Glück im Unglück gehabt.«

Krumme nahm einen Schluck von seinem Wasser. Bildete er es sich nur ein, oder machte sich in seinem Magen doch wieder ein flaues Gefühl bemerkbar?

»Tatsächlich«, fuhr er schnell fort, »haben die Pfeiffers bereits ein Geständnis abgelegt. Sowohl was ihre Taten auf Sylt als auch hier auf Eiderstedt angeht.«

»Und die wären?«, erkundigte sich Carla.

Johan Clausen verdrehte die Augen. »Nun tu doch nicht so scheinheilig. Als ob du das nicht wüsstest …«

Krumme schaltete sich ein. »Die genaue Untersuchung von Andreas Pfeiffers Waffe steht noch aus«, sagte Krumme, »aber er hat bereits gestanden, dass er mit ihr Marten Schilling erschossen hat.«

»Warum hat er das getan?«, fragte Markus Clausen.

Krumme holte Luft. »Weil Marten Pia Pfeiffer – oder ›Therese‹ – dabei erwischt hat, wie sie bei Ihnen etwas sehr Wertvolles gestohlen hat.«

Für einen Moment herrschte Stille auf der Terrasse.

Markus Clausen fand als Erster die Sprache wieder. »Das heißt, es war nicht Marten, der …?«

Krumme schüttelte den Kopf. »Nein, nicht direkt. Aber er hat Therese ihr, nun ja, Diebesgut abgeknöpft. Und er hat sie erpresst, mit einem Foto, was er von ihr auf frischer Tat gemacht hatte.«

»Ein Foto?«, wiederholte Carla.

»Ihre Enkeltochter hat es in der Cloud gefunden«, erklärte Pat.

Krumme nickte. »Tatsächlich beweist es gar nichts, aber das wussten Andreas und Pia Pfeiffer nicht. Sie dachten, Marten hätte sie in der Hand. Also hat Andreas Pfeiffer Marten in dieser stürmischen Nacht verfolgt. Hat gewartet, bis er das Poseidon verlassen hat, ist ihm bis zum Pfahlbau hinterhergeschlichen und hat ihn dort erschossen.«

Die Clausens sahen Krumme entsetzt an. Er gab ihnen einen Moment, um ihre Gedanken zu sortieren.

Schließlich schüttelte Carla Clausen den Kopf. »Aber es war Marten, der uns angerufen und uns erpresst hat. Er wollte Geld, viel Geld.«

»Dafür, dass er Ihnen zurückgibt, was er Therese abgenommen hat? Oder dafür, dass er keinem von Ihrem Geheimnis erzählt?«

Carla Clausen senkte den Blick und schwieg.

Markus räusperte sich. »Wenn Herr Stangen... wenn dieser Pfeiffer Marten erschossen hat, dann doch wohl auch, um ...« Er stutzte. »Dann doch wohl auch, um sich zurückzuholen, was Marten Therese – oder wie immer sie heißt – gestohlen hat, oder nicht?«

Johan Clausen seufzte genervt. »Vielleicht sollten wir endlich einmal aussprechen, wovon wir hier überhaupt reden. Das ist doch lächerlich.«

Krumme nickte Lemke zu.

Der Finanzbeamte und Freizeithistoriker aus Rendsburg hatte dem Gespräch aufmerksam gelauscht. Jetzt erwachte er zum Leben und richtete sich in seinem Rattanstuhl auf.

»Es geht um das Siegel des Herutep, eines ägyptischen Pharao, das sich ursprünglich auf seinem Sarkophag befand.«

Krumme blickte neugierig zu den Clausens. Obwohl diese Information für sie natürlich keine Neuigkeit war, hingen Carla und Markus Clausen geradezu ehrfürchtig an Lemkes Lippen. Johan Clausen hingegen lehnte sich nur mit einem spöttischen Lächeln zurück.

Lemke holte aufgeregt einige Zeichnungen aus seiner Tasche, legte sie auf den Tisch und wiederholte noch mal das, was er Krumme am Telefon und später auch seinen Kollegen in der Soko-Zentrale im Hotel erzählt hatte: Wie vor rund zweihundert Jahren ein Frachtschiff mit einem prachtvollen ägyptischen Schatz in der Nordsee untergegangen war. Und von der Spur, die er sein halbes Leben lang verfolgt hatte, unter anderem bis hierher nach Nordfriesland zum Clausen-Hof.

»Ja, ich kann mich noch gut an Ihre ermüdenden Besuche erinnern«, sagte Carla und rümpfte die Nase.

Lemke wurde rot. »Bislang stützte meine Theorie sich vor allem auf Vermutungen. Mir fehlten die Beweise. Dieses Mal sieht es anders aus ...«

Markus Clausen unterbrach ihn. »Ich verstehe nicht, Herr Lemke. Wenn unser ehemaliger Reitlehrer Marten umgebracht hat, dann doch wohl, um sich das Siegel zurückzuholen, oder nicht?«

Krumme ergriff das Wort. »Ja, das war sein Plan. Er hat Marten Schilling erschossen, der ist ins Wasser gefallen und war sofort tot. Pfeiffer hat die in der auflaufenden Flut treibende Leiche untersucht. Aber ohne Erfolg.«

Markus sah ihn entsetzt an: »Also ist es doch verloren? Ich dachte, es ist aufgetaucht?«

»Das ist richtig.« Lemke strahlte über das ganze Gesicht. »Es wurde gefunden und ist … über Umwege in meine Hände gelangt.«

Carla Clausen wandte sich Lemke zu. Ein fiebriges Glänzen erschien in ihren Augen. »Wo ist es?«

Lemke schwieg, blickte zu Krumme. Der nickte. Lemke holte tief Luft, griff erneut in seine Tasche und holte einen kleinen, in ein Samttuch gehüllten Gegenstand heraus und legte ihn auf den Tisch. Er schlug das Tuch auseinander, und da war es – das Siegel des Pharao!

Alle starrten auf den dunklen Stein, der so schwarz war, dass er das Licht aufzusaugen schien.

Am Himmel flog ein Schwarm Reiher krächzend vorbei, die Blätter der Buche knisterten im Seewind, und Krumme schien es, als würde die Luft auf einmal nach Metall schmecken.

»Es muss zurück an seinen Platz«, stieß Carla Clausen heiser hervor, ohne den Blick von dem Artefakt zu nehmen. »Unverzüglich! Sie haben ja keine Ahnung, welche Macht es besitzt.«

»Jetzt hör schon auf«, erwiderte Johan Clausen. »Ich kann dieses abergläubige Gerede von dem Schatz nicht mehr hören.«

»Halt du dich da raus!« Seine Frau sah ihn mit funkelnden Augen an. »Ich weiß, du hast nie daran geglaubt. Vielleicht war das schon der Anfang vom Ende. Der Schatz hat unsere Familie immer geschützt, über Generationen. Wir haben ihm alles zu verdanken.«

Johan Clausen winkte ab. »Du bist besessen von dieser Geschichte. Wach endlich auf!«

Carla deutete mit ihrem langen Zeigefinger auf das Siegel. »Das da ist der Schlüssel zu allem. Schau dir deine Familie an! Alles geht zugrunde, seit der Schatz nicht mehr vollständig ist.«

Krumme und Pat tauschten einen Blick. Carla Clausen schien ihre Anwesenheit ganz vergessen zu haben.

Lemke indes hatte sehr aufmerksam zugehört. »Kann ich ihn sehen?«, fragte er auf einmal. »Den Schatz, meine ich?«

Die Clausens sahen ihn überrascht an.

Lemke lächelte. »Bitte! So viele Jahre war es mein Traum, diesen Schatz zu finden, und jetzt ...« Er stockte, suchte nach den richtigen Worten. »Ich gebe Ihnen das Siegel, das wollte ich schon gestern tun. Aber jetzt können wir es gemeinsam an seinen angestammten Ort bringen, aber bitte ...«

Carla Clausen hatte sich aufgerichtet und musterte ihn mit jetzt wieder hoch erhobenem Haupt, ohne jede Sympathie, als wäre er der Dieb, der bei ihr eingebrochen war. »Ich glaube nicht ...«

»Natürlich, Herr Lemke«, fiel Markus Clausen ihr ins Wort. Er stand auf. »Kommen Sie.«

»Aber Markus ...?« Carla Clausen sah ihn fassungslos an. Doch ihr Sohn ließ sich nicht beirren.

»Vater hat recht, diese Geheimnistuerei muss ein Ende haben. Mein ganzes Leben habe ich alles getan, um das Geheimnis zu bewahren. Und sieh uns jetzt an: Der elende Schatz hat uns nichts als Unglück gebracht.« Er sah zu Lemke. »Kommen Sie, ich führe Sie hin.«

Lemke packte das Siegel eilig ein und erhob sich.

Gemeinsam gingen sie durch den Garten zur Rückseite des Haubargs. Als Krumme noch einmal zurück zur Terrasse blickte, sah er dort Carla Clausen allein am Tisch sitzen, zusammengesunken, das Gesicht in ihren alten Händen vergraben.

Markus führte sie zu dem großen Stall. Es roch nach frischem Stroh und Holz. Pferde scharrten in ihren Boxen.

»O nein«, stöhnte Krumme leise. Mit Schrecken spürte er ein Würgen im Rachen, das mit jedem Schritt stärker wurde.

»Geht's wieder los?«, flüsterte Pat.

Er nickte nur, ihm war flau, er japste nach Luft.

Inzwischen waren sie am Ziel. Eine leere Pferdebox, die direkt an den Haubarg grenzte. Markus ging zur hölzernen Rückwand und schob sie mit lautem Knarren zur Seite. Dahinter kam eine alte Tür aus massivem Eichenholz in der gemauerten Wand zum Vorschein. Markus zog einen Schlüsselbund aus der Tasche, suchte den richtigen Schlüssel.

»Einen Moment. Nach dem Einbruch habe ich das Schloss ausgetauscht ...«

Endlich hatte er den richtigen Schlüssel und öffnete die Tür, musste sich dabei mit seinem ganzen Gewicht gegen das schwere Holz stemmen.

Krumme sah, wie Lemke erwartungsvoll in den dunklen Raum trat. Markus Clausen und Pat folgten ihm. Johan Clausen war zurückgeblieben.

»Alles in Ordnung bei Ihnen?«, erkundigte er sich.

»Ja, ja, gehen Sie nur schon, ich komme klar«, ächzte Krumme.

Johan Clausen nickte und ging dann zu den anderen in den Raum.

»Warten Sie, ich mache Licht«, hörte Krumme Markus Clausen rufen, während er selbst sich stöhnend am Gatter der Box festhielt.

Er schaute nach oben durch ein großes Dachfenster in den hohen, nordfriesischen Himmel, versuchte, an etwas anderes zu denken, während in dem Raum nebenan Lemke zu hören war: »O mein Gott«, rief er voller Ehrfurcht, »ich fasse es nicht, das ist unglaublich! Wie wunderschön!«

52

»Was macht der Rücken?«, fragte Pat am Telefon.

»Dem geht's super«, sagte Krumme und reckte und streckte sich wohlig auf der Wolldecke. Das Handy am Ohr, sah er zum Horizont, wo vereinzelte weiße Wölkchen am blauen Himmel trieben.

»Obwohl du ständig den Yogakurs hast ausfallen lassen?«

»Yoga wird überbewertet. Das Seeklima hat mir schon gereicht. Und wie sieht's bei euch aus? Hast du mit Horst gesprochen?«

»Das mit dem verlängerten Urlaub geht in Ordnung. Er sagt, den hast du dir redlich verdient. Er war ein bisschen enttäuscht, dass du nicht gleich mitgekommen bist. Ich glaube, er hatte eine kleine Feier für dich vorbereitet.«

Krumme runzelte die Stirn. »Da wird er sich noch gedulden müssen. Aber eigentlich ist das sowieso zu viel der Ehre. Ich habe doch nur Glück gehabt.«

Er konnte ihr freundliches Lachen hören. »Siehst du, das hat eben auch mit Yoga zu tun. Wer sich komplett entspannt und in Harmonie mit sich selbst und seiner Umwelt lebt, wird erkennen, dass sich die Lösung aller Probleme von ganz alleine ergibt.«

Er dachte einen Moment nach. »Kann schon sein.«

»Wie schön, dass du das so siehst. Dann hat euer Yogakurs ja doch was gebracht.«

»Und sonst?«, fragte er.

»Und sonst dreht sich die Welt auch ohne dich weiter. Hast du Lemke im Fernsehen gesehen? Ist ganz in seinem Element, muss ständig Interviews geben. Die wollen sogar eine Extrasendung über die Sache drehen. Und wie ich gehört habe, hat sich auch schon das Ägyptische Museum aus Berlin bei den Clausens gemeldet.«

Er nickte. Ein ägyptischer Schatz in Nordfriesland – was für eine Sensation! Dazu der versuchte Diebstahl des Siegels und ein brutaler Mord! Kein Wunder, dass sich die Medien darauf stürzten.

»Na schön, Theo, ich muss Schluss machen. Grüß Marianne und Sonny von mir.«

»Mach ich. Und – Pat?«

»Ja?«

»Vielen Dank für alles. Vor allem, dass du das mit dem Sonderurlaub geregelt hast.«

»Keine Ursache. Sieh es als mein nachträgliches Geburtstagsgeschenk an.«

Krumme legte das Handy zur Seite.

»Und? Was erzählt Pat?«

Krumme drehte sich um und sah zu seiner Freundin, die gerade aus dem Bulli stieg, in der Hand ein Tablett mit Tomaten-Mozzarella-Spießchen.

»Alles im grünen Bereich. Horst ist offenbar zufrieden mit unserer Arbeit.«

Johan Clausen hatte ihnen sein kleines Paradies in den Dünen zur Verfügung gestellt, damit sie sich ein bisschen von dem »Durcheinander« der letzten Tage erholen konnten. Er selbst wollte sich erst einmal um seine Familie kümmern und die Sache mit dem ägyptischen Schatz regeln.

»Na toll, und jetzt?«, fragte Marianne. Sie stand barfuß neben ihm im Sand und zeigte auf die Wolldecke – auf der nicht nur Krumme lag, sondern auch der leise schnarchende Sonny. »Macht ihr mal ein bisschen Platz?«

Krumme setzte sich auf und klopfte neben sich auf die Decke. »Wenn wir ein bisschen zusammenrutschen, geht's.«

Mit ein bisschen Hin- und Herrücken klappte es tatsächlich. Mit Sonny im Rücken saßen sie schließlich gemeinsam auf der Decke und verputzten die Mozzarella-Häppchen, während sie zum Meer und der in der Sonne funkelnden Brandung sahen.

»So, jetzt aber mal im Ernst, Theo«, sagte Marianne, als sie fertig waren mit Essen. »Willst du wirklich weiter behaupten, du hast nicht wenigstens einen kurzen Blick in die Schatzkammer geworfen?«

Krumme schüttelte den Kopf, drückte sie zärtlich an sich und grinste. »Was interessiert mich der blöde Schatz? Ich habe doch dich.«

53

Nordsee, 13. März 1822

Nebel hing in dichten Schleiern über der ruhigen See. Reik konnte den Stand der Sonne nur erahnen. Wie weit mochte er aufs Meer hinausgetrieben worden sein? Man sagte, wenn nach einem heftigen Sturm Nebel über dem Meer trieb, dann seien das die Seelen der ertrunkenen Seeleute. Und der Sturm, der in den letzten Tagen über der Nordsee getobt hatte, war wirklich heftig gewesen!

Reik war erst zwölf Jahre alt, und dennoch fuhr er mit der kleinen Jolle bereits allein auf Fischfang, um seinen Teil für den Unterhalt der Familie beizutragen. Fünf Tage hatte er sich wegen des schlimmen Wetters nicht hinausgetraut. Nun endlich hatte sich die See beruhigt. Also hatte er in aller Herrgottsfrühe seine Netze ins Boot geladen und war losgefahren, Richtung Trischen, wo es den besten Dorsch gab.

Aber es schien, als wenn der Sturm alle Fische vertrieben hätte. Bisher waren Reik nur zwei Heringe ins Netz gegangen. Keine Spur von Dorschen oder Makrelen.

So wollte er nicht nach Hause zurückkehren. Seine

Familie verließ sich auf ihn, vor allem jetzt, da sein Vater krank geworden war.

Und nun dieser elende Seenebel, der von einem Moment zum nächsten aufgezogen war, dazu Ebbe und fast Windstille. Das Segel hing nutzlos am Mast herunter. Reik ruderte durch das Nichts. Jeden Moment konnte er auf Grund laufen.

Trotz seiner jungen Jahre kannte Reik sich hier draußen bestens aus. Aber durch den Sturm hatte sich alles verändert. Priele hatten ein neues Bett gefunden, Sandbänke waren an unvermuteter Stelle aus dem Meer aufgetaucht. Er hätte niemals hier rausfahren dürfen.

Endlich hatte er die Nebelbank durchquert. Die Schleier wurden dünner, bald konnte er wieder die Sonne sehen und schließlich sogar den blauen Himmel über sich.

Und noch etwas sah er. Umringt von Nebelschwaden, erblickte Reik auf einer nahe gelegenen Sandbank zerborstene Spanten und Balken. Ein Schiffswrack, umspült vom ablaufenden Wasser. Ein Opfer des Sturms.

Und überall Kisten. Einige befanden sich noch im Innern des vom Orkan zerschlagenen Schiffs, andere steckten halb im umliegenden Schlamm.

Und jetzt sah er auch die toten Seeleute. Einer lag mit dem Gesicht im Sand, ein anderer kopfüber in einem Priel.

Als Reik Grund unter dem Kiel hatte, stieg er aus der Jolle aus, trat ins knöcheltiefe, eisige Wasser, spürte den welligen Grund unter seinen nackten Füßen. Mit einem Ruck zog er das Boot auf die Sandbank, um sich das Wrack und seine Ladung genauer anzusehen.

Was mochte in den Kisten sein? Sie waren mit Vorhängeschlössern verschlossen. Reik fand einen Stein im Watt, und es dauerte nicht lang, bis er das erste Schloss gesprengt hatte. Als er den Deckel öffnete, traute er seinen Augen nicht: Eingebettet im jetzt nassen Stroh lagen dort goldene Geräte und Gefäße, Schalen und Teller. In einer anderen Kiste befanden sich steinerne Figuren – Menschen mit sonderbaren Kopfbedeckungen. Einige hatten Tierköpfe.

Wie im Rausch öffnete Reik eine Kiste nach der anderen, lief hin und her, entdeckte immer neue, aufregende Dinge. In einer Truhe befanden sich Speere und Schwerter sowie Tafeln, bedeckt mit rätselhaften Zeichen.

Als Letztes öffnete er eine längliche Kiste, die an einen Sarg erinnerte. Und tatsächlich – ebenfalls auf nassem Stroh gebettet – lag dort eine in ein Tuch eingeschnürte Leiche. Reik schrie leise auf, als ihn plötzlich aus einem braunen, ledrigen Schädel zwei Diamanten anstarrten!

Erschrocken wich er zurück. Was hatte er da bloß gefunden? Er musste unbedingt seinem Vater davon erzählen. Reik brauchte Hilfe. Er musste das kostbare Strandgut bergen, oder wenigstens so viel wie möglich davon. Viel Zeit blieb ihm nicht. Noch war Ebbe, aber bei der nächsten Flut würde alles wieder im Meer versinken.

Schnell rannte er zu seiner Jolle, stieß sie ins Wasser und legte sich in die Riemen. Schon bald würde er zurückkommen, mit seinen Brüdern. Und dann würde sich alles für ihn und seine Familie ändern. Da war sich der junge Reik Clausen ganz sicher.

Liebe Leserinnen und Leser,

das Schiff, das einen für den preußischen König Friedrich Wilhelm III. bestimmten Schatz aus Ägypten nach Hamburg bringen sollte, gab es wirklich. Aber es hieß nicht *Edda*, sondern *Gottfried*. Wenn dieses Buch erscheint, ist die Galeasse fast auf den Tag genau vor 200 Jahren in der Nordsee gesunken – am 12. März 1822 im wohl schlimmsten Sturm des 19. Jahrhunderts, der so heftig war, dass er sogar das Wasser aus der Themse drückte.

Fast alles, was mein fiktiver Hobbyhistoriker Hans Lemke erzählt, ist wahr: Einige wenige Kisten wurden an der Elbmündung und an der Nordseeküste angespült, doch der große Rest der Ladung blieb bis heute verschwunden – dazu gehört auch ein großer steinerner Sarkophag. Das Wrack der *Gottfried* wurde nie entdeckt. Es gab immer wieder Versuche, das Schiff und den Schatz zu finden, doch die stürmische Nordsee und vor allem der sich durch Ebbe und Flut ständig verändernde Meeresgrund machten die Suche praktisch unmöglich.

Die Geschichte der Suche nach der *Gottfried* ist genauso spannend wie die Geschichte des Schatzes selbst. Auch wenn ich mich bei diesem Buch bei vielen

Details recht genau an die geschichtlichen Tatsachen gehalten habe, ist *Strandfeuer* natürlich nur ein Roman und vieles, wie das »Siegel des Herutep«, nur ein Ergebnis meiner Fantasie. Immerhin: Eine Spur der untergegangenen *Gottfried* führt tatsächlich in die Gewässer vor der Eider, nicht weit entfernt von Büsum und St. Peter-Ording. Vielleicht liege ich mit meiner Geschichte ja gar nicht so weit von der Wahrheit entfernt ...

Danke an alle, die mich bei der Entstehung dieses Buches unterstützt haben. An Kerstin Schaub, meine immer freundliche Lektorin beim Goldmann-Verlag, an den unbestechlichen Heiko Arntz für das Lektorat. Danke auch an meinen Autorenkollegen Janne Mommsen für seine meist strengen Ratschläge. An meine vielen Freunde bei der Polizei, deren Namen ich hier nicht aufschreibe, damit die Kritik nur an mich geht, falls ich trotz ihrer Hilfe Fehler gemacht habe. Und ein herzlicher Dank geht auch an meinen Agenten Harry Olechnowitz, dem ich für die Zukunft allzeit gute Fahrt und immer eine Handbreit Wasser unterm Kiel wünsche.

Ein Dankeschön auch an meine allerliebste Schwester und Yogaexpertin Mona und an meine Schulfreundin Bettina, die mich als Yogalehrerin in St. Peter-Ording auf die Idee für diese Geschichte gebracht hat.

Ein ganz besonderer Gruß geht an Ann-Katrin, Robin und Ben von der Wattenmeerstation Westerhever. Vielen Dank für die spannenden Infos zu eurem Arbeits- und Lebensalltag am Leuchtturm. Meine Achtung für das, was ihr und alle anderen FÖJler und BFDler für die Pflege und den Erhalt der Natur im Nationalpark Schleswig-Holsteinisches Wattenmeer leistet, könnte nicht größer sein!